杜律詳解

（上）

杜律詳解 (上)

陳甲坤 譯解

푸른사상

序文

　예로부터 漢詩를 工夫하는 사람치고 杜律을 읽지 않은 사람은 없을 것이다. 당시의 實狀이나 時事를 여실하게 詩作한 내용뿐만 아니라 整齊된 形式이 作詩의 최고 標準이 되기 때문이다. 우리나라에서도 일찍부터 印刻되고 筆寫되어 많은 사람들에 의해 읽혀져 왔다. 譯者가 杜律에 처음 관심을 두기 시작한 것은 15년 전 春山 先生님을 만나면서부터이다. 先生님을 모시고 '春老薰陶餘雪解 諸生捃玉未知歸'라는 말도 안 되는 詩를 바쳐가며 詩 工夫에 熱을 올렸었다. 그러나 배우면 배울수록 '語不驚人死不休'로 뭉쳐진 杜律의 어려움을 실감케 되었고, 결국 제대로 공부를 하고자 이를 번역해보기로 마음먹었다. 그러나 未熟한 譯者가 완벽한 故事로 武裝된 杜律의 의미를 완전하게 파악한다는 것은 실로 감당하기 어려운 일이었다. 飜譯書를 찾아봐도 불과 십여 수가 고작이라 많은 苦心을 하다가 『杜詩諺解』를 구하면서 큰 힘을 얻게 되었다. 諺解에서는 글자를 한 자도 놓치지 않고 정확하게 直譯함으로써 漢詩 飜譯의 본보기를 보여줬다. 逐字를 통한 直譯은 한 字한 字의 意味를 제대로 傳達할 수 있어 漢詩를 공부하는 사람들에게 정말 重要한 指針이 된다. 漢詩를 그냥 두루뭉술하게 전체적인 의미만 飜譯하고 나면 이를 보는 後學들은 또 다른 疑問을 가지게 된다.

譯者도 평소 漢詩를 공부하며 意譯보다는 直譯과 通釋의 必要性을 자주 느껴왔다. 그래서 본 譯書에서는 이 점을 충분히 勘案하여 한 字 한 字의 의미를 최대한 살리려고 애를 썼다. 그러다 보니 杜律의 文學的 藝術性은 어디 가고 없고 雜多한 贅言으로 一貫하고 말았다. 그러나 譯者의 目的은 杜律을 배우고 익히려는 사람들에게 正確한 의미를 전달하려는 데 있기 때문에 남들의 비웃음이나 나무람은 달게 받을 생각이다.

본 譯書의 長點은 이러한 逐字譯 말고 또 하나 더 들 수 있다. 그것은 바로 모든 글자의 高低를 提示했다는 점이다. 漢詩를 짓고 批評하려면 高低를 알아야 한다. 옛날 先人들조차 杜律에 高低를 찍어가며 공부한 痕迹이 到處에서 發見되고 있다. 그러나 아직까지 高低를 익히려는 初學者들이 參考할만한 冊이 印刊되어 流布된 적이 없었다. 이에 본 譯書에서는 杜律 151首의 平仄을 일일이 표시하여 學詩者의 공부에 도움을 주고자 했다.

본 譯書를 내는데 參考한 著書는『虞註杜律』과 鈴木虎雄 先生의 『杜甫全詩集』(1975), 簡明勇 先生의 『杜甫七律硏究與箋註』(1973) 등이다. 특히 杜詩 전체를 번역한 鈴木先生의 緻密한 註釋과 文學的 解釋은 크게 도움이 되었다. 이 자리를 빌어 이 분들께

감사를 드리고, 아울러 米壽의 老齡에도 불구하시고 여전히 不肖한 제자를 指導해주시는 春山 李相學 先生님의 고마움은 이루 형용하기 어렵다. 끝으로 어려운 경제 사정에도 불구하고 보잘 것 없는 원고를 흔쾌히 받아주신 푸른사상사 韓鳳淑 社長께 진심으로 감사를 드린다.

2004년 8월

臥龍山下에서 譯者 識

일러두기

- 原文은 仇兆鰲의 『杜詩詳註』를 따랐다.
- 諺解本은 初刊本을 주로 하였으나, 구하지 못한 것은 重刊本으로 대신
  하였다.
- 本文 가운데 있는 • 표시는 仄聲임을 뜻하고, ◦ 표시는 平聲임을 뜻
  한다.
- 引用된 略語의 內容은 다음과 같다.

  『詳註』: 杜詩詳註, 『纂註』: 纂註分類杜詩, 『集解』: 杜律集解,

  『鏡銓』: 杜詩鏡銓, 『諺解』: 杜詩諺解, 『九家』: 九家集注杜詩,

  『補注』: 補注杜詩, 『虞註』: 虞註杜律, 『簡』: 簡明勇, 『鈴木』:

  鈴木虎雄.

目次　　　　　　　　　　　　　　　　　杜 律 詳 解

서문

目次

杜律詳解

目次

杜 律 詳 解

目次

杜 律 詳 解

001. 題張氏隱居二首

◎ 題張氏隱居二首

一 春山無伴獨相求
二 伐木丁丁山更幽
三 澗道餘寒歷冰雪
四 石門斜日到林丘
五 不貪夜識金銀氣
六 遠害朝看麋鹿遊
七 乘興杳然迷出處
八 對君疑是泛虛舟

－ 장씨 은거에 題하여, 2수 －

一 봄산에 벗없이 홀로 그대를 찾아가니
二 나무 베는 소리 쩡쩡해 산이 더욱 그윽하네
三 시냇길 남은 추위에 얼음과 눈을 지나
四 석문산 비낀 해에 수풀 언덕에 이르렀네
五 탐을 내지 않으니 밤에 금은 기운을 알고
六 해침을 멀리 하니 아침에도 미록 노님을 보네
七 흥에 겨워 아득하여 나가고 머무름을 잃었더니
八 그대를 대하니 이 빈 배 떠 있는가 의심되네

諺解 ㊀ 붉 뫼해 벋 업시 ᄒᆞ오아 서르 求ᄒᆞ야 오니 ㊁ 나모 버히ᄂᆞᆫ 소리 丁丁ᄒᆞ고 뫼히 ᄯᅩ 幽深ᄒᆞ도다 ㊂ 시냇 길헤 나모 치위예 어름과 눈과롤 디나 ㊃ 石門ㅅ 빗근 히에 수플 두들게 니르러 오라 ㊄ 貪ᄒᆞ디 아니 ᄒᆞᆯ시 바미 金銀ㅅ 氣運을 아라보고 ㊅ 患害롤 머리 ᄒᆞ야셔 아ᄎᆞ미 麋鹿이 노로몰 보ᄂᆞᆺ다 ㊆ 乘興ᄒᆞ야 아ᄋᆞ라히 出와 處와롤 迷失ᄒᆞ얏도소니 ㊇ 그듸롤 對ᄒᆞ야셔 이 븬 빅 ᄠᅦᆺᄂᆞᆫ가 疑心하노라 (中諺9, 12)

【注】 〔벋〕 : 벗. 〔버히ᄂᆞᆫ(버히다)〕 : 베는. 〔빗근(빗그다)〕 : 비낀, 비스듬한. 〔두들게(두들, 두듥)〕 : 둔덕에, 언덕에. 〔아ᄋᆞ라히〕 : 아득히, 아득하여. 〔ᄠᅦᆺᄂᆞᆫ가(ᄠᅦ다→뜨다)〕 : 떠 있는가.

解題 이 시는 公의 나이 28세인 玄宗 開元27年(739年) 齊州 汶水間에서 지은 것으로 隱居하고 있는 張氏의 人品을 讚美한 내용이다. 그 중 한 수는 五言律詩이다.

註釋

■〔**張氏**〕 : 竹溪六逸 중의 한 사람인 張叔明과 공의 詩「得廣州張判官叔卿書使還以詩代意」에 나오는 張叔卿이 동일 인물인지는 알 수 없으나 石門山에 隱居해 사는 人物임은 틀림없다. (이백)은 공소부, 한준, 배정, 장숙명, 도면 등과 더불어 조래산에 살면서 매일 술독에 빠졌고, 죽계육일로 불린다(與孔巢父 韓準 裴政 張叔明 陶沔 居徂來山 日沈飮 號竹溪六逸,『舊唐書』

「李白列傳」), 노나라의 장숙경, 공소부 두 재사는 총명하고 명찰하였다(魯之張叔卿 孔巢父二才士者 聰明深察, 杜甫, 「雜述」).

㋐ 〔相求〕 : 서로 찾아감. 相은 반드시 相互的일 필요는 없고, 相對가 있으면 된다. 求는 尋訪, 親舊를 찾아감.

㋑ 〔丁丁〕 : 도끼로 나무를 벨 때 나는 쩌렁쩌렁하는 소리, 의성어임. 나무 베는 소리 정정하니 새가 우는 소리 앵앵하도다(伐木丁丁 鳥鳴嚶嚶, 『詩經』 <小雅> 「伐木」). 〔山更幽〕 : '새가 우니 산이 더욱 고요하다'(鳥鳴山更幽, 王籍, 「入若耶溪詩」).

㋒ 〔澗道〕 : 산골짜기 시냇길.

㋓ 〔石門〕 : 산 이름, 曲阜縣 東北 五十里에 있고, 李白의 「魯郡東石門送杜二甫」가 있음. 〔林丘〕 : 숲이 있는 언덕. 張氏가 隱居하는 곳이다. 공의 시에 '路通林丘'(「寄贊上人」), '擘石攉林丘'(「奉同郭給事湯東靈湫作」)가 있다.

㋔ 〔金銀氣〕 : 금은의 기운. 지하에 금은이 있으면 그 기운이 스스로 上騰함. 敗北한 軍隊의 戰場과 망한 나라의 옛터에는 땅속에 돈이 쌓여 있는데 금은 보화 위에 모두 기운이 서려 있으니 잘 살펴보지 않을 수 없다(敗軍場 破國之墟 下有積錢 金寶之上 皆有氣 不可不察, 『史記』 「天官書」).

㋕ 〔麋鹿遊〕 : 미록이 노닒. 麋는 큰 사슴, 옛날 순임금이 깊은 산골에 살 때 사슴과 함께 놀았다고 함. 맹자가 이르기를 "순임금이 깊은 산 속에 살면서 나무와 돌 틈에 거처하고 사슴과 산돼지와 함께 놀았다"고 하였다(孟子曰 舜之居深山之中 與木石居 與鹿豕遊, 『孟子』 「盡心上」).

㋖ 〔乘興〕 : 흥을 타다. 剡溪에 사는 戴安道를 찾아 나선 晉의 王

徽之(字 子猷)의 故事. 산음에 사는 왕자유가 눈 오는 밤 갑자기 섬계에 사는 대안도가 보고 싶어 배를 타고 갔는데 문에 이르러 더 가지 않고 돌아오자 사람들이 그 연유를 물었다. 이에 "나는 본디 흥이 일어나면 가고 흥이 다하면 돌아온다. 그러니 반드시 대안도를 보리오"라고 하였다(王子猷居山陰 雪夜忽憶戴安道 時戴在剡溪 卽乘輕船就之 既造門不前便返 人問其故 曰 吾本乘興而行 興盡而返 何必見戴安道也,『世說新語』).

〔出處〕: ① (그곳을) 나가거나 머무는 일. 出은 出仕하는 것이고, 處는 집에서 道를 닦은 것이다. 군자의 도는 혹 나가기도 하고 혹 처해있기도 한다(君子之道 或出或處,『周易』 〈繫辭〉). ② (그곳에 들어와) 나가는 곳, 出口.

八 〔虛舟〕: 잡념이나 망상이 없는 마음. 無心함. '虛己遊世' 즉 자기를 비우고 세상에 노님.『장자』에 '배를 나란히 하고 황하를 건널 적에 만약 빈 배가 와서 자기 배에 부딪쳤다면 비록 마음이 좁은 사람일지라도 성을 내지 않을 것이나 만약 한 사람이라도 배 위에 있다면 곧 소리쳐서 저리로 저어 가라고 할 것이다. (중략) 사람이 자기를 텅 비게 하고서 세상에 노닌다면 그 누가 그를 해칠 것인가?(方舟而濟於河 有虛船來觸舟 雖有偏心之人不怒 有一人在其上 則呼張歙之……人能虛己以遊於世 其孰能害之,『莊子』 〈外篇〉「山木章」)가 나온다.

通釋

1. 봄 산에 동행 없이 혼자서 그대를 찾아가노라니, 나무꾼의 나무 베는 소리가 쩡쩡 울리는 것을 보아 그대가 은거하고 있는

석문산이 더욱 깊고 고요한 곳임을 알겠다.

2. 봄날인데도 깊은 산중이라 그런지 아직 추위가 남아 있어 시냇
길에 얼음과 잔설이 녹지 않고 있고, 그 얼어붙은 눈길을 지나
석문산의 해가 저물 때쯤에야 겨우 그대가 있는 숲 속 언덕에
당도하였다.

3. 그대의 인품은 세속의 탐욕이 없으니 조용한 밤이면 금은보화
에서 발산되는 기운을 스스로 느낄 수 있고, 남을 해치려는 생
각이 없으니 아침에는 순임금처럼 사슴들이 와서 함께 노님을
볼 수 있겠다.

4. 흥에 겨워 찾아왔다가 그대를 대하고 보니 정신이 아득해져 이
곳에 머무를 것인가 나갈 것인가를 결정짓지 못하고 헤매고
있다. 그대는 마치 빈 배가 물 위에 無心히 떠 있는 듯 세속에
집착이 없는 초속적인 인물임을 알겠다. 下四句 모두 張公의
人品을 稱頌하고 있다.

※ 七句를 혹자는 흥에 겨워 놀다보니 마치 선경에 깊이 들어
온 것 같이 느껴져 돌아갈 때는 나갈 곳을 알지 못해 어떻게
해야 할지 몰라 헤맨다(鈴木, 簡).

002. 鄭駙馬宅宴洞中

八	七	六	五	四	三	二	一	
時。	自•	已•	悮•	氷。	春•	留。	主•	◎鄭駙馬宅宴洞中
聞。	是•	入•	疑。	漿。	酒•	客•	家。
雜•	秦。	風。	茅。	椀•	盃•	夏•	陰。
佩•	樓。	磴•	堂。	碧•	濃。	簟•	洞•
聲。	壓•	霾。	過•	碼•	琥•	青。	細•
珊。	鄭•	雲。	江。	瑙•	珀•	琅。	烟。
珊。	谷•	端。	麓•	寒。	薄•	玕•	霧•

— 정부마댁 연화동에서 연회를 열다 —

一 공주의 집 어둑한 동굴에는 가는 연무 끼었으니

二 객이 머무른 여름 대자리는 푸른 낭간같네

三 봄 술이 잔에 진하니 호박 빛이 엷고

四 찬 음료 담은 그릇이 푸르니 마노 빛 서늘하네

五 띠풀집을 강 기슭 지나면서도 잘못 의심하였더니

六 이미 들어오니 돌다리가 구름 끝에 묻혔네

七 본시 진루가 정곡을 누르고 있으니

八 때때로 잡패소리 산산함을 듣노라

[諺解] ㊀ 公主ㅅ짒 어득ᄒᆞᆫ 고리 ᄀᆞ는 煙霧ㅣ 껫ᄂᆞ니 ㊁ 손 머믈우는 녀륾 사ᄐᆞᆫ 프른 琅玕곧도다 ㊂ 븘 수리 잔애 둗거우니 琥珀이 엷고 ㊃ 氷漿 다몬 椀이 프르니 碼碯ㅣ 서늘ᄒᆞ도다 ㊄ 茅堂ᄋᆞᆯ ᄀᆞ룺 뫼 그틀 디나ᄉᆞ갈가 외오 疑心ᄒᆞ다니 ㊅ ᄇᆞ롬부는 돌ᄃᆞ릿 구룸 무틴 그테 ᄒᆞ마 드로라 ㊆ 스싀로 이 秦ㅅ 樓ㅣ 鄭谷애 臨壓ᄒᆞ야실시 ㊇ 時로 雜佩소리 珊珊호ᄆᆞᆯ 든노라

(初刊卷15, 46)

【注】〔고리〕: 골에. 〔껫ᄂᆞ니(끼다)〕: 끼었나니. 〔머믈우는(머믈우다)〕: 머무르게 하는. 〔사ᄐᆞᆫ(삳)〕: 삿자리. 〔둗거우니(둗겁다)〕: 두껍다. 〔그틀(긑)〕: 끝을. 〔외오〕: 그릇되게. 구룸 〔무틴〕: 묻힌. 〔ᄒᆞ마〕: 이미.

[解題] 이 시는 공의 나이 35세인 玄宗 天寶 5년(746년) 長安에 있을 때 鄭駙馬 宅 蓮花洞 宴會에서 지은 것이다. 공은 이때 白衣로 天寶 十年에 「三大禮賦」를 올려 벼슬을 시작하였다.

[註釋]

■〔鄭駙馬〕: 鄭潛曜를 가리킴, 그는 玄宗과 皇甫淑妃 사이에 태어난 臨晉公主의 남편이며, 公의 벗인 廣文博士 鄭虔의 조카로 효행으로 이름이 있었다. 父는 鄭萬鈞, 母는 睿宗과 姬宮 사이에 태어난 代國公主, 이름은 華, 字는 華婉이다(『新唐書』). 杜甫가 지은 「唐故德儀贈淑妃皇甫氏神道碑」에 '딸이 있었는데 이

름을 임진공주라 하였고, 대국장공주의 아들 영양 정잠요에게
시집을 보냈다. 정잠요는 관이 광록경이며 작호가 부마도위였
다'(有女曰臨晉公主　出降代國長公主子滎陽鄭潛曜　官曰光祿卿
爵曰駙馬都尉). 〔洞中〕: 長安의 神禾原에 있는 蓮花洞 즉 鄭駙
馬가 사는 곳을 말함(蓮花洞 在神禾原 卽鄭駙馬之居 所謂主家
陰洞者也,『長安志圖』). 이곳은 鄭氏의 故居로 여름에는 시원한
동굴 안에서 연회를 베풂. 공은 10년 뒤 至德二年(757년) 다시
부마댁을 찾았다가 친구인 정건을 만나「鄭駙馬池台喜遇鄭廣
文同飮」을 지었다.

㈠〔主家〕: 공주의 집, 明皇의 딸인 臨晉公主가 시집간 집이므로
일컬음.

㈡〔簟〕: 대자리, 삿자리. 〔琅玕〕: 崑崙山에서 나는 나무로 그
열매가 마치 구슬과 같았다(山海經 曰崑崙山 有琅玕樹 其子似
珠). 여기서는 대자리의 색깔을 말함. 五色 中 靑色이 으뜸이
다.

㈢〔琥珀〕: 옛적 松津(松脂)이 땅 속에 묻혀 굳어진 옥의 일종,
頓毛. 여기서는 琥珀으로 만든 술잔이면서 술의 색깔을 뜻하기
도 한다.

㈣〔氷漿〕: 찬 음료수. 公에게 消渴病이 있어 특히 이를 좋아함.
〔碼瑙〕: 瑪瑙, 玉의 일종으로 서역에서 나왔는데 그 무늬가
뒤섞인 것이 마치 말의 뇌와 같다고 해서 붙여진 이름이다(碼
磠玉屬也 出自西域 文理交錯 有似馬腦 因以名之, 魏文帝「碼磠
賦序」). 여기서는 마노로 만든 주발이면서 음료수 색깔을 나타
내기도 한다. 이러한 것들은 모두 고귀한 공주가 계신 곳이기

에 볼 수 있다는 뜻이다.

五 〔悞〕 : 의심하다, 오해하다. 誤와 同. 〔江麓〕 : 강 기슭. 一作 江屋.

六 〔風磴〕 : 바람부는 돌길, 磴은 돌로 만든 길, 돌다리가 높은 곳에 있음을 가리킴. 〔霏雲端〕 : 구름 끝에 자욱히 묻혀 있음. 霏는 흙비, 구름이 자욱하여 마치 비오 듯 어둑어둑한 모양. 동굴 밖으로 나와 높은 데를 올라가니 시원한 바람이 돌층계에 불어오고, 주변에는 구름이 깔려 있는 모습을 형용한 것이다.

七 〔自是〕 : 원래, 본시. 〔秦樓〕 : 秦王의 딸 弄玉이 누각 위에서 퉁소를 불은 故事, 劉向의 『烈仙傳』에 '蕭史는 秦 穆公 때의 사람으로 퉁소를 잘 불어 능히 孔雀과 白鶴을 불러올 수 있었다. 穆公에게 弄玉이란 딸이 있었는데 그를 좋아하였으므로 마침내 그에게 시집보내었다. 날마다 농옥에게 퉁소를 불어 봉황의 울음소리 내는 것을 가르쳐주어 몇 년을 그렇게 살자 울음소리가 봉황과 비슷하게 되었고 봉황이 그 집에 머물렀다. 목공이 그들을 위하여 봉황대를 지어 주자 부부가 그 위에 살며 몇 년 동안 내려오지 않더니 하루 아침에는 봉황을 따라 날아가버렸다'(蕭史者　秦穆公時人　善吹簫能致孔雀白鶴　穆公有女字弄玉好之　公遂以妻焉　日敎弄玉吹簫作鳳鳴　居數年吹似鳳凰聲　鳳凰止其屋　公爲作鳳凰　夫婦止其上不下數年　一旦隨鳳凰飛去)고 한다. 여기서 秦樓는 臨晉公主가 樓閣에 거처함을 비유. 〔壓〕 : 누르고 있음, 누각이 우뚝하여 아래를 눌리듯 서있음. 누각이 골짜기를 내려다보고 있는 모습을 형용한 것임. 이곳이 원래는 정씨들이 예부터 살아온 곳이지만 공주가 下嫁하여 이제는 鄭

宅이라기 보다 공주의 집이 되었기에 '壓'이라 한 것으로 볼 수 있다. 〔鄭谷〕: 漢의 鄭撲, 字는 子眞, 長安의 谷口에서 밭 갈고 살았으나 서울까지 이름이 나 漢 成帝 때 王鳳이 예로써 그를 초빙하였으나 그는 끝내 굽히지 않고 맑은 풍모를 지키어 탐욕스럽고 저속한 사람들을 부끄럽게 하니 옛 逸民에 가까웠다. 또 揚雄의 『法言』에 '谷口 鄭子眞은 바위 아래에서 밭을 갈고 있었는데 그 이름이 서울에 떨쳤다'(谷口鄭子眞耕於巖石之下 名震京師)고 하였다. 여기서는 鄭駙馬의 洞宅을 비유한 것임.

囚 〔雜佩〕: 허리에 차는 여러 가지 옥돌을 가리킴. 여기서는 公主의 佩玉. 그대가 좋아하는 분임을 알진댄 잡패로서 보답하리라(知子之好之 雜佩以報之, 『詩經』 <鄭風> 「女曰鷄鳴」). 〔珊珊〕: 옥이 서로 부딪쳐서 나는 소리. 이 句를 '높은 누각이 아래로 정곡에 임하여 있고, 공중에서 잡패 소리가 들려오니 마치 선계에 몸을 둔 듯 황홀하다'(高樓下臨鄭谷 空中雜佩聲聞 恍如置身仙界, 『詳註』)라고 풀이하기도 한다.

通釋

1. 공주의 집 어둑어둑한 연화 동굴에는 여름인데도 서늘하여 엷은 안개가 끼어 있고, 손님들이 앉아서 머무는 여름 대자리는 낭간이라는 옥돌처럼 푸르스름한 빛을 띠고 있어 한층 시원함을 더해준다.

2. 호박 술잔에 담긴 봄 술은 잘 익어 엷은 호박빛을 띠어 보기좋고, 마노로 만든 주발에 담겨 있는 시원한 얼음물은 푸른 마노빛을 띠어 더욱 차갑게 느껴진다.

3. 이곳은 그윽하여 처음 강변 기슭을 지날 때까지만 해도 자신의 초당이 아닌가 잘못 착각을 하였는데, 강을 건너 높고 험한 돌다리가 구름 끝에 자욱이 묻혀 있는 곳에 이미 들어와서야 드디어 자신의 초당이 아니고 정부마의 댁임을 알겠다.

4. 본시 이곳은 정자진의 곡구를 누른 듯 높은 곳에 임하고 있는 화려한 진녀의 누각(공주댁)이지 이미 옛날의 누추한 정곡이 아니며, 또 이따금씩 찰랑거리며 부딪치는 공주의 패옥소리가 들려오는데, 어찌 이런 일이 자신의 초당에 있을 법이나 한 것인가? 앞서 착각이라 함은 당연한 것이다.

003. 贈田九判官梁丘

◎贈田九判官梁丘

八	七	六	五	四	三	二	一
獨	麾	京	陳	將	宛	河	崆
能	下	兆	留	軍	馬	隴	峒
無	賴	田	阮	只	總	降	使
意	君	郎	瑀	數	肥	王	節
向	才	早	誰	漢	春	款	上
漁	並	見	爭	嫖	苜	聖	青
樵	入	招	長	姚	蓿	朝	霄

- 판관 전량구에게 보냄 -

一 공동산에서 사절이 조정에 오르니

二 하농의 항왕이 성조에 납관함이라

三 대완의 말은 모두 봄 여물 먹고 살찌니

四 장군은 오직 한의 표요를 헤아리겠네

五 진유의 완우를 누가 재주 다투리오

六 경조의 전랑이 일찍 불리움을 보겠네

七 휘하에 그대를 의뢰하여 인재들이 다 들어왔는데

八 혹 고기 잡고 나무 베는 이를 향할 뜻은 없는지

諺解 □ 崆峒애 使節이 하놀해 올아오니 □ 河隴애 降伏호 王이
聖朝애 納款ㅎ도다 □ 大宛ㅅ 모론 다 붊 게여목 먹고 술지니
四 將軍은 오직 漢ㅅ 嫖姚롤 혜ᄂ니라 五 陳留앳 阮瑀롤 뉘
어디로몰 ᄃ토리오 六 京兆앳 田郞이 일 블료몰 보앳도다 七
麾下애 그듸롤 依賴ㅎ야 지조홀 사ᄅ미 다 드렛ᄂ니 八 호오
ᄼ 能히 ᄠᄃ디 업고 고기 자ᄇ며 나모 뷔요몰 向ㅎ리아(初刊卷
21, 24)

【注】〔게여목〕: 거여목. 〔술지고〕: 살찌고. 〔어디로몰(어딜
다)〕: 어짊을. 〔일〕: 일찍이. 〔블료몰(브르다)〕: 불리움을.
〔그듸롤〕: 그대를. 〔지조홀(지조하다)〕: 재주부리다. 〔드렛ᄂ
니(드리다)〕: 들어와 있으니. 〔호오ᄼ〕: 홀로. 〔뷔요몰(뷔다)〕
: 벰을.

解題 이 시는 공의 나이 43세인 玄宗 天寶 13年(754년) 長安에
있을 때 지은 것으로 哥舒翰의 功과 田判官의 人才 推薦을 찬
미하고 있다.

註釋

■ 〔田九判官梁丘〕: 田은 姓, 梁丘는 이름, 九는 從兄弟間의 順
序, 判官은 벼슬 이름, 河西節度使 哥舒翰의 幕府에서 判官을
함.
□ 〔崆峒〕: 隴右 지방의 山名. 甘肅省 鞏昌府 岷州에 있음. 〔使

節〕: 天子의 符節을 받은 使者. 隴右節度使 哥舒翰(?~756)이
天寶 12年에 吐蕃을 攻擊해서 九曲部落을 占領하고(隴右節度使
哥舒翰 擊吐蕃 拔洪濟 太漠門等城 悉收九曲部落,『資治通鑑』)
入朝하였다. 이때 田도 節度使를 따라 오게 된 것이다. 哥舒翰
은 투르크族 突騎施 哥舒 부족의 후예로 吐蕃을 토벌한 공으
로 西平郡王에 봉해졌다. 〔上〕: 入朝하여 天子를 謁見함. 〔靑
霄〕: 푸른 하늘 곧 朝廷, 天子를 말함.

三 〔河隴〕: 河西와 隴右 지방. 哥舒翰이 天寶八年 隴右節度使로
吐藩과 石堡城에서 싸워 그 성을 빼앗았다. 〔降王〕: 吐谷渾의
蘇毗王이 항복해 옴. 〔款〕: 納款 즉 항복하여 성의껏 공물을
바침.

三 〔宛馬〕: 大宛國에서 나는 훌륭한 말. 〔苜蓿〕: 거여목, 봄에
葉液에서 가는 줄기가 나와 몇 개의 누른 꽃이 잘게 피고 꽃
진 뒤에 용수철 모양의 莢果가 열림, 나물로 먹기도 하고 牧草
로도 많이 씀. 宛馬가 특히 좋아한다 함. 春 一作 秦, 秦은 關
中으로 長安地方을 말함.

四 〔數〕: 헤아리다(計). 〔嫖姚〕: 漢 武帝 때 嫖姚校尉인 霍去病
(BC140~117) 將軍을 말함, 그는 말을 잘 타고 활을 잘 쏘는
名將으로 여섯 차례나 흉노를 정벌하였다. 驃騎將軍이 되었으
므로 霍驃姚라고 일컬음. 24세에 병사하였음. 여기서는 哥將軍
에 비유됨.

五 〔陳留〕: 河南省 開封의 南쪽에 있는 縣名. 〔阮瑀〕: 완우(?~
212)는 三國 魏의 陳留 사람, 자는 元瑜, 文筆에 才能이 있어
曹操의 記室이 되었음. 建安七子 중의 한사람. 公의「送蔡希魯

都尉還隴右因寄高三十五書記」에 ‘好在阮元瑜’가 나옴. 〔**爭長**〕：
재주의 나음을 다툼. 長은 나을 장. 남보다 우수함.

六 〔**京兆田郞**〕：경조는 땅 이름, 지금의 陝西省 長安縣 서북쪽,
전랑은 後漢의 田鳳, 字는 季宗, 그가 尙書郞이 되어 容儀가
端正하였는데 靈帝가 그를 보내며 멀리 보이지 않을 때까지
보고서는 기둥에 쓰기를 ‘으젓하도다 子張이여, 경조 전랑이여’
라고 하였다.(『三輔決錄』 田鳳爲郞 容儀端正 靈帝目送之 題柱
曰 堂堂乎張 京兆田郞, *堂堂乎張은『論語』「子張篇」에서 曾子
가 한 말).

七 〔**麾下**〕：麾는 대장군의 깃발, 그 깃발 아래 모인 사람. 여기서
는 가장군의 휘하를 말함. 〔**並入**〕：아울러 들어감. 모두 가장
군의 막부에 들어감.

八 〔**獨能無**〕：혹~할 뜻이 없는가의 反語法. 〔**漁樵**〕：漁夫와 樵
夫 즉 시인 자신을 말함.

通釋

1. 공동산에서 천자의 부절을 받은 농우절도사 가서한이 조정에
   올라와 천자를 알현하니, 하서 농우 지방의 항왕 소비왕이 우
   리 조정에 받치는 공물을 올리기 위함이다.
2. 타고 온 대완국의 말들은 모두가 봄 여물인 거여목을 많이 먹
   어 살쪄 늠름한 모습이고, 많은 장수들 중에 한 무제 때 이름
   을 날린 嫖姚校尉 곽거병 장군과 헤아릴 만한 장수는 오로지
   가장군 뿐이다.
3. 뛰어난 진류의 완우와 누가 나음을 다툴 수 있으리오. 당연히

가장군의 천거를 받은 그대만이 가능한 일일 것이다. 일찍부터
영제에게 부름을 받아 상서랑이 된 경조의 전랑과 같이 그대
도 젊어서 벌써 장군의 막부에 추천된 인물이 아니던가?
4. 가장군의 휘하에 있는 인재들이 모두 그대의 추천을 받아 막부
에 들어갔다는데, 혹시 초야에서 고기나 잡고 나무나 베며 생
활하는 보잘것없는 나 같은 몸도 추천해보려는 뜻은 없는지?
그 추천이 자기에도 미치기를 은근히 바라고 있다.

004. 城西陂泛舟

◎ 城西陂泛舟

㈠ 靑蛾皓齒在樓船
㈡ 橫笛短簫悲遠天
㈢ 春風自信牙檣動
㈣ 遲日徐看錦纜牽
㈤ 魚吹細浪搖歌扇
㈥ 燕蹴飛花落舞筵
㈦ 不有小舟能盪槳
㈧ 百壺那送酒如泉

－ 長安城 서쪽 渼陂에서 배를 띄우며 －

㈠ 푸른 눈썹과 흰 이를 한 이가 누선에 있고
㈡ 비낀 피리와 단소가 먼 하늘에 슬피 부네
㈢ 봄바람에 절로 상아 돛대가 움직임을 맡기고
㈣ 긴 해에 서서히 비단 닻줄 당김을 보노라
㈤ 고기는 잔물결 불어 노래 부르는 부채 흔들고
㈥ 제비는 나는 꽃을 박차 춤추는 자리에 떨어지게 하네
㈦ 자그마한 배를 능히 상앗대를 젓지 아니하면
㈧ 백개의 호리병에 술이 샘 같음을 어찌 보내리

[諺解] ㈠ 프른 눈썹과 힌 니왜 樓船에 잇ᄂ니 ㈢ 빗근 뎌와 뎌른 피리 먼 하ᄂᆯ해 슬피 부놋다 ㈢ 봄 ᄇᆞᄅ매 내 빗대 뮈유믈 민노니 ㈣ 긴 히예 날호야셔 錦纜 잇거 가몰 보노라 ㈤ 고기ᄂ ᄀᆞ는 믌겨를 부러 놀애 브르ᄂ 부체ᄅᆞᆯ 이어고 ㈥ 져비ᄂ ᄂᄂ 고ᄌᆞᆯ 박차 춤츠ᄂ 돗긔 디놋다 ㈦ 죠고맛 ᄇᆡ를 能히 비츨 이어디 아니ᄒᆞ면 ㈧ 百壺애 수리 쉼 ᄀᆞᆮᄒᆞ니ᄅᆞᆯ 엇뎨 보내리오 (初刊卷15, 33)

【注】 〔니왜〕: 이(齒)가. 〔빗근(빗기다)〕: 비낀. 〔뎌〕: 저, 피리. 〔뎌른(뎌ᄅᆞ다)〕: 짧은. 〔빗대〕: 돛대. 〔뮈유믈(뮈다)〕: 움직임을. 〔날호야셔(날호야)〕: 천천히, 더디게. 〔잇거(잇그다)〕: 이끌어. 〔돗긔〕: 돗자리에. 〔비츨(빛)〕: 상앗대를, 노를. 〔어어디(이어다)〕: 흔들지, 흔들리지. 〔쉼〕: 샘물. 〔엇뎨〕: 어찌.

[解題] 이 시는 公의 나이 43세인 天寶 13년(754년) 長安 鄠縣의 서파에서 배를 띄워 노는 일을 서술한 것이다. 이 시는 艶曲詩로 알려져 있다. 艶曲詩란 戀歌, 情歌를 말한다.

[註釋]
■ 〔城〕: 長安城. 〔西陂〕: 渼陂, 鄠縣의 서쪽 5리 되는 지점에 있다. 陂는 큰 못, 저수지를 말함.
㈠ 〔青蛾〕: 미인의 눈썹. 미인이 그린 黑色의 눈썹을 말함. 蛾는 蛾眉. 〔皓齒〕: 하얀 이, 丹脣皓齒, 미인을 말함. 〔樓船〕: 망루

가 있는 화려한 배.

㊁ 〔橫笛〕: 가로 부는 피리. '橫笛短簫凄復切　誰知栢梁聲不絶'(江摠, 「梅花落詩」). 〔自信〕: 저절로 이러저리 왔다갔다 하는 모습을 표현, 信은 任과 같음.

㊂ 〔牙檣〕: 상아로 장식한 돛대.

㊃ 〔遲日〕: 날이 저물어감. 봄날은 해가 길어지므로 遲자를 썼다. 〔錦纜〕: 비단으로 장식한 닻줄. 아름다운 닻줄.

㊄ 〔魚吹細浪〕: 물고기가 잔물결을 불다. 물고기가 숨을 쉬기 위해 물 위에 떠서 입을 모았다 오므렸다 함. 吹浪. 〔歌扇〕: 노래 부를 때 얼굴을 가리는 부채.

㊆ 〔盪槳〕: 상앗대를 젓다. 盪은 움직이다. 槳은 상앗대.

㊇ 〔酒如泉〕: 술이 샘물이 솟아오르듯 많음을 말함. 그 물 맛이 술과 같아서 酒泉郡이라고 한다(其水若酒故曰酒泉也,『前漢地理志』).

通釋

1. 검은 눈썹과 하얀 이를 가진 어여쁜 미인이 망루 달린 큰 배에 타고 있고, 그 배에서 들려오는 피리와 단소 소리는 먼 하늘까지 구슬프게 울려 퍼진다.

2. 상아 돛을 올려 봄바람에 절로 움직이는 대로 맡기고 유람하다가, 서서히 봄날이 저물어가자 비단 닻줄을 끌어당기고 있음을 바라본다.

3. 물고기가 입을 벌렸다 오므렸다 하여 잔물결을 일으키니 물 속에 비친 노래할 때 얼굴 가리는 부채의 그림자도 물결 따라

출렁이고, 배 가운데는 제비가 봄바람에 날리는 꽃잎을 박차고
날아 꽃잎이 춤추는 자리에 떨어지기도 한다.

4. 만약 작은 배가 능히 노를 저어 육지를 자유로이 오고 가지 않
았더라면, 이 큰 누선에 어떻게 술을 보내어 저렇게 많은 술병
에 술이 샘솟듯 하게 할 수 있을까? 누선에서 내려다보니 작
은 배가 있어 육지를 오고 가며 큰 배에 술과 안주를 공급하
고 있음을 형용한 것이다.

005. 贈獻納使起居田舍人澄

◎贈獻納使起居田舍人澄

八	七	六	五	四	三	二	一
唯。	揚。	晴。	曉●	宮。	舍●	地●	獻●
待●	雄●	窓。	漏●	女●	人。	分。	納●
吹。	更●	點●	追。	開。	退●	淸。	司。
噓。	有●	檢●	趨。	函。	食●	切●	存。
送●	河。	白●	靑。	近●	收。	任●	雨●
上●	東。	雲。	鎖●	御●	封。	才●	露●
天。	賦●	篇。	闈●	筵。	事●	賢。	邊。

— 헌납사 겸 기거사인 전징에게 보냄 —

一 헌납의 직책이 우로 가에 있으니

二 청절한 지위를 나누어 재현에게 맡겼네

三 사인은 퇴청할 제 봉사를 거둬들이고

四 궁녀는 함을 열어 임금 자리 가까이 놓네

五 새벽 시각에 궁궐 문으로 총총히 들어가

六 갠 창에서 백운편을 점검하네

七 양웅이 또 하동부를 지은 것이 있으니

八 오직 취허로 하늘에 올려 보냄을 기다리네

諺解 ㊀ 獻納이 마ᄋ리 雨露ㅅ ᄀᆾ싀 잇ᄂ니 ㊁ ᄯᅡ히 淸切호ᄆᆯ 눈화실시 지조 어디닐 쓰놋다 ㊂ 舍人이 믈러와 밥 머글제 封事ᄅᆯ 가다드려든 ㊃ 宮女ㅣ 函올 여러 님굼 ᄃᆺ긔 갓가이 노숩놋다 ㊄ 새뱃 漏刻애 靑瑣闥애 조차 듣곡 ㊅ 갠 窓이 안자셔 白雲ㅅ 글워를 보놋다 ㊆ 揚雄이 ᄯᅩ 河東賦ᄅᆯ 지어 뒷노니 ㊇ 오직 부슷그려 하ᄂᆯ로 올여 보내요ᄆᆯ 기들오노라 (初刊卷21, 10)

【注】 〔마ᄋ리(마ᄉᆞᆯ)〕 : 관청이. 〔믈러와(믈러오다)〕 : 물러나와. 〔가다드려든(간다, 들이다)〕 : 거둬 들여. 〔ᄃᆺ긔(돗,돗ㄱ)〕 : 돗자리에. 〔갓가이(갓갑다)〕 : 가까이. 〔노숩놋다〕 : 놓도다. 〔뒷노니〕 : 두었나니. 〔부슷그려(부슷그리다)〕 : 떠들어서. 부는 불다(吹), 슷어리다는 떠들다(喧).

解題 이 시는 공의 나이 43세인 玄宗 天寶13年(754년) 겨울 長安에서 「封西岳賦」를 받치기 이전의 작품으로 전징의 궁중 생활을 읊으며 자신의 推薦을 企望하는 내용이다.

註釋

▣ 〔獻納使〕 : 唐 則天武后 때 知匭使를 두고 사방의 투서를 받아들였는데 諫議大夫 一人이 이를 담당하였다. 天寶九年에 玄宗이 匭의 음이 鬼와 가깝다고 하여 獻納使로 고쳤다(垂拱元年 置知匭使 以受四方之書 以諫議一人充使 天寶九載玄宗以匭聲近

鬼 改爲獻納使,『唐書』).〔**起居舍人**〕: 天子의 左右에서 天子의
言行과 政事에 관한 신하의 意見 등을 일일이 記錄하는 벼슬
로 中書省에 속하고 二人이다. 周代의 左史, 右史와 같음. 당시
田舍人은 起居舍人과 獻納使를 兼한 것으로 보인다.

㊀ 〔**獻納司**〕: 헌납사의 맡은 직책.〔**雨露**〕: 천자의 은택을 말함,
헌납사는 원래 在野의 忠諫을 받아들이는 外職인데 舍人의 벼
슬을 겸하고 있어 天子 곁에 있을 수 있는 恩澤을 입은 것이
다.

㊁ 〔**地分淸切**〕: 地分은 청절한 지위를 천자가 나누어 줌, 分은
分擔. 淸切은 '淸要切近' 직무가 번잡하지 않고 높이 천자의 측
근에 있음을 말함, 곧 舍人의 직책. 近은 중서성이 樞에 가깝
게 있기 때문이다.〔**才賢**〕: 재주 있고 어진 사람.

㊂ 〔**退食**〕: 공무를 마치고 공청에서 물러나와 저녁밥을 먹는다는
뜻으로 退勤, 退廳을 말함, '관청으로부터 물러나 밥을 먹는다'
(自公退食,『詩經』<召南>「羔羊」).〔**封事**〕: 남에게 누설되지
않도록 밀봉하여 천자에게 받치는 書狀. 漢나라의 儀禮에 천자
에게 극비의 사실을 아뢸 때는 검은 보자기로 판을 싸서 올렸
다고 함.

㊃ 〔**宮女**〕: 書狀을 管掌하는 內官 三人.

㊄ 〔**曉漏**〕: 漏는 물시계로 漏刻 즉 時刻, 새벽에 관리들이 출근
하는 시각을 말한다.〔**追趨**〕: 출근하는 관리들이 뒤따라 총총
걸음으로 걸어감.〔**靑鎖闥**〕: 궁궐문, 闥은 작은 문, 한 나라
때 궁문에 쇠사슬 같은 모양을 새기고 푸른 칠을 하였으므로
청쇄라 함.

㈥〔白雲篇〕：‘아득히 흰 구름 바라보니, 옛사람 그리움 얼마나 깊은지’(遙遙望白雲 懷古一何深, 陶淵明「和郭主簿」), ‘도현령은 글을 좋아하고 항상 술 마시며, 서로 불러 백운편에 화답하네’(陶令好文常對酒 相招一和白雲篇, 郎士元「馮翊西樓」), ‘산중에 무엇이 있느냐, 산봉우리에 구름이 많다네’(山中何所有 嶺上多白雲, 陶弘景「隱居詩」) 등 제설이 紛紛한데, 在野에 묻힌 선비들이 올린 詩文篇 곧 上訴文으로 봄.

㈐〔揚雄〕：양웅(BC53~AD18)은 成都人, 字는 子雲, 司馬相如처럼 말더듬이었으나 博學多識하였다. 漢 成帝때 文名으로 추천되었다. 天子를 따라 甘泉宮에 갔다가「甘泉賦」를 바치고 천자가 后土에 제사하고 西岳(華山)에 올라 殷周의 유적지를 바라보며 堯舜의 善政를 생각하기에 양웅은 ‘물가에 임하여 물고기를 부러워하기보다는 돌아가서 그물을 만드는 것이 낫다(臨淵羨魚 不如歸而結網)’고 여겨「河東賦」를 지어 천자의 마음을 부추겼다(『漢書』,「揚雄傳」) 여기서 공은 자신을 양웅에 비교하였다. 〔更〕：다시. 이미「甘泉賦」를 올렸기에 다시라고 함. 〔河東賦〕：양웅이 지은 賦. 자신의「封西岳賦」를 비유함.

㈑〔吹噓〕：남의 장점을 추커 세워 추천함. 吹擧. 〔上天〕：천자에게 올림.

通釋

1. 원래 헌납사는 외직임에도 불구하고 그대는 임금의 언행을 기록하는 중요한 직책인 기거사인을 겸하고 있어 천자의 곁에 있을 수 있는 은택을 입었다. 사인이라고 하는 淸要職을 이미

헌납사를 맡고 있는 그대에게 다시 나누어 준 것은 그대가 재주 있고 어진 사람이기에 맡긴 것이다.

2. 사인으로 직무를 마치고 퇴근할 때 그대는 헌납사를 겸하기에 사방에서 올린 상서를 거둬들여 궁녀에게 보낸다. 궁녀는 이 투서함을 열어서 천자의 자리 가까운 곳에 놓아두어 천자가 볼 수 있게 한다.

3. 새벽 시간에 조회에 참석하기 위해 쇠사슬 모양에 푸른 칠을 한 대궐문으로 다른 사람들을 총총걸음으로 뒤쫓아 가며, 또 헌납사로서 밝아오는 창가에 앉아 재야의 사람들이 받쳐 올린 백운편(상소문)을 일일이 점검해본다. 前句는 舍人으로서의 직무를, 後句는 獻納使로서의 직무를 형용한 것이다.

4. 양웅이 「감천부」를 바치고 다시 서악에서 돌아와 「하동부」를 지었듯이 나에게도 「封西岳賦」를 지은 것이 있다네. 그대는 오로지 나를 추천하여 나의 글이 임금에게까지 올려 보내주기를 기대하네. 곧 자신이 지은 글을 천자에게 추천해 주었으면 하는 바램을 말한 것이다.

006. 送鄭十八虔貶台州司戶傷其臨老陷賊之故闕爲面別情見於詩

◎送鄭十八虔貶台州司戶傷其臨老陷賊之故闕爲面別情見於詩

八	七	六	五	四	三	二	一
九重泉路盡交期。	便與先生應永訣。	邂逅無端出餞遲。	蒼黃已就長途往。	百年垂死中興時。	萬里傷心嚴譴日。	酒後常稱老畫師。	鄭公樗散鬢如絲。

- 정건이 태주의 사호참군으로 좌천되어감을 보내노라, 그가 늘 그막에 적에게 잡힌 일을 안타깝게 여기고, 직접 보고 전별하지 못한 정을 시로 보인다 -

一 정공이 쓸모없게 되고 귀밑머리는 실과 같네

二 술 마신 후에는 항상 늙은 화가라 칭했었지

三 만리까지 엄한 질책 받던 날을 마음 아파하고

四 한평생을 중흥한 때에 거의 죽게 되었구나

五 황급히 이미 머나먼 길로 나아가버리니

六 해후는 끝없어 나가 전송함이 더디었네

七 문득 선생과 더불어 응당 긴 이별이라지만

八 먼 저승에서라도 만날 기약을 다하리라

諺解 ㊀ 鄭公이 樗木散材 곧고 귀밑터리 실 곧ᄒ니 ㊂ 醉ᄒᆫ 後에 長常 늘근 畫師ㅣ로라 일쿨놋다 ㊃ 萬里예 므싀여이 罪니 닙는 나래 ᄆᆞᅀᆞ믈 슬코 ㊅ 百年에 中興ᄒ신 제 주구메 다ᄃ랫도다 ㊄ 뵈왓비 ᄒ마 긴 길헤 나ᅀᅡ가니 ㊆ 맛니로미 근업서 나가 餞送호ᄆᆞᆯ 더듸호라 ㊇ 곧 先生과 다믓ᄒ야 당당이 긴 여희요미로소니 ㊈ 九重ㅅ 黃泉ㅅ 길헤 交期를 다오리라 (初刊卷 23, 39)

【注】〔일쿨놋다(일쿨다)〕: 일컫는도다. 〔므싀여이(므싀엽다)〕: 무섭게, 엄하게. 〔니벳는(닙다)〕: 입은, 죄지은. 〔슬코(슬다)〕: 슬퍼하고. 〔주구메〕: 죽음에. 〔뵈왓비(뵈왓ᄇ다)〕: 바삐. 〔ᄒ마〕: 이미. 〔맛니로미(맛닐다)〕: 만남이. 〔더듸호라(더듸다)〕: 더디게 하노라. 〔다믓ᄒ야(다믓ᄒ다)〕: 같이하여, 더불어서. 〔당당이〕: 마땅히, 응당. 〔여희요미로소니(여희다)〕: 이별함이로소니. 〔다오리라(다ᄋ다)〕: 다하리라.

解題 이 시는 공의 나이 46세인 肅宗 至德二年(757년) 長安에서 지은 것으로 左遷되어 가는 친구를 안타깝게 여기며 사후에 다시 만날 기약을 하는 내용이다.

註釋

▣ 〔鄭虔〕: 公의 친구, 글쓰기를 좋아하나 종이를 구할 수 없어 慈恩寺에 감잎사귀를 집채만하게 쌓아두고 날마다 그곳을 찾

아가서 감잎에 글씨를 쓰곤 하였는데 특히 山水圖를 잘 그렸
다. 현종에게 바치자 손수 그림 뒤에 '三絶'이라 썼다. 현종이
그의 재주를 아끼어 廣文館博士로 발탁하였으며, 저서가 80여
권 전한다. 안녹산의 난 때 정건은 적에게 잡혀 水部郎中의 관
직을 받았으나 風疾을 구실삼아 市令 자리를 구한 뒤 은밀히
밀서를 靈武에 있는 肅宗에게 보냈는데 至德二年 十二月 난이
평정되자 적에게 벼슬한 죄가 三等級(流貶, 전부 육 등급으로
나눔)에 해당되어 王維 등과 함께 宣揚里에 갇혀다가 崔圓이
그가 그림을 잘 그린다는 말을 듣고 齋室의 벽에 그림을 그려
주도록 요청하였다. 이 때 정건은 그에게 석방을 간청하여 마
침내 죽음을 면하고 台州의 司戶參軍으로 左遷되어 가게 된
것이다(虔善圖山水 好書 常苦無紙 於是慈恩寺貯柿葉數屋 遂往
日取葉肄書 歲久殆遍 嘗自寫其詩幷畫以獻 帝大署其尾曰 鄭虔
三絶遷著作郎 安祿山反 遣張通儒劫百官置東都 僞授虔水部郎中
因稱風緩 求攝市令 潛以密章達靈武 賊平 與張通 王維並囚宣陽
里 三人者 皆善畫 崔圓使繪齋壁 虔等方悸死 卽極思祈解於圓
卒免死 貶台州司戶參軍事 維止下遷 後數年卒,『新唐書』「鄭虔
列傳」). 〔貶〕: 죄를 지어 좌천됨. 〔台州〕: 지금의 浙江省 台州
府. 〔司戶〕: 벼슬이름, 司戶參軍. 〔臨老陷賊之故〕: 老境에 적
에게 잡혀 벼슬한 일을 말함. 〔故〕: 일(事)의 뜻. 〔闕爲面別〕:
闕은 빠지다, 하지 못함, 面別은 얼굴을 직접 對面하고 전별함.
전체의 뜻은 직접 만나 전별하지 못함을 말한다.

□ 〔樗散〕: 樗樹散木, 아무 쓸모 없는 물건, 樗는 가죽나무, 잎은
냄새가 이상하고 재목은 옹이가 많아 쓸모없음. 혜자가 장자에

게 큰 나무가 있으나 혹 투성이고 가지가 뒤틀려서 쓸모없다
고 하자, 장자는 넓은 광야에 나그네의 휴식처가 될 뿐 아니라
일찍이 도끼질도 당하지 않는다고 하여 無用의 用을 말하였다
(惠子謂莊子曰 吾有大樹 人謂之樗 其大本擁腫而不中繩墨 其小
枝卷曲而不中規矩 立之塗 匠者不顧 今子之言 大而無用 衆所同
去也 莊子曰 子獨不見狸狌乎 卑身而伏 以候敖者 東西跳梁 不
辟高下 中於機辟 死於網罟 今夫斄牛 其大若垂天之雲 此能爲大
矣 而不能執鼠 今子有大樹 患其無用 何不樹之於無何有之鄕 廣
莫之野 彷徨乎無爲其側 逍遙乎寢臥其下 不夭斤斧 物無害者 無
所可用 安所困苦哉,『莊子』「逍遙遊」). 散은 散木, 匠石이 齊나
라에서 엄청나게 큰 土神廟의 참나무를 보고 모두 감탄해 하
나 匠石은 쓸모없는 散木이라 하였다. 쓸모 있다면 일찍이 도
끼질 당하였을 것이라고 하여 오히려 쓸모없음으로 인해 세상
의 괴로움을 당하지 않고 자기의 삶을 잘 보전 할 수 있다는
無用之用을 말하였다(匠石之齊 至於曲轅 見櫟社樹 其大蔽數千
牛 絜之百圍 其高臨山十仞而後有枝 其可以爲舟者旁十數 觀者
如市 匠伯不顧 遂行不輟 弟子厭觀之 走及匠石 曰 自吾執斧斤
以隨夫子 未嘗見材如此其美也 先生不肯視 行不輟 何邪 曰 已
矣 勿言之矣 散木也 以爲舟則沉 以爲棺槨則速腐 以爲器則速毁
以爲門戶則液樠 以爲柱則蠹 是不材之木也 無所可用 故能若是
之壽,『莊子』「人間世」).

㊁ 〔常稱〕: 항상 일컬음, 정건이 스스로 칭함.

㊂ 〔萬里〕: 태주까지의 거리. 〔嚴譴〕: 적에게 벼슬한 데 대한 조
정의 엄한 처벌.

四 〔百年〕: 사람이 살아가는 일평생. 〔垂死〕: 거의 죽게 됨, 濱死, 垂는 '거의'의 뜻. 두 가지 뜻을 지니는데, 하나는 정건이 이미 늙어 언제 죽을지 모르고, 또 하나는 멀리 귀양을 가 죽음을 재촉한다는 뜻임. 〔中興〕: 당시 肅宗이 적을 쳐부수고 兩京을 회복하였으므로 이름.

五 〔蒼黃〕: 倉皇, 너무 급하여 어찌할 바를 모를 만큼 매우 다급함. 〔已就長途往〕: 이미 먼길로 나아감. 임금의 명령이 지엄하여 창황히 유배 길을 떠나버려 公이 도착하였을 때는 이미 떠나고 없음, 그러므로 제목에 '闕爲面別'이라 한 것이다.

六 〔邂逅〕: 서로 다시 만남. 〔無端〕: 끝없음, 정함이 없음. 〔出餞〕: 餞別하여 보냄, 잔치를 베풀어 가는 사람을 보냄. 〔遲〕: 늦다, 더디다. 자신이 늦게 도착하여 보지 못함.

八 〔九重泉路〕: 겹겹히 쌓인 샘 밑의 길, 즉 저승길. 정건은 그 후 765년 그 곳에서 죽었다. 공의 「八哀詩(七)」에 「故著作郎貶台州司戶滎陽鄭公虔」이란 哀悼詩가 있다.

通釋

1. 삼절로 칭찬받은 재주 있는 정공이 지금 쓸모없는 물건처럼 세상에 버려지고, 귀밑머리는 하얀 실과 같이 되어 버렸다. 그대는 술에 취하기라도 하면 항상 스스로 늙은 화가라고 자조 섞인 말을 하곤 하였다.

2. 장안이 함락되어 부득이 적에게 벼슬한 것이 죄가 되어 천자의 엄한 질책을 받아 만리나 되는 태주까지 좌천되어 가는 날 내 마음은 너무나 아팠다. 한평생 가운데 하필이면 적을 평정하고

다시 조정이 일어나 태평스러운 이때에 죽을지도 모르는 먼
길을 가게 되다니 더욱 마음이 슬프다.

3. 皇命이 워낙 지엄하다보니 그대는 내가 도착하기도 전에 벌써
황급히 먼 길을 떠나가 버렸다. 이번에 헤어지면 다시 만날 기
약 없는데 내가 전별연에 늦게 도착하는 바람에 얼굴도 보지
못하고 이별하고 말았다.

4. 문득 생각해보니 지금 선생과 더불어 이별하는 것이 응당 영원
한 이별이라고 생각할지 모르겠지만, 아홉 겹이나 되는 깊고
깊은 황천길에서 다시 만날 것을 기약하여 현세에 못다한 우
리의 우정을 다하고자 한다. 그러나 정건은 그곳에서 몇 년 뒤
죽고 말았다.

007. 臘日

◎臘日

一 臘日常年暖尙遙
二 今年臘日凍全消
三 侵陵雪色還萱草
四 漏洩春光有柳條
五 縱酒欲謀良夜醉
六 還家初散紫宸朝
七 口脂面藥隨恩澤
八 翠管銀罌下九霄

- 납일 -

一 납일이 보통 해에는 따뜻함이 오히려 멀더니
二 올해의 납일에는 언 것이 다 녹았네
三 눈 빛을 침릉하여 훤초가 도로 나왔고
四 봄 빛을 누설하는 버들가지가 있도다
五 술을 흠뻑 마셔 좋은 밤에 취함을 꾀하고자 하고
六 집에 돌아옴을 자신전의 조회로 처음 흩어지노라
七 입에 바르는 기름과 낯에 바르는 약은 은택을 좇아
八 푸른 대롱과 은앵이 하늘에서 내려오네

諺解 ㊀ 臘日이 常녯 히옌 더위 오히려 머더니 ㊁ 올힛 臘日엔
언거시 다 녹ᄂ다 ㊂ 눉비츨 侵陵ᄒ야 萱草ㅣ 도로 나ᄂ니 ㊃
봀비츨 싁여딜 거슨 버듯가지 잇도다 ㊄ 수를 ᄀ장 머거셔 됴
ᄒᆞᆫ 바미 醉호ᄆᆞᆯ 쇠ᄒ고져 ᄒ노니 ㊅ 지븨 도라오ᄆᆞᆯ 紫宸殿엣
朝會로 처엄 흐로라 ㊆ 이베 ᄇᆞᄅ는 脂와 ᄂ치 볼롤 藥이 님
금 恩澤ᄋᆞᆯ 조차 ㊇ 프른 대롱과 銀甖이 하ᄂᆞᆯ로셔 ᄂ려오ᄂ다
(初刊卷11, 36)

【注】 〔싁여딜(싁여디다)〕: 누설할, 샐. 〔ᄀ장〕: 마음껏, 실컷.
〔흐로라(흐로다)〕: 흩어지게 하노라.

解題 이 시는 공의 나이 46세인 肅宗 至德2年(757년) 겨울 長安
에서 左拾遺 시절, 봄날 같은 臘日을 맞은 기쁨을 노래한 것이
다.

註釋

㊀ 〔臘日〕: 大寒 후 辰日이 臘日인데 이 날 지내는 제사를 臘祭
라 한다. 따라서 臘祭를 행하는 陰曆 十二月을 臘月이라 한다.
이 날은 사냥해서 얻은 짐승으로 先祖와 百神에게 祭祀를 올
리며, 官民은 모두 술을 마시고, 宮中에서는 近臣들에게 飮食과
物品을 하사하였다. 臘은 獵의 뜻.

㊂ 〔侵陵〕: 이김, 범하여 꺾음. 침략하여 욕보임.

㊄ 〔縱酒〕: 술을 마음껏 마심. 〔良夜〕: 좋은 밤. 축제를 벌이는

좋은 밤.

㈥〔**紫宸**〕：殿의 이름, 大明宮(東內)의 뒤에 있음, 天子가 每月
一日과 十五日에 행차하는 궁전임.〔**朝**〕： 朝會, 參朝, 朝會에
參與함.

㈦〔**口脂面藥**〕：冬寒을 막기 위해 입술에 바르는 기름(약품)과
寒熱을 막기 위해 얼굴에 칠하는 약으로 납일의 하사품이다.

㈧〔**翠管**〕：비취색의 象牙筒으로 口脂를 담는 데 쓴다.〔**銀罌**〕：
은으로 만든 교갑으로 면약을 넣는다.〔**九霄**〕：하늘, 여기서는
구중궁궐, 천자의 비유.

通釋

1. 섣달 납일이 보통 해에는 따뜻함과는 오히려 거리가 멀었는데,
   금년 납일은 완전히 얼음조차 다 녹아버렸다.

2. 그래서 차가운 눈 빛을 깔보듯이 휜추리 싹은 봄이 아닌데도 도
   리어 피어났고, 얼음이 녹아야 피어날 수 있는 버들가지도 벌써
   새싹이 돋아나 마치 봄빛을 누설한 것 같다.

3. 축제나 다름없는 이 좋은 날 밤 술을 흠뻑 마시고 마음껏 취해
   보고자 하여, 자신전에서 조회하고 난 뒤 방금 흩어져 집으로
   돌아왔다.

4. 설맞이 선물인 입에 바르는 구지와 낮에 칠하는 면약은 임금의
   은택을 좇아, 푸른 대롱과 은그릇에 담겨져 성상께서 하사품으
   로 내려졌다. 봄날 같은 납일 밤에 천자로부터 하사품까지 받
   은 기쁨에 술도 실컷 마셔 그날을 즐겨보고싶다는 뜻이다.

008. 奉和賈至舍人早朝大明宮

◎ 奉和賈至舍人早朝大明宮

一 五夜漏聲催曉箭
二 九重春色醉仙桃
三 旌旂日暖龍蛇動
四 宮殿風微燕雀高
五 朝罷香烟携滿袖
六 詩成珠玉在揮毫
七 欲知世掌絲綸美
八 池上于今有鳳毛

― 사인 가지의 「조조대명궁시」에 받들어 화답함 ―

一 오야의 물시계 소리 새벽 時針을 재촉하니

二 구중의 봄빛은 선도에 취한 듯 하네

三 깃발에 햇살 따스하니 용과 뱀이 꿈틀거리고

四 궁전에 바람 살랑이니 제비와 참새가 높이 나네

五 조회 마치니 향내를 소매 가득 담아 나오고

六 시가 이뤄지니 구슬이 붓 휘두름에 있네

七 대대로 사륜 맡음의 아름다움을 알려거든

八 못 위에 지금 봉의 털이 있다네

諺解 ㊀ 다솟 바밋 漏刻 소리는 새뱃 사롤 뵈아ᄂᆞ니 ㊁ 九重엣 봀 비츤 仙桃ㅣ 醉ᄒᆞ얫는 돗ᄒᆞ도다 ㊂ 旌旗예 히 덥게 뾔니 龍과 비얌괘 뮈오 ㊃ 宮殿에 ᄇᆞᄅᆞ미 쟎간 부니 져비와 새왜 노피 ᄂᆞᆺ다 ㊄ 朝會 뭇고 香爐ㅅ 니를 ᄉ매예 ᄀᆞᄃᆞ기 가져가ᄂᆞ니 ㊅ 詩句를 일우니 구스리 붇 두루튜메 잇도다 ㊆ 世世로 絲綸 ᄀᆞᅀᆞᆷ아로미 아롬다오ᄆᆞᆯ 알오져 홀뎬 ㊇ 뭇우희 이제 鳳의 터리 잇도다 (初刊卷06, 04)

【注】 〔새뱃(새배)〕 : 새벽의. 〔사롤(살)〕 : 살을, 시계침을. 〔뵈아ᄂᆞ니〕 : 재촉하나니. 〔뾔니(뾔다)〕 : 쪼이니. 〔뮈오〕 : 움직이고. 〔뭇고〕 : 마치고. 〔ᄉ매예〕 : 소매에. 〔ᄀᆞᄃᆞ기〕 : 가득히. 〔붇〕 : 붓. 〔두루튜메〕 : 휘두름에. 〔ᄀᆞᅀᆞᆷ아로미(ᄀᆞᅀᆞᆷ알다)〕 : 맡은 일을 처리함에, 관리함에.

解題 이 시는 공의 나이 47세인 乾元元年(758년) 봄 長安에 있을 때 지었다. 中書舍人 賈至가 元日 아침에 大明宮에서 조회하고 쓴 시에 화답한 시로 그의 재주를 찬미한 내용이다. 一作 和賈至舍人早朝大明宮.

註釋

■ 〔賈至〕 : 賈曾의 子로 曾은 冊文을 담당, 景雲中(710~711년)에 中書舍人이 되었다. 賈至도 玄宗 때 임금의 冊文을 擔當하여 벼슬이 中書舍人에 이르렀다. 현종이 父子의 이 일을 칭찬

한 적이 있다. 천자가 말하기를 "지난날 선제의 고명을 바로 그대 부친이 지었는데, 지금 이 명책은 또한 그대가 짓는구나. 양조의 성전이 경의 집안 부자 손에서 나오니 가히 아름다움을 이었다 하겠다" 하였다(帝曰 昔先天誥命 乃父爲之辭 今茲命冊 又爾爲之 兩朝盛典 出卿家父子手 可謂繼美矣, 『新唐書』「賈至列傳」). 〔早朝〕: 아침 일찍. 이른 아침. 元日 아침에 朝廷에 參與하여 賀禮함. 〔大明宮〕: 唐의 長安城에는 세 개의 宮殿이 있었는데 太極宮(西쪽에 있는 故로 一名 西內), 大明宮(東內), 興慶宮(南內)이 그것이다. 이 三內에서 번갈아 朝會를 하였는데 大明宮이 가장 잦았다.

㊀〔五夜〕: 밤을 다섯으로 나누는 稱號. 漢魏 以來 밤을 一鼓~五鼓, 初更~五更 혹은 甲夜~戊夜(오후 7시~오전 5시)으로 나누기도 한다. 〔漏聲〕: 물시계의 물 떨어지는 소리. 〔箭〕: 漏箭, 時針과 같다고 볼 수 있는데, 옻칠한 梧桐 나무로 만들고 무게는 四十八兩이다. 古代에는 군중에서 화살을 보내어 時間을 알렸고, 후대에는 물에 화살을 띄워 시간을 가리키게 만들었다.

㊁〔九重〕: 天子의 대궐문이 아홉 겹으로 되어 있어 붙은 이름이다. 宮闕. 〔春色〕: 여기서는 봄의 새벽 빛(曙色). 〔醉仙桃〕: 선도에 취하다. 曙光이 불그스레한 것을 비유함. 仙桃는 서왕모가 황제에게 바쳤다고 하는 천년이 지나야 열매가 열리는 신선 세계의 복숭아를 말함. 漢 武帝때 파랑새가 承華殿 앞뜨락에 날아 든 일이 있는데, 武帝가 이 사실을 東方朔에게 말하자, '西王母가 반드시 내려올 것이다'고 하였다. 그의 말대로 그 날

밤 서왕모가 복숭아 7개를 가지고 내려와 2개는 자신이 먹고 5개는 한무제에게 주었다고 한다. 그러나 여기서는 대궐 안의 복숭아를 美稱하여 이름이지 西王母의 일은 아니다. 唐代에는 대궐 뜰에 桃柳를 많이 심었다. 그런데 혹자는 이 구절을 '천자의 온화한 기운이 얼굴에 가득하여 마치 천도복숭을 먹고 취한 빛이 있는 것 같다'(和氣滿容 如食仙桃而有醉色, 『虞註』)고 번역하고 있다. 가지의 原詩나 岑參의 和答詩('鶯囀皇州春色闌')를 보면 春色은 그대로 봄빛으로 보는 것이 마땅하다.

㊂ 〔旌旂〕 : 旌旗, 깃발의 총칭, 旌에는 깃털이 있고, 旂에는 깃털이 없고, 龍을 交叉하여 그려 놓았다. 제3구의 旌旂는 號令에, 日暖은 明時에, 龍蛇는 君臣에 비유하여 '맑은 날씨에 임금이 나들이를 할 때 신하가 받들어 함께 간다'고 보고, 제4구의 宮殿은 朝廷에, 風微는 政敎에, 燕雀은 小人에 비유하여 '조정의 정교가 나오자 마자 소인들이 그 자리를 다 차지해버린다'로 해석하기도 한다.

㊄ 〔香烟〕 : 殿 위에 피워 놓은 香爐의 연기.

㊅ 〔詩成〕 : 시가 이루어짐, 여기서는 賈至의 原詩를 말함. 〔珠玉〕 : 珠玉같은 詩篇.

㊆ 〔世掌〕 : 대대로 맡음, 父子 二代가 맡음. 〔絲綸〕 : 天子의 詔勅을 말함, 綸音, 綸綍, 綸綍, 綸言, '왕의 말은 처음 나올 때는 가는 실과 같으나 밖으로 행해질 때는 굵은 줄과 같다'(子曰王言如絲 其出如綸, 『禮記』 〈緇衣〉). 공의 原注 自註에 '舍人의 先世가 일찍이 絲綸을 擔當하였다'(舍人先世嘗掌絲綸)고 함.

㊇ 〔池〕 : 鳳池, 鳳凰池, 唐의 中書省에 있는 못, 轉하여 中書省의

別稱. 순욱이 오랫동안 中書監에 있으면서 기밀스러운 일은 전담하였다가 尙書令으로 옮겨 이를 잃게 되자 심히 망연자실하였다. 어떤 사람이 이를 축하하니 욱은 "나의 봉황지를 빼앗겼는데 어찌 나에게 축하하냐?"고 하였다.(勖久在中書 專管機事 及失之 甚惘惘悵悵 或有賀之者 勖曰 奪我鳳凰池 諸君賀我邪, 『晉書』「荀勖列傳」). 〔鳳毛〕: 아들의 소질이 父祖에 못지않음을 일컫는 말. 子孫이 官界에 立身出世한 것을 稱讚하여 일컫는 말. 才士나 風采가 빼어난 사람을 譬喩. 謝鳳의 아들 超宗이 문장에 능하여 항상 新安王을 가까이서 모셨는데 왕의 어머니 殷淑儀가 죽자 輓詞를 지어 올렸더니 왕이 칭찬하기를 '초종은 특히 봉의 깃털을 가졌다. 사령운이 다시 나온 것 같다'라고 하였다(新安王子鸞 孝武帝寵子 超宗以選補王國常侍 王母殷淑儀卒 超宗作誄奏之 帝大嗟賞 曰超宗殊有鳳毛 恐靈運復出,『南齊書』「謝超宗列傳」).

〔通釋〕

1. 밤중 내내 물시계의 물떨어지는 소리는 새벽 시각을 재촉하니, 구중궁궐의 봄날 새벽빛은 마치 대궐 내에 심어놓은 복숭아꽃에 취한 듯 불그스레하다.

2. 임금의 위용을 뽐내는 깃발은 따뜻한 햇살에 비치어 깃발에 그려진 용과 뱀이 마치 살아 움직이는 듯 꿈틀거리고, 궁전 내에 봄바람이 살랑살랑 부니 제비와 참새는 하늘 높이 날아오른다.

3. 조회를 마치고 나온 신하들의 옷소매에는 어전 내에 피워놓은 향로의 내가 가득 베어 마치 이를 담아 나오는 듯하고, 조회

후에 읊은 그대의 시(「早朝大明宮呈兩省寮友」)는 붓을 휘두를
때마다 주옥과 같은 작품을 만들어낸다.

4. 부자지간 대대로 천자의 조칙을 맡아 써온 영광스러움을 알려
고 한다면, 지금 중서성내에 봉황의 털이라고 할만한 그대와
같은 훌륭한 재사가 있음을 보라.

附「早朝大明宮呈兩省寮友」 ― 賈至 ―

銀燭朝天紫陌長　　　禁城春色曉蒼蒼
千條弱柳垂靑鎖　　　百囀流鶯繞建章
劍佩聲隨玉墀步　　　衣冠身惹御爐香
共沐恩波鳳池上　　　朝朝染翰侍君王

【諺解】 ㊀ 銀燭혀고 朝天호매 紫陌이 기니 ㊂ 禁城엣 봄비치새배
프르렛도다 ㊂ 즈믄 옰 보드라온 버드른 靑瑣門에 드리옛고
㊃ 온가지로 울며 옮든니는 곳고리는 建章宮에 ᄀ둑ᄒ얫도다
㊄ 갈콰 佩玉ㅅ 소리는 玉墀엣 거르믈 좃고 ㊅ 衣冠흔 모매는
御爐앳 香내 버므렛도다 ㊆ 님긊 恩波롤 鳳池 소개셔 다뭇 저
저 ㊇ 아춤마다 부데 먹무텨 님그믈 뫼숩노라 (初刊卷06, 03)

【解釋】

― 아침 일찍 대명궁에서 조회하고 두 省의 동료들에게 주다 ―
은촛불 켜고 조회하니 대궐 길이 길고

궁성의 봄빛은 새벽에 푸르르네
가지마다 하늘거리는 버들은 청쇄문에 드리웠고
온갖 소리로 우는 꾀꼬리 울음 건장궁에 가득하네
칼과 패옥 소리는 섬돌의 걸음을 따르고
의관한 몸에는 향로의 향내 묻어 있네
봉황지에서 임금 은혜에 함께 젖어서
아침마다 붓을 적시며 임금님을 모시노라

009. 宣政殿退朝晚出左掖

◎宣政殿退朝晚出左掖

一　天門日射黃金榜
二　春殿晴曛赤羽旗
三　宮草霏霏承委佩
四　爐烟細細駐遊絲
五　雲近蓬萊常五色
六　雪殘鳷鵲亦多時
七　侍臣緩步歸青瑣
八　退食從容出每遲

－ 선정전에서 조회를 마치고 저녁 늦게 문하성을 나서다 －

一 대궐 문에 햇빛이 누런 편액을 쏘니

二 봄 뜨락에 갠 빛이 붉은 깃발에 어려 있네

三 궁전의 풀은 무성하여 서린 패옥 받들듯

四 향로의 연기는 가늘어 거미줄이 머문 듯하네

五 구름은 봉래전에 가까와 항상 오색빛이고

六 눈은 지작관에 녹아감이 또한 때에 많도다

七 근시한 신하 천천히 걸어 청쇄문에 갔다가

八 밥 먹으러 물러날 때는 조용히 나옴을 매양 더디게 하네

諺解 ㊀ 하눐 門에 힛비치 黃金榜애 소앳느니 ㊂ 봆 宮殿에 갠
비치 블근 지추로 혼 旗예 우렛도다 ㊂ 宮殿엣 프른 微微히
서리뎻는 佩玉을 바댓거늘 ㊃ 香爐앳 니 細細혼 딘 遊絲ㅣ 머
므렛도다 ㊄ 구루믄 蓬萊殿에 갓가와 샹녜 다숫 비치로소니
㊅ 누는 鳷鵲觀애 노가가미 ㄸ 뼈 하도다 ㊆ 近侍혼 臣下ㅣ
날호야 거러 靑瑣門에 갯다가 ㊇ 밥머그라 믈러올 저긔 즈늑
즈느기 나오믈 미샹 날호야 ㅎ느다 (初刊卷06, 06)

【注】 지추로(짗) : 깃으로. 우렛도다(우리다) : 우렸도다. 서리
뎻는(서리디다) : 서리었는(委). 바댓거늘(받다) : 받들었거늘.
뼈 : 때, 때에. 날호야 : 더디게, 천천히. 갯다가(갯다) : 돌아갔
다가, 돌아가 있다가. 즈늑즈느기 : 조용히, 자늑자늑이.

解題 이 시는 공의 나이 47세 肅宗 乾元 元年(758년) 봄 長安에
서 左拾遺 시절, 봄날 宣政殿의 光景과 餘裕로운 日課를 읊은
것이다.

註釋

■ 〔宣政殿〕 : 高宗 龍朔二年(662년)에 蓬萊宮, 含元殿과 宣政, 紫
宸, 蓬萊의 三殿을 지었다. 含元殿의 동쪽에는 東上閤門이 있
고 서쪽에는 西上閤門이 있으니, 東上閤門에는 門下省, 西上閤
門에는 中書省이 있다. 公이 당시 左拾遺로서 門下省에 속해
있으므로 左掖이라 한 것이다. 左는 東이기 때문이고 掖門은

양쪽에 있는데 사람의 양쪽 겨드랑이에 비유한 것이다.

㊀〔**天門**〕: 대궐의 문.〔**日射**〕: 저녁 햇빛이 쏘아 부침.〔**黄金 榜**〕: 황금으로 장식된 扁額.

㊁〔**春殿**〕: 선정전의 봄.〔**晴曛**〕: 晴은 맑은 날, 晴日. 曛은 어둑어둑함.〔**赤羽旗**〕: 붉은 깃의 새(赤羽鳥) 즉 朱雀이 그려 있는 깃발.

㊂〔**宮草**〕: 궁전의 풀.〔**霏霏**〕: 草木이 茂盛한 모양. 一作 微微(가늘고 긴 모양).〔**承委佩**〕: 위패를 받들다. 임금의 패옥이 몸에 붙어 있으면 신하의 패옥은 드리우고, 군주의 패옥이 드리우면 신하의 패옥은 땅에 닿게 한다(主佩倚 則臣佩垂 主佩垂 則臣佩委,『曲禮下』). 垂委는 君臣間의 俯仰之節로 몸을 작게 구부리면 드리워지고, 크게 구부리면 땅에 닿게 된다(垂委 是 君臣俯仰之節 於身小俛則垂 大俛則委於地,『禮記集說』).

㊃〔**爐烟**〕: 향로의 연기.〔**細細**〕: 가늘고 가는 모양.〔**遊絲**〕: 일반적으로 野馬, 陽炎이라 하여 아지랑이를 말하나, 여기서는 거미줄로, 거미줄이 허공에 휘날리는 것을 말한다. 바람이 불지 않아 연기가 움직이지 않으므로 '駐'라고 한 것이다. '遊絲暖如煙 落花雾如霧'(沈約,「會圃臨春風詩」).

㊄〔**蓬萊**〕: 殿名으로 곧 大明宮을 말함.

㊅〔**鳲鵲觀**〕: 漢나라의 武帝가 雲陽의 甘泉宮 밖에 지은 궁궐로 여기서는 당시의 궁전을 비유함.

㊆〔**侍臣**〕: 모시고 있는 신하. 左拾遺인 자신을 가리킴.〔**青鎖**〕: 門下省의 문, 鎖形의 조각을 한 푸른 문임.

㊇〔**退食**〕: 公務를 마치고 조정에서 나와 집으로 돌아와 食事를

함, '관청으로부터 나와 퇴근하니 당당하고 유유하네'(退食自公
委蛇委蛇,『詩經』「羔羊」). 〔從容〕 : 조용함. 당시는 淸平한 때
이므로 自得한 모양, 여유롭고 침착한 모양. 〔出〕 : 出掖 곧 左
掖에서 退出함.

通釋

1. 따스한 저녁 햇살이 대궐문에 걸려있는 황금으로 씌여진 편액
   을 쏘아 부치고, 봄날 선정전에는 맑게 갠 빛이 朱雀 그려진
   붉은 깃발에 어리어 있다.
2. 봄날 궁전의 풀은 무성하여 마치 땅에 닿을 듯 드리워진 신하
   들의 패옥을 받드는 듯 돋아있고, 향로에서 피어오르는 연기는
   가느다란 것이 마치 거미줄이 허공에 머문 듯 하네
3. 봉래전(대명궁) 근처에는 항상 구름이 오색빛을 띠고 있고, 아
   직까지 남아있던 잔설은 지작관 여기저기서 따스한 봄날을 맞
   아 녹아가고 있다.
4. 임금을 가까이서 모시는 신하(나)는 조회가 끝나면 천천히 걸
   어 나와 근무지인 문하성의 문으로 돌아와서 일하고, 퇴청할
   때는 항상 여유롭고 천천히 좌액을 나와 늦게서야 집으로 돌
   아간다. 태평스러운 시절을 맞아 여유로운 생활의 즐거움을 표
   현한 것이다.

010. 紫宸殿退朝口號

◎ 紫宸殿退朝口號

<table>
<tr><td>八</td><td>七</td><td>六</td><td>五</td><td>四</td><td>三</td><td>二</td><td>一</td></tr>
<tr><td>會</td><td>宮</td><td>天</td><td>晝</td><td>花</td><td>香</td><td>雙</td><td>戶</td></tr>
<tr><td>送</td><td>中</td><td>顏</td><td>漏</td><td>覆</td><td>飄</td><td>瞻</td><td>外</td></tr>
<tr><td>夔</td><td>每</td><td>有</td><td>稀</td><td>千</td><td>合</td><td>御</td><td>昭</td></tr>
<tr><td>龍</td><td>出</td><td>喜</td><td>聞</td><td>官</td><td>殿</td><td>座</td><td>容</td></tr>
<tr><td>集</td><td>歸</td><td>近</td><td>高</td><td>淑</td><td>春</td><td>引</td><td>紫</td></tr>
<tr><td>鳳</td><td>東</td><td>臣</td><td>閣</td><td>景</td><td>風</td><td>朝</td><td>袖</td></tr>
<tr><td>池</td><td>省</td><td>知</td><td>報</td><td>移</td><td>轉</td><td>儀</td><td>垂</td></tr>
</table>

- 자신전에서 물러 나오며 즉석에서 읊음 -

㊀ 문 밖에는 궁녀가 붉은 소매 드리우고
㊁ 둘이서 어좌를 바라보며 조회를 안내 하네
㊂ 향기가 온 내전에 날리니 봄바람이 옮기고
㊃ 꽃은 백관들을 덮어 맑은 햇빛이 옮겨가네
㊄ 낮 시간 듣기 어려워 고각에서 알려오고
㊅ 용안에 기쁨 있음을 가까운 신하가 알리라
㊆ 궁중에서 매양 나와 동성으로 돌아갈 제
㊇ 재상들이 봉지에 모임을 모아 보내노라

諺解 ☐ 戶外예 昭容이 블근 소매 드리오고 ☐ 둘히 御座롤 보아셔 朝儀롤 引進ᄒ놋다 ☐ 香氣ㅣ 오온 殿에 飄散ᄒ니 볽 ᄇ
ᄅ미옮기고 ☐ 고지 千官을 두퍼시니 몰곤 힛비치 옮놋다 ☐
나짓 漏刻올 노폰 지븨셔 알외요몰 드므리 드르리로소니 ☐
님긊 ᄂ치 깃거ᄒ샴 이쇼몰 近侍혼 臣下ㅣ 아놋다 ☐ 宮中에
셔 미샹 나 東省애 가 ☐ 夔龍이 鳳池예 모도몰 모다 보내노
라 (初刊卷06, 07)

【注】 〔두퍼시니(둪다)〕 : 덮었으니. 〔나짓(낮)〕 : 낮에의. 〔드
므리〕 : 드물게. 〔깃거ᄒ샴(깃그다)〕 : 기뻐하심. 〔모도몰(몯
다)〕 : 모임을. 〔모다(몯다)〕 : 모아.

解題 이 시는 공의 나이 47세인 乾元元年(758년) 長安에서 左拾
遺로 있을 때 지은 것으로 天子의 德과 朝會의 엄숙한 모습과
자신의 충성을 읊고 있다.

註釋

■ 〔**紫宸殿**〕 : 宣政殿 北쪽에 있고, 大明宮(東內) 뒤에 있음. 天子
가 每月 一日과 十五日에 행차하는 궁전. 〔**口號**〕 : 입으로 읊
음, 즉석에서 시를 지음.

☐ 〔**戶外**〕 : 御殿의 문밖. 〔**昭容**〕 : 正二品의 벼슬로 천자를 모시
는 후궁, 昭容은 左右 各 一人으로 文武 兩班의 群臣들을 殿內
로 引導함.

三〔朝儀〕: 조정의 儀禮.

三〔合殿〕: 殿內 全體.

四〔千官〕: 百官. 〔淑景〕: 맑은 햇살, 淑日, 淑景移는 시간이 길
　어짐을 말한 것이다.

五〔稀聞〕: 드물게 들림. 자신전은 깊숙한 내전인지라 外庭의 고
　각에서 울리는 소리가 잘 안들려 궁녀가 이따금씩 알려준다.
　그래서 드물게 들린다고 하였다. 〔高閣〕: 外庭의 高閣, 이 고
　각의 漏刻 소리를 紫宸殿內에 알림.

六〔天顔〕: 龍顔, 天子의 얼굴.

七〔東省〕: 門下省.

八〔夔龍〕: 舜임금 때의 두 신하, 夔는 音樂 담당, 龍은 民言을
　임금에게 進言하는 일을 관장함, 여기서는 당시의 宰相을 뜻함.
　〔鳳池〕: 鳳凰池, 唐의 中書省에 있는 못, 轉하여 中書省의 別稱.
　순욱이 오랫동안 中書監에 있으면서 기밀스러운 일은 전담하
　였다가 尙書令으로 옮겨 이를 잃게 되자 심히 망연자실하였다.
　어떤 사람이 이를 축하하니 욱은 "나의 봉황지를 빼앗겼는데
　어찌 나에게 축하하냐?"고 하였다.(勖久在中書 專管機事 及失之
　甚惘惘悵悵 或有賀之者 勖曰 奪我鳳凰池 諸君賀我邪, 『晉書』
　「荀勖列傳」). 中書省이 깊숙히 있어 天上의 鳳凰池에 비유한 것
　이다.

通釋

1. 조회에 참석하기 위해 자신전에 들어가니 어전 문 밖에는 붉은
　소매를 드리운 두 궁녀가 있고, 이들이 좌우에 서서 천자를 지

켜보며 조회에 참여케 안내한다.

2. 어전에 피워놓은 향로에서 피어오르는 향기가 훈훈한 봄바람에
  날리어 온 內殿에 진동을 하고, 뜨락에 열 지어 서서 奏對를
  하고 있는 백관들은 꽃에 뒤덮여 있고 맑은 햇살은 점점 다른
  쪽으로 옮겨가고 있다.

3. 자신전은 궁중에서 가장 깊숙한 곳에 있어 낮시간을 알리는 소
  리를 듣기 어려워 外庭에 있는 고각에서 전해오는 것을 있을
  뿐이고, 그리고 천자의 얼굴에 기쁜 빛을 띠고 있음은 오직 천
  자를 가까이서 모실 수 있는 신하만이 알 수 있는 일인데 나
  도 좌습유로 있어 그것을 제일 먼저 알게 되니 참으로 행복스
  럽게 생각한다.

4. 조회를 마치고 나와 門下省으로 돌아갈 때면, 항상 제일 높은
  중서성의 재상들을 먼저 中書省에 모이도록 함께 배웅을 하고
  나서 각자 흩어져 나도 東省 즉 문하성으로 돌아간다.

011. 題省中院壁

◎題省中院壁

八	七	六	五	四	三	二	一
許	袞	退	腐	鳴	落	洞	掖
身	職	食	儒	鳩	花	門	垣
媿	曾	遲	衰	乳	遊	對	竹
比	無	回	晚	燕	絲	雪	埤
雙	一	違	謬	靑	白	常	梧
南	字	寸	通	春	日	陰	十
金	補	心	籍	深	靜	陰	尋

- 문하성의 담벼락에 쓰다 -

㊀ 금액 담의 대와 담의 오동나무 열 발이나 되니
㊁ 洞文이 눈을 마주하여 항상 어둑어둑 하네
㊂ 지는 꽃과 거미줄에 한낮이 고요하고
㊃ 우는 비둘기와 어린 제비에 푸른 봄이 깊어가네
㊄ 썩은 선비가 늘그막에 잘못 벼슬하여
㊅ 밥 먹으러 물러날 제 늦게 나옴은 마음에 걸려서네
㊆ 곤직을 일찍 한 자로도 보태지 못하였으니
㊇ 몸을 허락함에 쌍남금에 비교함을 부끄러워 하네

諺解 ㊁ 禁掖ㅅ 다맷 대와 다맷 머귀 기릐 열 尋이로소니 ㊂ 훤
훈 門이 누늘 相對ᄒᆞ야 샹녜 어득ᄒᆞ얫도다 ㊃ 디는 곳과 노는
시레 볼ᄀᆞ 나리 寂靜ᄒᆞ고 ㊇ 우는 비두리와 삿기치는 제비예
프른 보미 기펫도다 ㊄ 腐儒ㅣ 늘거셔 외오 通籍호니 ㊅ 밥머
그라 믈러올 제 날호야 녀 죠고맛 ᄆᆞ음매 어긔으르체라 ㊆ 袞
職을 일즉 훈 字로도 깁디 몯ᄒᆞᅀᆞ오니 ㊈ 몸 許ᄒᆞ요물 雙南金
에 가줄뵤물 붓그리노라 (初刊卷06, 13)

【注】 〔머귀〕: 오동나무. 〔기릐〕: 길이. 〔샹녜〕: 항상. 〔어득
ᄒᆞ얫도다〕: 어둑어둑하여 있도다. 〔비두리〕: 비둘기. 〔삿기치
ᄂᆞᆫ〕: 새끼치는. 〔외오〕: 잘못, 그릇. 〔날호야〕: 천천히. 〔녀
(녀다)〕: 가(가다). 〔죠고맛〕: 조그마한. 〔어긔으르체라〕: 어
기다, 어그러뜨리다. 〔가줄뵤물(가줄비다)〕: 비교함을. 〔붓그리
노라(붓그리다)〕: 부끄러워하노라.

解題 이 시는 공의 나이 47세인 乾元二年(758년) 늦봄에 長安에
서 左拾遺로 있을 때 지은 것으로 門下省의 봄날 風景과 天子
를 輔弼하지 못하는 자신의 無能함을 謙辭하여 읊은 것이다.

註釋 〔省〕: 左拾遺가 속해 있는 門下省으로 궁궐 동쪽에 있어
左省 혹은 左掖이라고도 한다. 〔院壁〕: 담, 담벼락. 담 원.
㊀ 〔掖垣〕: 禁掖, 궁궐 담, 省中 좌우의 담. 〔一尋〕: 八尺, 한발
(양팔을 벌린 거리). 〔埤〕: 낮은담 비, 낮을 비(卑), 혹자는 竹

埤를 대로 엮은 울타리로 보고 '궁궐 담의 대 울타리에 오동나무가 열길이다'로 보기도 하고, 埤를 卑(낮다)의 뜻으로 보고 '궁궐 담의 대나무는 낮고 오동나무는 열발이나 높다'고 해석하기도 한다.

三 〔洞門〕: 諸院의 문과 문이 서로 이어져 깊숙이 통함, 멀리까지 훤히 통하는 문, 洞은 通하다. 〔雪〕: 西北 地方은 추운 곳이라 봄이 깊어도 눈이 쌓여 있음, 오동나무가 길어 그 근처에는 봄인데도 아직 눈이 쌓여 있음. 한편 黃山谷은 唐의 省中은 靑壁에 눈을 그려놨다고 하였다(『諺解』), 一作 '霤'로 된 異本이 많은데, 이에 따르면 '洛花, 鳴鳩'로 보아 深春이므로 雪은 마땅하지 않다고 하였다. 따라서 轉寫의 誤謬로 보고 있다(『詩箋』). 霤는 낙수물. 〔陰陰〕: 어둑어둑함.

三 〔遊絲〕: 거미줄(蛛網), 아지랑이. '爐煙細細駐遊絲'(杜甫, 「宣政殿退朝晚出左掖」), '上林鶯囀遊絲起'(溫庭筠, 「漢皇迎春詞」).

四 〔乳燕〕: 젖먹이 제비 혹은 새끼를 키우는 제비. 〔靑春〕: 푸른 봄, 五行에 의하면 靑은 봄의 색에 해당된다.

五 〔腐儒〕: 썩은 선비로 여기서는 자신을 비유함. 〔衰晚〕: 老衰, 年晚. 늘그막에. 공은 46세에 左拾遺에 올랐다. 〔通籍〕: 궁중 출입을 허가 받은 사람의 명패, 籍은 두 자 길이의 대나무에다 나이와 이름, 모습 등을 기록하여 궁문에 걸어두고 출입하는 사람이 이와 부합하면 들어가게 하였다. 이는 결국 仕宦함을 말한다.

六 〔退食〕: 공무를 마치고 공청에서 물러나와 저녁밥을 먹는다는 뜻으로 退勤, 退廳을 말함, 『詩經』「羔羊」章에 '自公退食'이 나

온다. 公은 官公所 또는 朝廷. 〔遲回〕: 배회함, 머뭇거리며 천천히 걸음. 〔違寸心〕: 마음과 어긋남. 좌습유로 천자의 은혜에 보답하고자 하나 이룰 수 없어 조회 마치고 나오며 머뭇거리고 천천히 걸어 본심과 어긋남을 한스러워 한 것이다.

七 〔袞職〕: 천자를 가리키는데 袞은 천자의 예복, 職은 천자의 직책을 뜻한다. '곤직에 결함이 있거든 중산보가 이를 보좌하도다'(袞職有闕 維仲山甫補之,『詩經』<大雅蕩之什>「蒸民」)이 보임.

八 〔雙南金〕: 갑절의 가치가 있는 南金(南方 荊州 揚州 지방에서 나는 금은류), 兼金, 품질 좋은 黃金으로 여기서는 임금에게 바치려는 작자의 忠心에 비유.

 通釋

1. 문하성 좌우의 담에 있는 대나무와 오동나무는 그 길이가 열발이나 되어, 諸院이 서로 이어져 있는 洞門에는 햇빛이 잘 들어오지 않아 잔설이 아직 남아 있고 늘 어둑어둑하다.

2. 院中에는 이따금씩 저 혼자 뚝뚝 떨어지는 꽃잎과 여기저기 쳐놓은 거미줄(혹은 피어오르는 아지랑이)이 보이고 대낮에는 고요하고, 구욱 구욱 울어대는 비둘기와 먹이 달라고 짹짹거리는 어린 제비새끼의 소리에 푸른 봄은 저절로 깊어 가고 있다.

3. 나처럼 하찮은 선비가 늘그막에 그릇되게 벼슬에 올라 성총에 보답코자 힘써봤지만, 퇴근하고 나올 때 항상 남들보다 늦게 돌아가는 것은 나의 무능함으로 말미암아 은혜를 갚고자 하는 본심과 자꾸 어긋나기에 발길이 내키지 않아서이다.

4. 천자께서 나라를 다스림에 일찍이 보필할만한 단 한마디의 말
   도 보태지 못한 자신을 돌아볼 때, 몸을 허락하여 벼슬에 오르
   면서 쌍남금과 같이 진귀한 것에 나의 충성심을 비교하였던
   것이 새삼 부끄러워진다.

012. 曲江陪鄭八丈南史飲

◎ 曲江陪鄭八丈南史飲

八	七	六	五	四	三	二	一
豈	丈	此	近	且	自	鵁	雀
傍	人	身	侍	盡	知	鶄	啄
青	才	那	卽	芳	白	鸂	江
門	力	得	今	樽	髮	鶒	頭
學	猶	更	難	戀	非	滿	黃
種	强	無	浪	物	春	晴	柳
瓜	健	家	迹	華	事	沙	花

- 곡강에서 정남사 어른을 모시고 술을 마시다 -

㊀ 강 끝에서 누른 버들 꽃을 참새가 쪼고 있고

㊁ 오리와 원앙이 갠 모래에 가득하네

㊂ 흰 머리는 봄의 일이 아닌 줄을 내 알고

㊃ 꽃다운 잔을 다 먹으며 사물의 빛을 사모하네

㊄ 가까운 侍臣으로 곧 이제 자취를 방랑하기 어려우니

㊅ 이 몸이 어찌 능히 다시 집이 없으리오

㊆ 어르신의 재주와 힘은 오히려 강건하니

㊇ 어찌 청문 곁에서 오이 심음을 배우리오

諺解 ㊀ ㄱ룺 그텟 누른 버듨 고줄 새 딕먹ᄂ니 ㊁ 鵁鶄과 鸂鶆괘 갠 몰애예 ㄱ득기 안잿도다 ㊂ 센 머리 보밋 일 아니론 고 둘 내 알언마론 ㊃ 곳다온 樽을 다 머거서 物ㅅ 비츨 思戀ᄒ노라 ㊄ 갓가온 侍臣이라 곧 이제 자최롤 放浪호미 어려우니 ㊅ 이 모믄 엇뎨 시러곰 쏘 지비 업스리오 ㊆ 丈人이 지조와 힘과는 오히려 強健ᄒ니 ㊇ 엇뎨 靑門을 바라가 외 심구믈 비호리오 (初刊卷11, 21)

【注】 〔딕먹ᄂ니(딕먹다)〕: 찍어 먹으니. 〔고둘〕: 곳을. 〔자최롤〕: 자취를. 〔시러곰〕: 시러(능히)의 強勢語. 〔바라가〕: 의지하여 가, 곁따라 가.

解題 이 시는 공의 나이 47세인 肅宗 乾元 元年(758년) 봄 長安에서 左拾遺로 있을 때 지은 것으로 술을 마시는 感懷와 정공의 出仕를 勉勵하는 뜻을 읊었다.

註釋

▣ 〔曲江〕: 京城 龍華寺 남쪽 물줄기가 굽은 곳이다. **〔鄭八丈南史〕**: 八은 관직 등급이나 형제의 차례를 말함. 丈은 年長者에 대한 尊稱의 뜻이다. 南史는 이름. 九家注에서는 저작랑 정건이라고 하였다. 저작랑을 남사라고 한다(趙云應是鄭虔 虔爲著作所謂南史 以左氏齊南史稱之).

㊀ 〔黃柳花〕: 버들은 처음 싹을 틔울 때 색이 누렇다고 함.

三 〔鷗鶿〕: 백로과의 새. 오리와 유사함. 〔鸂鶒〕: 원앙새. 〔晴沙〕: 맑게 갠 모래사장.

三 〔白髮非春事〕: 자신은 백발이 성성한 늙은이로 봄의 일인 농사가 어울리지 않는다는 말. 春事를 '賞春'의 뜻으로 보기도 함, 즉 봄을 嬉遊賞玩함은 모두 年少가 마땅하기 때문이다.

四 〔芳樽〕: 꽃피는 무렵의 술통. 〔戀〕: 그리워 함. 思戀. 〔物華〕: 사물의 빛. 景致. 首聯의 花鳥가 날아다니는 모습을 지칭.

五 〔近侍〕: 가까운 신하, 당시 공이 左拾遺의 관직을 맡고 있음을 말함. 〔郞今〕: 지금 곧. 방금. 〔浪跡〕: 일정한 거처 없이 江湖를 돌아다님. 혹은 일을 착실하게 하지 않고 빈둥거리고 있는 것. 일종의 謙辭로 관직의 직책을 다하지 않고 빈둥거리며 녹봉이나 받는 것을 말함. 그래서 벼슬을 그만두고 싶다는 뜻으로 보았다(鈴木).

六 〔那〕: 어찌. 〔無家〕: 집이 없겠는가? 여기서 家는 妻子息을 가리킴. 어찌 扶養할 妻子가 없겠는가 하는 뜻이다.

八 〔靑門〕: 長安城 東門. 〔學種瓜〕: 오이 심는 것을 배우다. 농사를 지으며 산다는 뜻. 秦의 東陵侯 邵平이 秦이 멸망한 후 長安의 靑門 밖에서 五色의 오이를 심고 살았다. 후에 隱居의 典故로 사용됨. 함양 제3문은 본래 灞門이었는데 백성들이 그 문의 색깔이 푸른 것을 보고 또한 청성문이라고도 하고 혹은 청의문, 청문이라고도 하였다. 문밖에 오래전부터 맛있는 오이가 나왔다. 옛날 광릉인 소평은 진나라의 동릉후였는데, 진이 망하자 평민이 되어 이곳에다 오이를 심은 까닭으로 세간에서는 이를 동릉과라고 하기도 하고 또 청문과라고도 한다(咸陽第

三門本灞門　民見其門色靑　又名靑城門　或曰靑綺門　亦曰靑門　門
外舊出好瓜　昔廣陵人　邵平　秦東陵侯　秦破爲布衣　種瓜於此　故
世謂之東陵瓜　又曰靑門瓜(『水經注』). ‘昔聞東陵瓜　近在靑門外’
(阮籍,「詠懷詩」).

通釋

1. 참새는 강 끝에서 누른 버들 새싹을 쪼아 먹고 있고, 화창하게
   갠 모래사장에는 푸른 백로와 원앙이 가득히 날아와 있다.
2. 백발이 성성한 늙은 이 몸은 농사지을 기력도 없어 봄 농사가
   전혀 어울리지 않음을 스스로 알고 있다. 그저 정공을 모시고
   꽃피는 봄에 술동이나 비우며 새들이 날아다니는 곡강의 수려
   한 자연 풍경을 그리워하고 있다.
3. 지금은 임금을 가까이 모시는 좌습유의 벼슬자리에 있어 정처
   없이 떠돌아다니기도 어렵고(혹은 일을 착실히 하지 않고 빈둥
   빈둥 거리기도 어렵고), 그렇다고 이 몸이 어떻게 다시 처자식
   이 없을 수 있겠는가? 처자식을 부양해야 하니 미관이나마 벼
   슬살이를 그만 둘 수가 없는 것이다. 去官할 뜻이 있음을 비친
   것이다.
4. 정공의 재주와 힘은 아직 강건한데, 어찌 장안성 동문 곁에서
   오이 따위나 심으며 은거할 수 있겠는가. 즉 노쇠한 자신도 가
   족 봉양 때문에 늘그막에 벼슬하고 있는데, 하물며 당신은 아
   직 몸과 마음이 다 강건하니 하루 빨리 벼슬길에 나가라는 권
   고의 말이다.

013. 曲江二首(一)

◎ 曲江二首㈠

㈠ 一片花飛減却春。
㈡ 風飄萬點正愁人。
㈢ 且看欲盡花經眼。
㈣ 莫厭傷多酒入唇。
㈤ 江上小堂巢翡翠。
㈥ 苑邊高塚臥麒麟。
㈦ 細推物理須行樂。
㈧ 何用浮名絆此身。

- 곡강에서 두 수 (一) -

㈠ 한 조각 꽃잎이 날아도 봄빛을 축내는데
㈡ 바람에 많은 꽃 흩날리니 바로 사람을 근심케 하네
㈢ 지려고 하는 꽃이 눈앞에 지나감을 보아
㈣ 지나치게 많은 술이 입에 들어옴을 싫어하지 말라
㈤ 강위의 작은 집에는 비취새가 보금자리 하였고
㈥ 동산 가의 높은 무덤엔 기린이 누워있네
㈦ 만물의 이치를 자세히 찾아 모름지기 행락할지니
㈧ 어찌 뜬 이름으로써 이 몸을 얽매어 두리오

諺解 ㈠ 혼 낫 고지 느라도 봄 비츨 더느니 ㈡ 보람애 萬点이 불이니 正히 사ᄅᆞ믈 시름케 흐느다 ㈢ 다ᄋ고져 흐는 고지 누느로 디나가믈 보아셔 ㈣ 너무 해 수리 이베 드로믈 아쳗디 마롤디니라 ㈤ ᄀᆞ룺 우흿 져고맛 지븬 翡翠ㅣ 깃 ᄒᆡ얫고 ㈥ 苑邊ㅅ 노폰 무더멘 麒麟이 누엇도다 ㈦ 物理를 子細히 推尋 흐야 모로매 行樂 홀디니 ㈧ 엇뎨 뜬 일후믈 뻐 이 모믈 미야 두리오 (初刊卷11, 19)

【注】 〔혼 낫〕: 하나의 낱개, 一片. 〔더느니(덜다)〕: 더니, 減해지니. 〔불이니(불이다)〕: (바람에) 불리니. 〔해〕: 많이. 〔아쳗디(아쳗다)〕: 싫어하지. 〔져고맛〕: 조그마한.

解題 이 시는 공의 나이 47세인 肅宗 乾元 元年(758년) 長安에서 지은 것으로 저물어가는 봄을 슬퍼하며 人事의 무상함을 읊고 있다. 한편 벼슬을 辭任하고자 하였으나 마음대로 되지 않아 지었다고도 한다.

註釋

■ 〔曲江〕: 長安의 東南으로 흐름. 경성 용화사 남쪽으로 흐르는 물이 구비돌아 이를 곡강이라 한다. (曲江池는) 진나라 때는 의춘원이라 하고, 한대에는 낙유원이라 하였다. 개원 중에 못을 파서 물을 끌어들이고 주변에 꽃과 나무를 심어 장안의 명승지가 되었다(京城龍華寺 南流水屈曲 謂之曲江 在秦時爲宜春

苑 漢爲樂遊苑 開元中鑿池引水 環植花木爲京師勝賞之地,『西京雜記』).

㊀〔減却〕: 줄어들다, 봄이 짧아짐. 〔春〕: 春色, 春光.

㊁〔萬點〕: 萬片의 꽃잎.

㊂〔欲盡〕: 다 져가는 꽃잎. 〔經眼〕: 눈앞에 지나감.

㊃〔傷多〕: 지나치게 많음. 혹은 몸이 상할 정도로 많이 마심. 〔入脣〕: 입술에 들어옴 곧 술을 마심. 〔江上〕: 강가, 曲江 가.

㊄〔小堂〕: 작은 집. 〔巢翡翠〕: 비취새, 물총새를 가리킴. 새가 보금자리를 튼다는 것은 이미 그 집에 옛주인이 없음을 말한다. 人間 盛衰의 無常함.

㊅〔苑〕: 芙蓉苑, 曲江의 서남쪽에 있다. 〔高塚〕: 貴人의 무덤. 〔麒麟〕: 古墳 앞에 세워 두는 기린 모양의 石造物. 돌로 만든 기린이 누워 있다는 것 역시 돌봐서 수리할 주인이 없음을 말하는 것으로 盛衰의 無常을 나타낸다.

㊆〔推物理〕: 推는 推尋함, 캐내고 찾아냄, 物理는 사물의 理致, 道理로 사물의 이치가 변천함을 알아냄. 곧 시에 나오는 花飛, 巢翡翠, 臥麒麟과 같은 것들을 말함. 〔行樂〕: 즐김, 즐겁게 놂. 유쾌하게 날을 보냄.

㊇〔何用〕: 어찌~으로써. 어찌 ~ 때문에. 〔浮名〕: 뜬 이름. 헛된 명예. 〔絆〕: 羈絆, 구속함, 얽매임.

<u>通釋</u>

1. 꽃잎 하나만 떨어져도 아름다운 봄 풍경이 줄어드는 것 같아 안타까운데, 곡강에 바람이 불어 많은 꽃잎들이 흩날리게 되자

정말로 봄이 한꺼번에 다 지나가는 것 같아 보는 이로 하여금
근심케 한다.

2. 눈앞을 스치면서 사라져가는 꽃잎들을 바라보노라니, 안타까운
맘을 금할 길 없다. 그래서 몸을 상할 정도로 지나치게 많은
술을 마심도 굳이 싫어할 이유가 없다.

3. 안녹산의 난 이후 그 아름답던 곡강의 경치는 어디 가고 강가
의 주인 없는 작은 집에는 물총새가 와서 보금자리를 틀었고,
부용원 근처에 있는 귀인의 무덤 역시 수리하고 돌볼 주인이
없으니 石麒麟 같은 文武石들이 아무렇게나 쓰러져 있다. 둘
다 人事의 무상함을 읊은 것이다.

4. 꽃이 지고, 물총새 보금자리 틀고, 기린이 쓰러져 있는 등 사물
의 무상한 이치를 잘 헤아려보면 모름지기 인생을 즐길 따름
이지, 어찌 부질없는 명예 때문에 벼슬자리에 연연해하며 이
몸을 묶어 둘 수 있겠는가? 마땅히 벼슬을 그만두고 술이나
마시며 인생의 행락을 마음껏 즐길 일이다.

014. 曲江二首(二)

◎ 曲江二首(二)

八	七	六	五	四	三	二	一
暫	傳	點	穿	人	酒	每	朝
時	語	水	花	生	債	日	回
相	風	蜻	蛺	七	尋	江	日
賞	光	蜓	蝶	十	常	頭	日
莫	共	款	深	古	行	盡	典
相	流	款	深	來	處	醉	春
違	轉	飛	見	稀	有	歸	衣

― 곡강에서 두 수 (二) ―

㊀ 조회하고 돌아오며 날마다 봄옷을 저당 잡혀
㊂ 매일같이 강가에서 진탕 취해 돌아오네
㊁ 술빚은 항상 가는 데마다 있거니와
㊃ 인생이 일흔은 예로부터 드물다네
㊄ 꽃을 파고드는 나비는 깊숙이 보이고
㊅ 물에 대이는 잠자리는 아래 위로 나르네
㊆ 전하는 말에 봄 경치도 함께 흘러 가버리니
㊇ 잠시나마 서로 완상함을 어기지나 말게

諺解 ㊀ 朝會ᄒ고 도라와 나날 보믿 오슬 볼모드리고 ㊂ 每日에 ᄀ롮 ᄀ테셔 ᄀ장 술 醉코 도라오노라 ㊂ 숤비든 샹녜 간ᄃᆡ마다 잇거니와 ㊃ 人生이 닐흔늘 사로믄 녜로 오매 드므니라 ㊄ 고ᄌᆞᆯ 들워드는 나비는 기피 보리로소니 ㊅ 므레 다히는 준자리는 즈조 ᄂᆞᆺ다 ㊆ ᄇᆞᄅᆞ맷 볋비치 다ᄆᆞᆺ 흘러 올마가ᄆᆞᆯ 傳語ᄒ야 ㊇ 아니한 덛 서르 賞玩호ᄆᆞᆯ 서르 어그릇디 마롤디니라 (初刊卷11, 19)

【注】 〔볼모드리고〕: 전당잡히고. 〔샹녜〕: 항상. 〔녜로오매〕: 예로부터. 〔들워(듧다)〕: 뚫어. 〔즈조〕: 자주. 〔다ᄆᆞᆺ〕: 더불어, 함께. 〔아니한〕: 많지 않은, 짧은. 〔덛〕: 때, 동안. 〔어그릇디〕: 어그르지게 하지, 어기지.

解題 앞에 이미 나왔음.

註釋

㊀ 〔**朝回**〕: 朝會 마치고 돌아옴. 微官이라 일찍 退朝함. 〔**典**〕: 저당 잡히다. 봄옷을 저당 잡힌다는 것은 심히 가난하기 때문이다. 그런데 '日日' 즉 매일 같이 옷을 저당 잡힌다고 보면 가난하다고만 볼 수 없으니 결국 술을 많이 마신다는 뜻으로 봐야 할 것이다.

㊂ 〔**江頭**〕: 曲江 근처, 頭는 근처, 곁의 뜻. 〔**盡醉**〕: 실컷 취함.

㊂ 〔**酒債**〕: 술을 마시고 진 빚, 외상값. 〔**尋常**〕: 약간의 길이. 尋

은 여덟 자(八尺), 常은 尋의 곱절로 열여섯 자(倍尋), 七十과 對를 이룸. 여기서는 통상, 항상의 뜻. '舊時王謝堂前燕 飛入尋常百姓家'(劉禹錫,「烏衣巷詩」). 〔**行處**〕: 가는 곳곳, 到處에. 손권의 숙손인 손제는 술을 좋아하여 살림을 돌보지 않고 항상 취해 있자 사람들이 그를 비웃었다. 그러나 제는 태연히 "항상 가서 앉는 곳마다 술값이 부족하니 이 모시 도포를 저당 잡혀 이를 갚으면 된다"고 하였다(舊注 孫權之叔濟 嗜酒不治産業嘗曰尋常行坐處 欠人酒債 欲質此緼袍償之).

四 〔**古來稀**〕: 예로부터 드물다. 옛날에는 칠십까지 장수하는 이가 그리 흔하지 않았다. 七十을 흔히 '古稀'라고 하는 말이 여기서 나왔다.

五 〔**穿花**〕: 꽃잎을 날아 들어감. 꽃을 탐내어 파고 듦. 〔**蛺蝶**〕: 나비. 〔**深深**〕: 깊은 모양, 나비가 꽃잎 속에 깊숙이 묻혀 있음.

六 〔**點水**〕: 물에 살짝 살짝 대임, 穿花나 點水는 自適한 모양. 〔**蜻蜓**〕: 잠자리. 〔**款款**〕: 더디고 느린 모양, 緩緩. 〔**傳語**〕: 전하는 말, 전해오는 말, 風光 이하의 말을 가리킴. 〔**風光**〕: 풍경, 경치. 여기서는 봄의 경치. 〔**共流轉**〕: 함께 흘러 굴러감. 함께 떠돌다, 流轉은 漂泊, 徘徊함. 人生과 풍광이 함께 쉬지 않고 계속 흘러감, 우리 인생과 같이 봄날의 아름다운 경치도 함께 흘러간다는 뜻이다. 〔**莫相違**〕: 相은 너와 나, 違는 違背됨, 서로 어기지 말자는 것은 얼마 남지 않은 봄날을 같이 붙잡아 보자는 뜻이다.

通釋

1. 조회를 마치고 돌아오면서 날마다 술값 대신 봄옷을 저당 잡혀
가며 술을 마심은 저물어가는 봄을 아쉬워함이다. 그래서 매일
같이 경치 좋은 곡강 가에 자리 잡고 앉아 떨어지는 꽃잎 속
에서 진탕 술을 마시고 해가 저물면 집으로 돌아온다.

2. 곡강에서 뿐만 아니라 항상 가는 곳곳마다 술값을 빚져가며 먹
는 것은, 예로부터 우리 인생이 백년도 채우지 못할 뿐 아니라
일흔까지 사는 사람조차 드문 형편이니 술로 허망한 인생을
달래지 않을 수 없기 때문이다.

3. 꽃을 탐내어 파고드는 나비들은 깊숙이 꽃잎 속에 파묻혀 있
고, 수면 위를 살짝살짝 대이며 오르락내리락 하는 잠자리는
느릿느릿하게 날아다닌다. 곡강 주변의 한가로운 봄날 풍경이
다.

4. 전해오는 말에 봄 풍경도 우리 인생과 같이 함께 쉬지 않고 흘
러가 버리므로, 얼마 남지 않은 이 봄을 잠시나마 서로 감상하
며 즐기되 먼저 가 버리거나 함께 완상하자든 약속을 어기지
말았으면 한다. 봄을 붙잡고자 하는 마음이 잘 드러나 있다.

015. 曲江對酒

◎ 曲江對酒

一 苑外江頭坐不歸
二 水精春殿轉霏微
三 桃花細逐楊花落
四 黃鳥時兼白鳥飛
五 縱飲久拌人共棄
六 懶朝眞與世相違
七 吏情更覺滄洲遠
八 老大徒悲未拂衣

― 곡강에서 술을 마시며 ―

一 苑 밖의 강 어귀에 앉아서 돌아가지 아니 하니
二 수정같은 봄 궁전 빛이 점점 아른아른 거리네
三 복숭아꽃은 가늘게 버들 꽃을 쫓아서 떨어지고
四 꾀꼬리는 때때로 백조와 함께 나는구나
五 맘껏 마셔 사람이 모두 버림을 오래 저버리고
六 조회조차 게을리 하니 진실로 세상과 서로 어긋나네
七 관리의 마음으로는 다시 창주가 먼 것을 아노니
八 늙어서야 부질없이 옷을 떨치지 못함을 슬퍼하네

諺解 ㊀ 苑밧 ᄀ롮 그테 안자셔 도라오디 아니ᄒ오니 ㊂ 水精ᄀᄐᆫ 긄 殿ㅅ 비치 ᄀ장 삼삼ᄒ도다 ㊂ 복셨고즌 ᄀᄂ리 버듨 고줄 조차 디고 ㊃ 누른 새ᄂᆫ 時로 힌 새와 兼ᄒ야 ᄂᄂ다 ㊄ ᄀ장 술 머거 사르미 모다 브료믈 오래 ᄇ리고 ㊅ 朝會ᄒ오믈 게을이 ᄒ오니 眞實로 世로 다못ᄒ야 어그릇도다 ㊆ 구우실ᄒᄂᆫ ᄠᅳ데 다시 믌 ᄀᅀᅵ 머루믈 아노니 ㊇ 늘거셔 ᄒᆞᆫ갓 옷 ᄣᅥ러 나가디 몯ᄒ오믈 슬노라 (初刊卷11, 20)

【注】〔ᄀ장〕: 가장, 매우. 〔삼삼ᄒ도다(삼삼ᄒ다)〕: 삼삼하도다, 아른거리도다. 〔복셨고즌〕: 복숭아꽃은. 〔ᄀᄂ리〕: 가늘게. 〔다못ᄒ야(다못ᄒ다)〕: 더불어, 함께. 〔어그릇도다(어그릇다)〕: 어긋나도다, 틀리도다. 〔구우실〕: 관리. 〔머루믈(멀다)〕: 멂을, 먼 것을. 〔ᄣᅥ러(ᄠᅥᆯ다)〕: 떨치고. 〔슬노라〕: 슬퍼하노라.

解題 이 시는 公의 나이 47세(758년) 때에 長安에서 左拾遺의 벼슬을 辭任하고자 하였으나 마음대로 되지 않아 曲江에서 술을 마시면서 지은 것이다. 혹자는 방관의 일을 논하다가 참소당할 무렵에 지은 것으로 봄(『虞註』).

註釋

▣ 〔曲江〕: 長安의 東南으로 흐름. 경성 용화사 남쪽으로 흐르는 물이 구비돌아 이를 곡강이라 한다. (曲江池는) 진나라 때는 의춘원이라 하고, 한대에는 낙유원이라 하였다. 개원 중에 못

을 파서 물을 끌어들이고 주변에 꽃과 나무를 심어 장안의 명
승지가 되었다(京城龍華寺　南流水屈曲　謂之曲江　在秦時爲宜春
苑　漢爲樂遊苑　開元中鑿池引水　環植花木爲京師勝賞之地,『西京
雜記』). 〔對酒〕: 술을 대함. 술을 마심.

㊀ 〔苑〕: 芙蓉苑, 芙蓉苑의 北쪽에 曲江이 있다.

㊂ 〔水精春殿〕: 水精같은 봄 궁전. 수정궁의 봄빛. 혹자는 春殿을
別殿으로 봄. 春殿 一作 宮殿. 〔轉〕: 점점 옮겨감. 〔霏微〕: 봄
빛이 그늘진 모양(春光掩映之貌). 너무 오래 앉아 있어 눈 앞
이 아른거려 그늘지게 보이는 것이다.

㊄ 〔縱飮〕: 술을 실컷 마심. 〔抨〕: 버리다. 이본에 따라 抋, 判,
拚으로 나타나는데 모두 自棄의 뜻으로 봄. '久拚野鶴如雙鬢(杜
甫,「書堂飮旣夜復邀李尙書下馬月下賦絶句」)'.

㊆ 〔滄洲〕: 滄浪의 洲로 江湖를 가리킴, 혹은 神仙의 景致.

㊇ 〔老大〕: 늙은 몸, 자신. 〔拂衣〕: 옷자락을 추어 올림, 奮然히
일어나는 모양, 決然히 떠나감, 隱者가 됨을 일컬음.

|通釋|

1. 자신의 일이 뜻대로 되지 않자 실의에 젖어 마음을 둘 데가 없
어 芙蓉苑 밖 곡강 어귀에 앉아 집으로 돌아가지 못하고 있다.
강 너머 수정같은 봄 궁전이 점점 눈앞에 아른아른거려 보인
다. 너무 오래 앉아 있은 탓이다.

2. 복사꽃은 하늘하늘 버들가지를 좇아서 떨어지고, 꾀꼬리는 이
따금 백로와 어울려 다정스레 날아다닌다. 이러한 따사로운 봄
날의 정경은 오히려 보는 이의 마음을 더욱 슬프게 한다.

3. 뜻에 맞지 않자 짐짓 광음으로 스스로를 포기한 듯한 심정으로
   한참을 살다보니 세상 사람들 모두에게서 버려지게 되었다. 계
   속 벼슬할 뜻이 없어 조회조차 불참하거나 게을리 하게 되니
   진실로 출세하기 위해 애태우는 세상 사람들의 뜻과는 서로
   어긋나는 일이 된다.

4. 하급관리일망정 벼슬에 뜻을 두고 있는 사람의 마음에는 창랑
   의 물가 즉 江湖와는 애당초 거리가 먼 것을 이제 다시 깨닫
   게 되었다. 이렇게 늙어서야 진작 옷을 떨쳐버리고 떠나지 못
   하고 오늘날의 이 곤욕을 치르게 됨을 부질없이 슬퍼하며 자
   책하고 있다.

016. 曲江値雨

◎ 曲江値雨

城上春雲覆苑墙
江亭晚色靜年芳
林花著雨臙脂落
水荇牽風翠帶長
龍武新軍深駐輦
芙蓉別殿謾焚香
何時詔此金錢會
暫醉佳人錦瑟傍

― 곡강에서 비를 만나다 ―

㊀ 성 위의 봄 구름이 원의 담장을 덮었으니

㊁ 강가 정자의 저녁 빛에 봄 풍경이 고요하네

㊂ 숲 속의 꽃에 비 내리니 연지가 지는 듯하고

㊃ 물의 마름은 바람에 이끌리니 푸른 띠가 긴 듯하네

㊄ 용무의 새로운 군대에 龍輦을 깊이 머물러 계시니

㊅ 부용원 별전에서 부질없이 향을 피우네

㊆ 어느 때 여기서 금전회를 조명하시어

㊇ 잠시나마 고운 사람의 비파 곁에서 취해 볼꼬

諺解 ㊀ 城ㅅ 우흿 붊 구루미 苑엣 담올 두펫ᄂ니 ㊁ ᄀᄅᆞᆳ 亭子 ㅅ 나죗 비체 힛 곳다온 거시 寂靜ᄒ도다 ㊂ 수프렛 고지 비 다ᄒ니 臙脂ㅣ 디ᄂᆫ듯고 ㊃ 므렛 荇이 ᄇᄅ매 잇기이니 프른 씌 긴 ᄃᆞᆺᄒ도다 ㊄ 龍武ㅅ 새 軍에 기피 駐輦ᄒ야 겨시니 ㊅ 芙蓉ㅅ 各別ᄒᆫ 殿에 쇽졀업시 香올 퓌우놋다 ㊆ 어느 저긔 이 어긔 金錢會ᄅᆞᆯ 詔命ᄒ야시든 ㊇ 잢간 고온 사ᄅᆞ미 錦瑟ㅅ ᄀᆞ 싀 醉ᄒ려뇨 (初刊卷11, 21)

【注】 〔두펫ᄂ니(둪다)〕: 덮었으니. 〔나죗(나죄)〕: 저녁의. 〔다ᄒ니(닿다)〕: 닿으니, 내리니. 〔잇기이니(잇기이다, 잇기 다)〕: 이끌리니. 〔씌〕: 띠. 〔이어긔〕: 여기.

解題 이 시는 公의 나이 47세 肅宗 建元 元年(758년) 三月 上巳 節 長安에서 左拾遺를 辭任할 즈음에 曲江에 나가 오는 비를 보면서 지은 것이다.

註釋

■ 〔**値雨**〕: 비를 만남. 一作 對雨.

㊀ 〔**城上**〕: 苑에 있는 離宮의 城樓 위. 〔**覆**〕: 덮을 부. 감싸다. 〔**苑墻**〕: 芙蓉苑의 담장.

㊁ 〔**江亭**〕: 곡강의 정자. 여기서는 芙蓉園을 말함. 〔**晚色**〕: 暮色. 저녁빛. 〔**年芳**〕: 연중의 꽃다운 풍경 곧 봄 풍경을 말함. 一作 天芳. '年芳俱在斯'(沈休文,「三日詩」). 〔**靜**〕: 고요함. 寂靜. 노

니는 사람이 없음을 말함.

㈢ 〔臙脂〕: 여자가 화장할 때 입술, 빰에 바르는 紅色 顔料. 一作燕支. 〔落〕: 一作 湮. 湮=濕.

㈣ 〔水荇〕: 水中의 마름풀. 接余. 〔翠帶〕: 푸른빛의 띠.

㈤ 〔新軍〕: 새로운 군대 곧 龍武軍. 〔龍武〕: 玄宗 때 기존의 羽林軍을 龍武軍이라 改稱함. 高宗龍朔二年 置左右羽林軍 玄宗改爲左右龍武軍 肅宗至德二載 置左右神武軍(『新唐書』「兵志·禁軍」). 〔深〕: 一作 經. 〔駐輦〕: 어가를 머무름. 輦은 손수레연, 임금이나 황후가 타는 수레. 駐蹕.

㈥ 〔謾〕: 부질없음. 一作 漫. 임금이 出遊하지 않기 때문에 부질없는 것이다. 〔芙蓉別殿〕: 芙蓉園과 曲江이 서로 인접한 곳에 있는 別殿. 芙蓉園은 경성 남쪽에 있는데 안에 夾城을 쌓고 원중으로 들어가는 길이 마련되어 있으며, 거기에 궁전이 있고, 곡강도 부용원과 연결되어 있다. 왕은 항상 그 사이에 놀이를 가졌으며, 그곳에 또 다른 궁전이 있어 別殿이라고 하였다. 공의 시에 '靑春波浪芙蓉園'(「樂遊園歌」), '芙蓉小苑入邊愁'(「秋興」)이 있다.

㈦ 〔詔〕: 詔勅. 詔命. 一作 重. 〔金錢會〕: 上巳節(唐代의 名節, 正月 보름이었다가 德宗 以後 二月一日 中和節로 바뀜) 曲江에서 연회를 베풀며 백관에게 금전을 나누어 주던 일. 開元己卯宴王公百僚於承天門 令左右於樓下撒金錢 許中書門下五品已上官 及諸司三品已上官 爭拾之(『舊唐書』玄宗).

㈧ 〔暫〕: 一作 爛. 〔佳人〕: 美人. 여기서는 太常教坊의 妓女. 〔錦瑟〕: 『周禮』「樂器圖」에 '雅瑟은 十三絃이고 頌瑟은 十五絃인

데 장식을 寶玉으로 하면 寶瑟, 비단으로 수를 놓으면 錦瑟이 된다'(周禮樂器圖 雅瑟二十三絃 頌瑟二十五絃 飾以寶玉者曰寶瑟 繪文如錦曰錦瑟)고 하였다. 잔치가 있을 때 임금은 太常敎坊의 女樂들을 시켜 저들을 기쁘게 하기 위해 비파를 탔음. 〔傍〕: 一作 旁.

通釋

1. 성루 위의 봄 구름은 부용원의 담장을 감싸듯 덮고 있고, 저물어가는 강가 정자의 봄 풍경은 마냥 고요하기만 하다. 비가 와서 사람이 별로 없음을 말하였다.

2. 비에 젖은 숲 속의 꽃잎은 마치 연지지듯 빨갛게 떨어지고, 수중의 마름풀은 바람에 이끌리어 마치 푸른 띠처럼 길게 이어져 있다.

3. 비가 와서 上皇(玄宗)은 곡강과 부용원으로 出遊치 못하고 새로 신설한 용호군의 호위 속에 어가를 깊숙한 禁衛에 머무른 채 계신다. 그것도 모르고 사람들은 부용원 별전에서 부질없이 향을 피우며 上皇의 행행하심을 기다리고 있다.

4. 언제나 여기서 다시 중화절날 백관에게 금전을 나눠주던 모임에 참여하라는 조칙을 받아서, 교방의 여악들이 연주하는 비파 곁에서 잠시나마 취하여 볼까? 이미 이때는 습유의 벼슬을 그만 둔 때이므로 다시 벼슬을 제수 받아 연회에 참석하여 천자를 가까이서 모실 수 있기를 간절히 표현한 것이다.

017. 因許八奉寄江寧旻上人

◎因許八奉寄江寧旻上人

八	七	六	五	四	三	二	一
頭	聞	袈	碁	老	舊	封	不
白	君	裟	局	去	來	書	見
昏	話	憶	動	新	好	寄	旻
昏	我	上	隨	詩	事	與	公
只	爲	泛	尋	誰	今	淚	三
醉	官	湖	澗	與	能	潺	十
眠	在	船	竹	傳	否	湲	年

- 허공 편으로 강녕 민상인에게 받들어 붙임 -

一 민공을 뵙지 못한지 서른 해나 되었으니

二 서신을 봉하여 부쳐주고 눈물을 흘리노라

三 옛부터 즐기던 일을 지금도 능히 하는가

四 늙어감에 새로운 시를 누구와 더불어 전하리오

五 바둑판을 움직여 시내의 대를 찾아 쫓아다녔고

六 가사 입고 호수에서 띄운 배에 오르던 일을 생각하노라

七 들으니 그대는 내가 벼슬하고 있는 것으로 말하지만

八 센 머리에 흐릿하여 오직 취하여 졸고 있을 뿐이오

諺解 一 旻公ᄋᆞᆯ 보디 몯ᄒᆞ얀디 셜ᄒᆞᆫ ᄒᆡ니 二 書信을 封ᄒᆞ야 브텨 주고 눉므를 흘리노라 三 네브터 오매 즐기ᄂᆞᆫ 이ᄅᆞᆯ 이제도 能히 ᄒᆞᄂᆞᆫ다 마ᄂᆞᆫ다 四 늘거가매 새그를 누ᄅᆞᆯ 더브러 傳ᄒᆞᄂᆞ니오 五 棊局을 뮌다마다 시내햇 대 ᄎᆞᄌᆞᆯ제 조쳐 가지ᄂᆞ니 六 袈裟 닙고 ᄀᆞᄅᆞ매 ᄠᅴ웟ᄂᆞᆫ ᄇᆡ예 오ᄅᆞ던 이ᄅᆞᆯ ᄉᆞ랑ᄒᆞ노라 七八 나ᄅᆞᆯ 구실ᄒᆞ노라 이셔 머리 셰오 아ᄌᆞᆯ아ᄌᆞᆯ히 오직 醉ᄒᆞ야셔 ᄌᆞ오ᄂᆞ다 그듸의 닐오ᄆᆞᆯ 듣노라 (重刊卷9, 26)

【注】〔더브러〕: 더불어. 〔뮌다마다(뮈다)〕: 움직이자 마자. 〔시내햇(시내)〕: 시내에의. 〔ᄎᆞᄌᆞᆯ(ᄎᆞᆽ다)〕: 찾을. 〔제〕: 적에, 때에. 〔조쳐〕: 아울러. 〔가지ᄂᆞ니(가지다)〕: 가지고 다니니. 〔닙고(닙다)〕: 입고. 〔구실〕: 벼슬. 〔셰오(셰다)〕: 세고, 희지고. 〔아ᄌᆞᆯ아ᄌᆞᆯ히〕: 아찔아찔하게, 昏迷하게. 〔ᄌᆞ오ᄂᆞ다(ᄌᆞ오다. 〔ᄌᆞ올다)〕: 졸다가.

解題 이 시는 公의 나이 47세(肅宗 乾元元年, 758년) 때에 늦은 봄 長安에서 左拾遺의 벼슬을 사임한 직후에 지은 것으로 민상인과의 옛날 추억을 회상하고 자신의 안부를 밝히고 있다.

註釋

▣ **〔因許八〕**: 八은 관직이나 형제간의 차례임. 因은 허씨가 江寧으로 근친감으로 인해서 그 편에 부친다는 뜻. 공의 시 「送許八拾遺歸江寧覲省」으로 봐서 같은 拾遺인 허씨가 江寧에 근친

하러 가는 중임을 알 수 있다. 〔江寧〕 : 縣名, 江蘇省 南京市 東南. 〔上人〕 : 智德이 뛰어난 중, 중의 尊稱.

㊁ 〔旻公三十年〕 : 공이 일찍이 開元(713~741) 末에 吳越 땅에 머문 일이 있는데, 이때 江寧의 旻上人과 친분을 맺은 것으로 보인다.

㊂ 〔潺湲〕 : 물이 졸졸 흐르는 모양, 눈물이 줄줄 흐르는 모양. '솟구치는 눈물을 줄줄 흘리며, 그대를 생각하며 이 가슴을 태우네'(橫流涕兮潺湲 隱思君兮陫側, 屈原 <九歌> 「湘君」). 一作 潺潺.

㊃ 〔好事〕 : 좋아하는 일, 여기서는 민공이 시를 짓기를 좋아함을 말함.

㊄ 〔碁局〕 : 바둑판. 〔動〕 : 바둑판을 들고 다님. 〔隨尋澗竹〕 : 시냇가 대숲을 따라 찾아다님. 〔尋〕 : 一作 幽.

㊅ 〔袈裟〕 : 출가한 스님이 입는 옷. 梵語의 音譯. 〔上泛湖船〕 : 호수에 띄운 배에 오름.

㊆ 〔聞〕 : 듣자니, 들리는 말에 의하면. 〔官在〕 : 관리로 있음. 곧 아직도 벼슬자리에 있음을 말함. 사실 이때 공은 拾遺 벼슬에서 사직한 상태임.

㊇ 〔昏昏〕 : 정신이 아득하여 昏迷함. '一醉昏昏天下迷 四方傾動煙塵起'(溫庭筠, 「春江花月夜詞」).

通釋

1. 옛날 개원 시절 강녕에서 잠시 나그네로 머물며 알았던 민상공을 못 뵈온지 벌써 삼십년이나 흘렀다. 마침 동료가 그곳으

로 근친 간다기에 편지를 써서 봉하여 부쳐 주고 나니 감개무
량하여 눈물이 흘러 앞을 가린다.

2. 민상인께서는 옛날부터 시 짓는 일을 즐겨하셨는데 지금도 여
전히 좋아하시는지 궁금하다. 나는 늙어가면서 새로운 시를
지어보지만 아무도 그대처럼 시를 좋아하는 사람이 없으니 누
구와 더불어 서로 전하며 읊조리겠는가.

3. 그 옛날 바둑을 둘 때마다 그윽한 시냇가의 대나무 숲을 따라
찾아다니면서 이리저리 바둑판을 옮겨 다니곤 하였다. 또 그대
가 가사를 걸친 채로 호수에 배를 띄워놓고 함께 오르내리던
일이 생각난다.

4. 전해 들으니 그대는 아직까지도 내가 벼슬하고 있는 것으로 알
고 말씀하신다는 데, 사실은 머리도 허옇게 세고 정신도 흐릿
하여 벼슬에서 그만 물러나 맨날 술에나 취해 꾸벅꾸벅 졸고
있을 뿐 아무 하는 일이 없다.

018. 題鄭縣亭子

八	七	六	五	四	三	二	一	◎ 題鄭縣亭子
晚	更	花	巢	天	雲	戶	鄭	
來	欲	底	邊	晴	斷	牖	縣	
幽	題	山	野	宮	嶽	憑	亭	
獨	詩	蜂	雀	柳	蓮	高	子	
恐	滿	遠	群	暗	臨	發	澗	
傷	青	趁	欺	長	大	興	之	
神	竹	人	燕	春	路	新	濱	

— 정현의 정자에서 —

一 정현 정자가 시내의 가에 있으니

二 창문이 높은 데 있어 흥을 일으킴이 새롭네

三 구름 끊어지니 서악 연화봉은 대로에 임해 있고

四 하늘 개니 궁실의 버들은 장춘궁을 그늘 지우네

五 둥지 가의 들 참새는 무리로 제비를 속이고

六 꽃 밑의 산벌은 멀리 사람을 쫓네

七 다시 시를 지어 푸른 대나무에 가득히 하고 싶으나

八 저물녘 그윽한 곳에 혼자 있어 마음 상할까 두렵네

諺解 ㊀ 鄭縣ㅅ 亭子ㅣ 시냇 ᄀ쇠로소니 ㊂ 戸牖ㅣ 노폰 ᄃᆡ 브터시니 興心 나미 새롭도다 ㊂ 구루미 그츠니 蓮ᄀ튼 뫼히 큰 길헤 디럿고 ㊃ 하늘히 개니 宮윗 버드리 長春에 어드윗도다 ㊄ 자릿 ᄀᆞ샛 미햇 새는 모다 져비를 期弄ᄒ고 ㊅ 곳 미틧 뫼햇 버른 머리 사ᄅ몰 조차 오ᄂ다 ㊆ 쏘 그를 서프른 대예 ᄀᆞ득기코져칸마론 ㊇ 나조히 幽深ᄒᆫ디 ᄒ오ᅀᅡ 이셔 精神을 슬흘가 젼노라 (初刊卷14, 37)

【注】 〔브터시니(븥다)〕: 의지해 있으니. 〔그츠니(긏다)〕: 끊기니. 〔뫼히〕: 산이. 〔디럿고(디르다)〕: 임해 있고, 다다라 있고. 〔자릿(자리)〕: 잘자리의, 보금자리의. 〔미햇(미)〕: 들의. 〔모다〕: 모두, 무리지어. 〔ᄀᆞ득기코져칸마론〕: 가득히 하고자 하건마는. 〔나조히(나조)〕: 저녁에. 〔ᄒ오ᅀᅡ〕: 홀로. 〔슬흘가(슬흐다)〕: 슬퍼할까. 〔젼노라(저타)〕: 두려워하노라.

解題 이 시는 공의 나이 47세인 肅宗 乾元 元年(758년) 여름 長安의 左拾遺에서 房琯의 일로 華州의 司功參軍으로 左遷되었을 때 鄭縣에서 지은 것이다.

註釋

㊀ 〔**鄭縣亭子**〕: 곧 西溪亭, 華州 鄭縣의 西溪라는 곳에 있는 정자를 西溪亭이라 하는데, 이를 정현정자라 말한 것이다. 제1句의 2字인 縣은 平聲이어야 한다. 縣은 平聲(先韻)일 경우는 '매

달다(懸)'의 뜻이 되고, '정자'는 去聲(霰韻) 韻字에 속한다. 혹
자는 縣도 郡에 매여 있는 행정 단위이므로 懸과 같은 뜻으로
보고 平聲으로 보기도 한다.〔澗之濱〕: 澗은 산골물, 濱은 물
가.

三〔戶牖〕: 지게문과 들창.〔憑高〕: 높은 곳에 임해 있음.

三〔雲斷〕: 구름이 이어졌다 끊어짐.〔嶽蓮〕: 西岳(華山)의 蓮花
峰.〔大路〕: 지명, 一作 大道. 河南省 澠池에서 서쪽 潼關으로
들어가는 길은 南路, 北路 두 개가 있다. 南路는 回谿阪으로
말미암고 漢 이전에는 모두 이로 말미암는데, 曹操가 길이 험
한 것을 싫어하여 다시 北路를 내었으니 이 길을 大路라 한다
(自澠池西入關 有兩路 自澠池西入關 有兩路 南路由回谿阪 自漢
以前皆由之 曹公惡南路之險 更開北路 遂以北路爲大路).

四〔長春〕: 長春宮.『實宇記』에 '장춘궁은 강량원 위에 있는데,
주나라(武帝) 때 우문호가 축조하였다(長春宮在强梁原上 周宇
文護所築)'라고 하였다.

五〔雀群欺燕〕: 참새가 무리 지어 제비를 속임. 소인이 군자를
기만함을 비유한 것으로 보기도 함.

六〔蜂遠趁人〕: 벌이 멀어져가는 사람을 쫓음. 소인이 군자를 멀
리 추방시킴을 비유한 것으로 보기도 함.

七〔靑竹〕: 옛날 종이가 없었을 때 대나무 조각에 글씨를 썼다.
여기서는 정자 옆 대나무를 지칭함. 그 대나무 가지에 시로 가
득 채우겠다는 뜻이다.

八〔幽獨〕: 그윽한 곳에 홀로 있음.〔傷神〕: 마음을 상함.

通釋

1. 정현의 정자는 서계라는 계곡 가에 우뚝 솟아 있으니, 자연 창문도 높은 곳에 있어 여기서 멀리까지 바라보면 새로운 흥취를 일으키기에 충분하다.

2. 저 멀리 구름이 끼었다가 간혹 사라지면 대로에 임해 있는 서악의 연화봉이 보이고, 날씨가 화창하게 개면 강 건너 저편 장춘궁에 수양버들이 짙게 드리워져 어둑어둑한 것이 보인다.

3. 가까이에는 제비 둥지 주변에 참새들이 무리지어 제비를 깔보듯 날아다니고, 꽃나무 사이의 산벌들은 멀리까지 사람을 윙윙거리며 계속 쫓아가고 있다.

4. 이 시 말고도 다시 시를 지어 정자 옆 대나무 줄기에 빽빽하게 아름다운 경관을 읊고 싶지만, 안타깝게도 해가 저물어 다른 사람들이 다 내려가 버리고 그윽한 이곳에 홀로 남아 있으면 공연히 마음이 애처로워질까 두려워 그만 이 시로 그치려 한다.

019. 望嶽

◎望嶽

一 西嶽崚嶒竦處尊
二 諸峯羅立似兒孫
三 安得仙人九節杖
四 拄到玉女洗頭盆
五 車箱入谷無歸路
六 箭栝通天有一門
七 稍待秋風凉冷後
八 高尋白帝問眞源

一 서악이 높이 우뚝히 처한 것이 존경스럽고

二 여러 산봉우리 줄지어 서 있음이 아손과 같네

三 어떻게 하면 선인의 아홉 마디 막대를 얻어

四 짚고 옥녀가 머리 감은 동이까지 가리

五 거상의 골에 들어가면 돌아올 길 없고

六 전괄엔 하늘에 통하는 문이 하나 있다네

七 가을 바람이 서늘한 뒤를 잠시 기다렸다가

八 백제신을 높이 찾아가 진실의 근원을 물으리라

諺解 ㈠ 西岳ㅣ 노파 구즈훈 짜히 尊ᄒ니 ㈡ 여럿 묏부리 버러 셔시니 兒孫이 곧도다 ㈢ 엇뎨 仙人의 아홉 ᄆ다 막대롤 어더 ㈣ 디퍼 玉女의 머리 싯ᄂᆫ 盆에 니르러 가려뇨 ㈤ 車箱ㅅ 고리 드르ᄂᆫ 갈길히 업스니 ㈥ 箭括앤 하ᄂᆯ해 ᄉᄆᆺ촌 훈 門ㅣ 잇ᄂᆞ니라 ㈦ ᄀᆞᆳ ᄇᆞᄅᆞ미 서를훈 後를 져기 기들워 ㈧ 白帝롤 노피 츳자가 眞實ㅅ 찰훌 무로리라 (重刊卷13, 4)

【注】 〔구즈훈(구즈ᄒ다)〕: 우뚝한. 〔버러〕: 벌려. 〔엇뎨〕: 어찌. 〔ᄆ다〕: 마디의. 〔어더〕: 얻어. 〔ᄉᄆᆺ촌(ᄉᄆᆽ다)〕: 통하는, 뚫린. 〔서를훈〕: 서늘한. 〔져기〕: 적이, 좀, 적게. 〔기들워(기들우다)〕: 기다려. 〔출훌(출)〕: 根源을.

解題 이 시는 공의 나이 47세인 肅宗 乾元 元年(758년) 여름 華州의 司功參軍으로 있을 때 華山을 바라보며 그 偉容을 讚美한 것이다.

註釋

㈠ 〔西嶽〕: 華山. 華州 華陰縣 南쪽 8리에 있다. '正義括地志云 華山 在華州華陰縣南八里'(『史記』 夏本紀). 〔峻嶒〕: 峻層, 산이 험준한 모양. 산 봉우리가 重疊한 모양. 험할 릉. 험할 증. 一作 危稜. 稜은 서슬 릉. 尊嚴한 威勢. 〔竦處〕: 우뚝솟을 송. 聳也. 處는 머무를 처. 그 자리를 차지하고 있음. 上聲. 〔尊〕: 존경스러워 보임.

㊂ 〔羅立〕 : 一作 羅列. 줄지어 늘어서 있음. 〔兒孫〕 : 화산 주변의 여러 봉우리가 나열한 모습이 마치 兒孫이 父祖를 모신 形狀에 비유함. 西岳과 더불어 높이를 다투지 않음.

㊂ 〔安得〕 : 어떻게 하면 얻어서. 希望을 말함. 〔九節杖〕 : 아홉 마디가 있는 대나무 지팡이. 선인의 지팡이. 왕렬이 적성노인에게서 아홉 마디의 蒼藤竹을 받아 지팡이로 짚고 다녔는데 말도 따라갈 수 없었다고 한다(王烈受赤城老人九節蒼藤竹 拄杖行地 馬不能追, 『列仙傳』). 道家의 九節杖은 1節은 太陰星, 2절은 熒惑星, 3절은 角星, 4절은 衡星, 5절은 張星, 6절은 營室星, 7절은 鎭星, 8절은 東井星, 9절은 拘星인데 妖邪를 降伏시키고 神靈이 지휘를 듣는다고 한다(『山林經濟』, 雜方).

㊃ 〔拄〕 : 떠받칠 주. 지팡이를 짚음. 〔玉女洗頭盆〕 : 『집선록』에 '명성 옥녀가 화산에 사는데 옥장을 먹고 백일에 승천하였다. 옥녀 사당 앞에 석구가 있는데 부르기를 옥녀세두분이라고 한다. 그 속의 물빛은 푸르고 맑으며, 비가 와도 넘치지 않고 가물어도 줄어들지 않는다. 사당 안에 옥녀가 타던 말 한 필이 있다고 한다(集仙錄 曰明星玉女者 居華山 服玉漿 白日升天 玉女祠前有石臼 號曰玉女洗頭盆 其中水色碧綠澄徹 雨不加溢 旱不減耗 祠內有玉女馬一匹). 『삼봉기』에 화산 운대 위에 석분이 있는데, 수십 말의 물을 담을 수 있고, 맑기가 옥과 같아 세속에서 부르기를 옥녀세두분이라고 하다(三峰記 華山雲臺上 有石盆 可容水數斛 明瑩如玉 俗呼爲玉女洗頭盆).

㊄ 〔車箱〕 : 山名, 『환우기』에 화음현에 거상곡이 있는데 깊이를 헤아릴 수 없다. 비오기를 비는 자가 가운데로 돌을 던지자 새

한 마리가 날아가고 때마침 비를 얻을 수 있었다(實宇記 華陰縣 有車箱谷 深不可測 祈雨者 以石投其中 有一鳥飛出 應時獲雨). 또『화산기』에 화산 아래 서남쪽 골 입구에 들어가면 천정에 이르는데, 천정은 겨우 사람이 오를 만한데 길이가 6장 남짓하다. 천정을 나와 하늘을 바라보면 마치 방에서 창문을 보는 것과 같이 훤하다(華山記 山下西南入谷口 至天井 天井纔容人上可 長六丈餘 出井望空視 明如在室窺牖).

⏥ 〔箭栝〕: 峰이름.『화산기』에 전괄봉 위에 구멍이 있어 겨우 하늘을 볼 수 있는데 그 구멍으로부터 더위잡고 올라가면 꼭대기에 이를 수 있다(華山記 箭筈峯上 有穴纔見天 攀緣自穴中而上有至絶頂者). 현재 通天門, 宗土祠, 四仙庵 등이 있다. 진소왕이 공인을 시켜 줄사다리를 걸어서 화산에 오르게 하여 송백의 심으로 바둑판을 만들게 하였다. 전(바둑알을 계산하는 나뭇가지)의 길이가 여덟 자에 바둑알 크기가 여덟 치나 되었으며 거기에 새겨 이르기를 '소왕이 일찍이 천신과 더불어 이곳에서 바둑을 두었다'라고 하였다(秦昭王令工施鈎梯而上華山 以松柏之心爲博 箭長八尺 基長八寸 而勒之曰 昭王嘗與天神博於此矣,『韓非子』外儲說上). 栝은 노송나무 괄.

⏦ 〔稍待〕: 조금 기다림. 작을 초.

⏧ 〔白帝〕: 古代 神話 중 五帝의 하나로 西方을 맡은 神. 白帝가 西岳을 다스림. 白은 西方色. 〔眞源〕: 眞實의 根源, 仙道의 本源.『화산기』에 산꼭대기에 영천이 두 곳 있는데 一名 蒲地, 일명 태상천지라고 한다(華山記 山頂有靈泉二所 一名蒲地, 一名太上泉池). '尋流得眞源'(韋應物,「酬李儋」).

通釋

1. 서악 화산은 높고 험준하여 우뚝하게 솟아 턱 버티고 있는 모습이 존경스러워 보일 정도이다. 이에 비해 주변의 여러 산봉우리들이 줄지어 서 있는 것은 마치 화산을 父祖로 한 아들과 손자 같은 초라한 모습이다.

2. 자신은 어떻게 하면 선인이 가지고 다닌다는 아홉 마디의 대나무 지팡이를 얻어, 그 지팡이에 몸을 맡긴 채 옥녀가 머리 씻었다고 하는 저 화산의 세 두 분까지 가 볼 수 있을까 하고 생각한다. 선인의 힘을 빌리지 않고 인력으로는 미칠 수 없는 곳이기에 이른 말이다.

3. 車箱谷은 워낙 깊어 그 깊이를 헤아릴 수 없으므로 한번 들어가면 돌아 나오는 길조차 찾기 어렵고, 높고 험한 전괄봉에는 하늘로 통하는 통천문이 하나 있어 겨우 산꼭대기에 이를 수 있을 뿐이다.

4. 지금은 더우니 가을 바람이 불어와 서늘해지고 난 뒤를 잠시 기다렸다가, 서악산 제일 높은 곳에 올라가 백제신을 찾아뵙고 진실의 근원이 무엇인지를 물어보리라.

020. 早秋苦熱堆案相仍

◎ 早秋苦熱堆案相仍

八	七	六	五	四	三	二	一
安。	南。	簿•	束•	況•	常。	對•	七•
得•	望•	書。	帶•	乃•	愁。	食•	月•
赤•	靑。	何。	發•	秋。	夜•	暫•	六•
脚•	松。	急•	狂。	後•	來。	餐。	日•
踏•	架•	來。	欲•	轉•	皆。	還。	苦•
層。	短•	相。	大•	多。	是•	不•	炎。
氷。	壑•	仍。	叫•	蠅。	蝎•	能。	蒸。

- 이른 가을의 지독한 더위에 쌓인 공문서는 잇달아 -

☐ 칠월 육일 더위가 찌는 듯함이 괴로우니

☐ 밥을 대하여 잠깐 먹음도 도리어 하지 못 하네

☐ 항상 밤중에 죄다 전갈임을 근심하고

☐ 하물며 가을 후에는 가장 파리가 극성이네

☐ 띠를 두르니 미칠 것 같아 크게 울부짖고 싶으니

☐ 공문서는 어찌 빨리도 와 서로 잇따르뇨

☐ 남쪽을 바라보니 푸른 솔이 험한 계곡에 건너질렀으니

☐ 어찌하면 능히 맨발로 층층인 얼음을 밟아보리

諺解 ㊀ 七月ㅅ 엿쉣날 더운 氣運이 삐는 둣ㅎ미 苦롭외니 ㊁ 바블 相對ㅎ야 쟎간 머구믈 도로혀 能히 몯ㅎ라 ㊂ 미샹 밠中에 스싀로 소는 벌어디 하믈 시름ㅎ다니 ㊃ ㅎ믈며 ᄀ슶 後에 ᄀ장 포리 하도다 ㊄ 씌룰 씌요니 미츄미 나 ᄀ장 우르고져 식브니 ㊅ 簿書는 엇뎨 셜리 오몰 서르 지즈ᄂ뇨 ㊆ 南녀글 ㅂ라니 프른 소리 뎌른 묏고리 ᄀ르딜엣ᄂ니 ㊇ 엇뎨 시러곰 블근 허튀로 層層인 어르믈 볼오려뇨 (初刊卷10, 28)

【注】 〔삐는 둣ㅎ미(삐다)〕: 찌는 둣함이. 〔스싀로〕: 스스로. 〔소는(소다)〕: 쏘는. 〔벌어디〕: 버러지, 벌레. 〔하믈(하다)〕: 많음을. 〔포리〕: 파리. 〔씌요니(씌다)〕: (띠를) 띠니. 〔미츄미(미치다)〕: 미침이. 〔식브니(식브다)〕: 싶으니. 〔지즈ᄂ뇨(지즈ᄂ다)〕: 거듭 잇다르냐? 〔ㅂ라니(ㅂ라다)〕: 바라보니. 〔ᄀ르딜엣ᄂ니(ᄀ르디르다)〕: 가로질렀으니. 〔허튀〕: 종아리, 다리. 〔볼오려뇨(볼오다)〕: 밟으려뇨.

解題 이 시는 공의 나이 47세인 肅宗 乾元 元年(758년) 七月 華州로 左遷되어, 그 억울함과 지독한 더위로 괴로운 심정을 읊은 것이다. 벼슬을 그만두고 싶은 생각을 굳힌 조짐이 보이는 작품이다.

註釋
■ 〔**苦熱**〕: 심한 더위, 지독한 더위. 〔**堆案**〕: 책상에 쌓임. 堆는

滿. ‘堆案盈机’(嵇康,「與山巨源絶交書」). 〔仍〕: 거푸, 연거푸, 연달아. 原注에 ‘때에 화주 사공을 맡고 있었다(時任華州司功)’ 라고 적혀 있다. 肅宗 乾元 元年(758년) 公이 房琯의 일을 의논하다가 임금의 비위를 거슬러 華州司功參軍으로 左遷되었다 (明年春 琯罷相 甫上疏言琯有才 不宜罷免 肅宗怒 貶琯爲刺史 出甫爲華州司功參軍,『舊唐書』「杜甫列傳」).

㊀ 〔炎蒸〕: 찌는 듯한 무더위. 一作 炎熱.

㊁ 〔對食〕: 음식을 앞에 둠. 〔暫餐〕: 잠시 먹음.

㊂ 〔夜來〕: 夜以來의 뜻으로 밤중 내내, 밤부터 계속. 一作 ‘每愁夜中自足蝎’(매양 밤중에 스스로 쏘는 전갈 많음을 근심함)로 되어 있다. 〔皆是〕: 온통, 죄다, 모두. 〔蝎〕: 전갈, 전갈이나 전갈같이 쏘는 벌레를 말함.

㊃ 〔況〕: 하물며, 더구나. 이보다 더한 것은. 〔轉〕: 자못. 한결 더. ‘高談轉淸’(李白,「春夜宴桃李園序」). 구르다 즉 옮겨 가다로 봐도 된다. 근심이 많은 파리로 옮겨 가네 즉 전갈을 근심하다 이번에 파리가 극성이라 걱정함.

㊄ 〔束帶〕: 冠을 쓰고 띠를 띰. 곧 官의 禮服을 입는 것을 말함. 〔發狂〕: 마음으로 미치기 시작함.

㊅ 〔簿書〕: 錢穀의 出納을 기입하는 帳簿, 官公署의 文書를 通稱함. 〔來相仍〕: 相仍來와 같음. 계속 이어서 옴.

㊆ 〔南望〕: 華山을 바라봄. 華州 華陰縣 南쪽 8리에 華山이 있다. ‘正義括地志云 華山 在華州華陰縣南八里’(『史記』 夏本紀). 〔架〕: 건너지르다. 소나무 가지가 비스듬한 모양. 松橫生曰架. 〔短壑〕: 一作 絶壑. 短은 絶의 誤字로 봄. 깎아지른 듯한 계곡.

깊고 험한 계곡.

囚 〔赤脚〕: 맨 발. 〔層氷〕: 層層의 얼음. 두껍게 얼은 얼음.

通释

1. 화주는 북쪽인데다 이미 가을로 접어든 칠월 육일이건만 더운 기운은 여전히 찌는 듯해 괴로워 견딜 수가 없다. 먹을 것을 대하여 잠시라도 먹으려고 해도 더워서 도저히 먹을 수가 없다. 좌천으로 억울한데다 날씨조차 더워 더더욱 괴로운 것이다.

2. 항상 밤중 내내 찾아오는 것은 이 모두 전갈뿐임을 근심해야 하고, 게다가 가을이 되고부터는 파리 떼가 극성을 부려 사람을 못살게 굴고 있다. 무더위에 해충, 파리까지 괴로움을 가중시키고 있다.

3. 이 무더위에 불편한 관복을 입고 띠까지 매고 있자니 괴로워 미칠 지경인데, 하필 이러한 때 처리해야 할 공문서는 왜 이리도 갑자기 밀려오는지, 정말 미친 듯이 고래고래 고함이라도 지르고 싶은 심정이다. 관복이고 뭐고 다 집어던지고 싶은 심정을 토로하고 있다.

4. 멀리 남쪽 화산을 바라보니 푸른 소나무 가지가 깎아지른 듯한 절벽에 비스듬히 기울어져 있다. 어떻게 하면 저 깊은 산중에 들어가 버선을 벗어버리고 맨발로 두꺼운 얼음을 시원스레 밟아볼 수 있을까? 정말 시원한 계곡이 그립다. 결국 공은 얼마 뒤에 관직을 버리고 南遊하게 된다.

021. 九日藍田崔氏庄

◎
九日藍田崔氏莊

一 老去悲秋强自寬
二 興來今日盡君歡
三 羞將短髮還吹帽
四 笑倩傍人爲正冠
五 藍水遠從千澗落
六 玉山高並兩峯寒
七 明年此會知誰健
八 醉把茱萸仔細看

— 구월 구일 남전의 최씨 별장에서 —

一 늙어 갈수록 가을을 슬퍼하나 억지로 느그럽게 하고

二 흥이 나자 오늘은 그대와 즐거움을 다하였네

三 짧은 머리털을 가져 도로 모자에 불까 부끄러워

四 웃으며 옆 사람에게 빌어 관을 고쳐 달라 하네

五 남수는 멀리 여러 시내를 따라서 떨어지고

六 옥산은 높이 두 봉우리를 나란히 해 서늘하네

七 오는 해 이 모임에 아노라 누가 건장할지를

八 취하여 수유를 잡고서 자세히 보노라

諺解 ㈁ 늘거가매 ᄀ술ᄒᆞᆯ 슬허셔 고돌파 내 ᄆᆞᅀᆞᄆᆞᆯ 어위키 ᄒᆞ노니 ㈂ 興이 오거늘 오ᄂᆞᆳ 나래 그듸와 歡樂호ᄆᆞᆯ 다ᄋᆞ노라 ㈃ 뎌론 머리터리ᄅᆞᆯ 가져 도로 頭巾에 불유믈 붓그려 ㈄ 웃고 겨틧 사ᄅᆞᄆᆞᆯ 비러 爲ᄒᆞ야 冠ᄋᆞᆯ 고티 이노라 ㈅ 藍水ᄂᆞᆫ 머리 즈믄 시내ᄅᆞᆯ 조차 디거늘 ㈆ 玉山ᄋᆞᆫ 노피 두 묏부리ᄅᆞᆯ 굴와 서늘ᄒᆞ얫도다 ㈇ 오ᄂᆞᆫ ᄒᆡᆺ 이 會集에 아노라 뉘 健壯ᄒᆞ야실고 ㈈ 醉코 茱萸ᄅᆞᆯ 자바셔 子細히 볼디로다 (初刊卷11, 33)

【注】 〔어위키〕: 寬大하게, 느그럽게. 〔다ᄋᆞ노라(다ᄋᆞ다)〕: 다하노라. 〔뎌론(뎌ᄅᆞ다)〕: 짧은. 〔붓그려(붓그리다)〕: 부끄리워하여. 〔이노라(이다)〕: (모자를) 쓰노라. 〔디거늘(디다)〕: 떨어지거늘. 〔굴와(굷다)〕: 맞대고.

解題 이 시는 공의 나이 47세인 肅宗 乾元 元年(758年) 華州司功 시절 崔氏의 별장에서 重陽節을 보내며 주인의 歡待에 대한 고마움을 읊고 있다.

註釋

■ 〔九日〕: 九月九日 重陽節을 말함. 〔藍田〕: 秦의 舊縣, 藍田縣은 京兆府에 속하는데 長安 東南쪽 70리에 있다. 〔崔氏〕: 밝혀지지 않음. 〔庄〕: 別莊, 別邸, 別墅.

㈀ 〔自寬〕: 스스로 관대해짐, 自慰함. 아직은 늙지도 않았고 가을도 슬프지 않다고 스스로 위로하며 마음을 느그럽게 가짐.

三 〔吹帽〕 : 孟嘉의 일에서 翻用하였음, 晋의 孟嘉(字 萬年)는 江夏 사람으로 永和 연간에 桓溫 막하의 參軍이 되었다. 그는 온화한 용모와 바른 몸가짐으로 환온의 두터운 존중을 받았는데 중양절에 환온이 마련한 龍山 잔치에 참석하였을 때 바람이 문득 불어 그만 맹가의 모자가 날아 가버렸다. 이에 환온은 주위의 사람들에게 눈짓을 하여 이를 말하지 못하게 하고서 그가 어떻게 하는지를 지켜보았는데 맹가가 처음에는 이 사실을 모르고 있다가 한참 후에야 알고 모자를 다시 주워 쓰자 환온이 일부러 孫盛에게 '선비로서 갓 하나도 바로 쓰지 못하는가'라고 조롱하는 글을 짓게 하니 그는 종이와 붓을 청하여 곧 이에 대한 답을 하였는데 전혀 미리 생각지 않고서도 거침없이 문장을 써 내려갔다(後爲征西桓溫參軍 溫甚重之 九月九日 溫燕龍山 僚佐畢集 時佐吏並著戎服 有風至 吹嘉帽墮落 嘉不之覺 溫使左右 勿言 欲觀其擧止 嘉良久如厠 溫令取還之 命孫盛作文嘲嘉 著嘉坐處 嘉還見 卽答之 其文甚美 四坐嗟歎, 『晋書』「孟嘉列傳」). 맹가는 바람에 모자가 날려 웃음거리가 되었지만 이 시에서는 이를 번용하여 날릴 것을 염려하여 미리 고쳐 썼다. 이를 飜案法이라 한다. 飜案法이란 '飜盡古人公案'의 줄임으로 옛일 중 누구에게나 일반적으로 알려진 사실(公案)을 완전히 뒤집어(飜) 그 뜻을 반대로 사용하는 수법을 말한다. 〔還〕 : 도리어, 차라리, 이와는 반대로. 孟嘉는 바람에 모자가 벗겨져 웃음거리가 되었지만 나는 도리어 바람이 불어 모자가 벗겨지기 전에 단속함. 당시 王公 등 신분이 높은 사람뿐만 아니라 일반 선비들도 머리털을 안 보이는 것이 예의였다. 그래서 冠

이나 모자를 썼다.

四 〔倩〕 : 옆 사람에게 부탁함, 예쁠 천, 빌릴 청, 고용할 청.

五 〔藍水〕 : 『三秦記』에 藍田에 모래섬이 있는데 사방 三十里로 그 물은 북으로 흘러 溪谷의 물과 합하여 藍水가 된다(三秦記 藍田有洲 方三十里 其水北流 合溪谷之水爲藍水).

六 〔玉山〕 : 藍田山으로 옥이 많이 난다고 해서 一名 玉山이라 함. 藍田山은 縣 서쪽 30리에 있는데 일명 玉山이라고 하고 일명 覆車山이라고도 한다(藍田山 在縣西三十里 一名玉山 一名覆車山(『太平寰宇記』).

七 〔知〕 : 不知의 뜻. 내년에 누가 건강해서 이 모임에 모일지 모름.

八 〔茱萸〕 : 수유나무의 열매. 구월 구일 중양절에 수유의 열매를 머리에 꽂아 액운을 멀리하고 국화주를 마셔 장수를 기원함.

通釋

1. 원래 나이가 들어 갈수록 가을이 슬퍼지는 법인데 오늘만큼은 최씨의 환대에 보답하기 위해서 억지로라도 스스로 마음을 너그럽게 먹고자 하였다. 주흥이 도도해지니 평소 느끼던 슬픔 따윈 이제 아랑곳없고 오늘은 모처럼 그대와 더불어 실컷 즐거움을 다하였다. 이는 주인 최씨의 환대에 슬픔조차 잊었노라는 감사의 표시이다.

2. 늙고 병드니 머리숱이 다 빠져 괜스레 맹가처럼 모자가 벗겨져 웃음거리가 되기보다는 도리어 미리 모자에 바람이 불어 벗겨질까 부끄러워하여, 웃으면서 옆 사람에게 부탁해 모자를 좀

고쳐달라고 함으로써 웃음거리를 면하고자 한다. 주변의 조롱
도 면하고 주인 최씨를 위해서도 의관을 정제함으로써 예의를
다하는 모습이다.

3. 최씨 별장의 주변 경관을 볼진대 앞에 흐르는 남수는 멀리 수
천 줄기의 시냇물이 모여서 흘러내리는 곳이고, 주변에 펼쳐진
옥산은 두 봉우리가 나란히 우뚝 솟은 것이 보기에도 서늘하
고 산뜻한 느낌이다.

4. 그러나 내년 중양절에는 누가 다시 건강한 몸을 유지하여 이
모임에 나올 수 있을지 알 수 없는 일이다. 그러니 오늘 모인
김에 술에 흠뻑 취해서는 수유를 손에 잡고 액막이를 하고 언
제 다시 볼지 모를 친구들을 한명씩 자세히 살펴본다.

022. 崔氏東山草堂

- 최씨의 동산 초당에서 -

一 그대 옥산 초당의 고요함을 사랑하노니
二 높은 가을의 상쾌한 기운이 서로 신선하네
三 이따끔 종과 풍경소리 절로 나고
四 지는 해에 어부와 나무꾼을 다시 보네
五 쟁반에는 백아곡 입구의 밤을 까놓고
六 밥상에는 청니방 밑의 미나리를 데쳐 놓았네
七 어찌해서 서쪽 집의 왕급사는
八 사립문을 부질없이 닫아 송균 사이에 가뒀는가

諺解 ㊀ 네의 玉山앳 草堂이 寂靜호물 스랑ᄒ노니 ㊁ 노폰 ᄀ술ᄒ히 서늘ᄒᆫ 氣運에 서르 볼ᄀ며 새롭도다 ㊂ 有時예 붑과 磬子ㅅ 소리 절로 나느니 ㊃ 디는 ᄒᆡ예 고기 자ᄇ며 나모 뷔여 오는 사ᄅᆞ물 ᄯᅩ 보리로다 ㊄ 盤앤 白鷗谷ㅅ이펫 바ᄆᆞᆯ ᄯᅵ고 ㊅ 밥 머글 제는 靑泥坊 미틧 미나리를 글히놋다 ㊆ 엇뎨ᄒ야 西ㅅ녁 지빗 王給事는 ㊇ 柴門을 속졀업시 다다 솔와 댓 서리예 ᄌᆞᆷ갯는고 (初刊卷07, 32)

【注】 〔볼ᄀ며(붉다)〕: 밝으며. 〔붑〕: 북. 〔이펫(잎)〕: 입구에. 〔미틧(밑)〕: 밑에의. 〔글히놋다(글히다)〕: 끓이는구나. 〔속절업시〕: 속절없이, 부질없이. 〔다다(닫다)〕: 닫아. 〔서리예(서리)〕: 사이에, 가운데. 〔ᄌᆞᆷ갯는고(ᄌᆞᆷᄀᆞ다)〕: 잠그고 있는가?

解題 이 시는 공의 나이 47세인 肅宗 乾元 元年(758년) 華州司功 시절 남전현 최씨의 東山 草堂을 찾아 그의 隱者的 삶을 讚美한 것이다.

註釋

㊀ 〔汝〕: 너, 최씨를 가리킴. 〔玉山〕: 藍田山으로 옥이 많이 난다고 해서 一名 玉山이라 함. 長安 藍田縣 東南에 있고 王維의 輞川莊도 이 근처에 있었는데 최씨의 것을 東莊, 王維의 것을 西莊이라 불렀다고 한다.

㊁ 〔爽氣〕: 상쾌한 기운. 〔相鮮新〕: 서로 어울려 신선함. 초당이

고요하고 높은 가을 하늘의 기운이 상쾌하기에 相이라 함. 一作 多.

㈢ 〔鐘磬響〕: 종소리와 절의 풍경소리, 초당 근처에 翠微寺란 절이 있어 간간이 들려오는 것이다. 사관이나 탑묘에서 들려오는 것이 아니고 초당에도 예전부터 전해 내려오는 악기가 있어 곧 당위에 달려 있는 편종과 석경을 최군이 이따금 쳐가며 그 옛소리를 듣고 있음을 말한 것이라 함(『虞註』).

㈣ 〔漁樵〕: 漁夫와 樵夫.

㈤ 〔剝〕: 벗김, 밤이 까져 있음. 〔白鴉谷〕: 『長安志』에 남전현 동남 이십리에 있고 그 골짜기에 취미사란 절이 있으며 골짜기 입구에서 많은 밤이 생산된다. 鵶는 鴉와 같음.

㈥ 〔飯〕: 밥상, 반찬. 〔煮〕: 삶음, 미나리를 데쳐 놓음. 〔靑泥坊〕: 『長安志』에 남전현 남쪽 칠리에 청니성 있고, 위나라에서는 그곳에 청니군을 설치하였다 함. 坊은 물을 막아 두는 둑이다. 〔芹〕: 芹은 文字 韻通이므로 新, 人, 筠의 眞字 韻通과 맞지 않다. 그래서 蓴(순채 순)字가 옳다고 함.

㈦ 〔西莊〕: 남전 서남쪽 20리에 있는 王維의 별장인 輞川莊을 말함. 〔王給事〕: 「왕유전」에 乾元 연간에 給事中의 벼슬을 하였는데 晩年에 宋之問의 藍田 別墅를 얻어 輞川에 머물렀다 함. 주학령이 말하기를 '왕유가 이 별장이 있으면서 도리어 다시 조정에 출사하게 되어 마침내 문을 송균에 갇히게 하여 나의 방탕함만 같지 못함을 이른 것이다(鶴曰 謂維有此別墅 却再仕 朝廷 遂令門鎖松筠 不如我之放蕩也).

㈧ 〔鎖〕: 잠그다, 닫아걸다. 一作 鏁, 一作 好. 〔松筠〕: 소나무와

대나무, 節操와 隱者의 상징으로 鎖松筠이란 곧 節操를 지키지 않고 벼슬길에 나아간 것을 비유한 것이다.

通釋

1. 남전현 옥산에 있는 당신의 초당은 고요해서 너무나 좋다. 게다가 높은 가을 하늘의 상쾌한 기운이 서로 어울려 신선한 충격을 주고 있다.

2. 초당 근처에 있는 취미사에서는 종소리와 절로 나는 풍경소리만 간간이 들려 올 뿐 고요하기 이를 데 없고, 저녁 해질 무렵이 되자 귀가하는 어부들과 나무꾼들의 모습이 다시 보이기 시작한다.

3. 堂上의 음식을 볼진대 쟁반 위에는 백아곡 입구에서 생산되는 밤을 하얗게 까놓았고, 또 밥상 위에는 청니성 둑 밑에서 나는 미나리를 데쳐서 음식으로 올려놓았다.

4. 어찌해서 같은 산에 사는 서쪽 별장의 주인인 급사중 왕유는, 사립문을 부질없이 닫아 소나무와 대나무 숲 속에 가둬놓은 채 다시 출사하러 가버렸는가? 이는 벼슬길에 나간 왕유가 다시 남전으로 돌아와 여생을 보낼 것을 은근히 풍유하면서, 오히려 최씨의 초당과 그의 은자적 삶을 높이 평가하고 있는 것이다.

023. 至日遣興奉寄北省舊閣老兩院故人二首(一)

◎至日遣興奉寄北省舊閣老兩院故人二首(一)

一 去歲茲辰捧御床
二 五更三點入鵷行
三 欲知趨走傷心地
四 正想氤氳滿眼香
五 無路從容陪語笑
六 有時顚倒著衣裳
七 何人錯憶窮愁日
八 愁日愁隨一線長

— 동짓날 흥을 發해 문하성의 옛 각로와 양원의 친구들에게 보
냄 두 수 중(一) —

㊀ 지난 해 이 때는 어상을 받들어
㊁ 이른 새벽에 백관의 서열에 들었노라
㊂ 뛰어다녀 마음 상하게 한 곳을 알고자 한댄
㊃ 은은히 눈에 가득한 향기를 정히 생각하노라
㊄ 조용히 말씀과 웃음을 뫼실 길 없고
㊅ 거꾸로 옷을 입을 때만 있노라
㊆ 어느 사람이 시름 다하는 날이라 잘못 생각하는고
㊇ 시름 다한다는 날에 시름이 한 올을 따라 길어지네

諺解 ㊀ 니건 힛 이삐 御床올 받ᄌ와 ㊂ 五更三點에 鵷鷺ㅅ 行列에 드노라 ㊃ 돈녀셔 ᄆ슴 슬논 싸홀 알오져홀뎬 ㊄ 옷곳ᄒᆫ 누네 ᄀ득ᄒᆫ 香氣롤 正히 스치노라 ㊄ ᄌ늑ᄌᆞ기 말ᄉᆞᆷ과 우ᅀᅮ믈 뫼ᅀᅩᆯ 길ᄒᆞᆫ 업고 ㊅ 업드러 옷ᄀ외 니블 삐 잇노라 ㊆ 어느 사ᄅᆞ미 시름 다ᄋᆞᆫ 나리라 외오 思憶ᄒᆞ니오 ㊇ 시름 다ᄋᆞᆫ다 ᄒᆞᄂᆞᆫ 나래 시르미 ᄒᆞᆫ 시롤조차 기러나ᄂᆞᆫ다(初刊卷11, 34)

【注】 〔니건(니다)〕 : 지난, 지나간. 〔이삐〕 : 이때. 〔슬논〕 : 슬픈, 傷心한. 〔옷곳ᄒᆫ(옷곳ᄒ다)〕 : 향기로운. 〔스치노라(스치다)〕 : 생각하노라. 〔ᄌ늑ᄌᄂᆞ기〕 : 자늑자늑이, 조용히. 〔뫼ᅀᅩᆯ(뫼다)〕 : 뫼실. 〔업드러(업듣다)〕 : 엎드러지다, 엎어지다. 〔옷ᄀ외〕 : 옷, 아래 옷마기(衣裳). 〔니블(닙다)〕 : 입을. 〔삐〕 : 끼, 때. 〔외오〕 : 그릇, 잘못. 〔기러나ᄂᆞᆫ다〕 : 자라나도다.

解題 이 시는 公의 나이 47세인 肅宗 乾元 元年(758년)에 房琯의 일로 左遷되어 華州에서 司功參軍이 되었을 때 冬至를 맞아 그 感懷를 읊은 것이다.

註釋

▣ 〔**至日**〕 : 동짓날, 冬至. 〔**遣興**〕 : 흥을 발하다. 〔**北省**〕 : 門下省과 中書省을 지칭함. 당나라 사람들은 문하성과 중서성을 북성이라 하고, 또한 문하성은 좌성이라고 한다. 혹 통칭해서 이를

양성이라고 한다(唐人謂門下中書爲北省 亦謂門下爲左省 或通謂之兩省,『通典』). 여기서는 公이 속한 門下省을 지칭함. 〔閣老〕: 양성의 원로를 경칭해서 이른 말, 嚴武 혹은 賈至를 가리킴. 公의 시에 「奉贈嚴八閣老」, 「留別賈嚴二閣老兩院補闕得雲字」가 있다. 한편 宰相은 ‘堂老’라고 불렀다. 〔兩院〕: 門下省과 中書省, 院은 관청의 의미, 여기서는 兩省의 拾遺나 補闕 등을 지칭함. 〔故人〕: 친구 곧 左拾遺로 있을 때의 동료들.

㊀ 〔玆辰〕: 이 때에, 이 날, 곧 지난해 동짓날을 가리킴. 辰은 時의 뜻, 一作 晨. 〔御床〕: 임금이 앉는 자리. 玉座.

㊁ 〔五更〕: 오전 3시에서 5시까지의 사이. 즉 새벽 무렵. 〔三點〕: 五更 中 五分之三의 時刻. 點은 시각을 세는 단위로 更의 오분의 일을 이른다. 〔入鵷行〕: 鵷鷺가 서 있는 行列에 들다. 鵷鷺는 조정에 늘어선 관리의 行列, 원추리와 해오라기의 儀容이 조용하고 우아한 데서 百官이 朝廷에 질서 있게 늘어서 있는 모양을 이른다. 공은 華州로 左遷되기 전에 左拾遺로 있었기에 朝會에 참여할 수 있었다.

㊂ 〔欲知〕: 여러 친구들에게 알게 하고 싶음. 〔趨走〕: 빨리 달림, 뛰어 다님. 화주성의 參軍 벼슬로 상관인 군수를 拜謁하느라 분주히 달림(言爲華州掾趨謁上官,『鏡銓』). 〔傷心地〕: 사람의 마음을 슬프게 하는 곳.

㊃ 〔正想〕: 정히 생각함, 지난 일을 상상함. 바로 스침. 〔氤氳〕: 향기로운 모양, 天地의 氣가 서로 합하여 어린 모양.

㊄ 〔從容〕: 조용한 모양. 〔陪語笑〕: 兩省의 제공을 모시고 말하고 웃음을 나눔.

六 〔**顚倒著衣裳**〕: 일이 다급하여 옷을 거꾸로 입음. 공이 군수 (郡將)의 召命을 받드느라 급해서 옷을 거꾸로 입고 나감. '동방이 밝지도 않았는데, 허둥지둥 거꾸로 옷을 입네. 허둥지둥 거꾸로 입는 것은 임금님 처소에서 부르기 때문이네(東方未明 顚倒衣裳 顚之倒之 自公召之(『詩經』 <齊風> 「東方未明篇」)', 朱註에 '시인이 그 군주가 일어나고 앉음이 절도가 없고, 호령이 때에 맞지 않음을 풍자한 것이다(詩人刺其君興居無節 號令不時)'라고 하였다.

七 〔**錯憶**〕: 잘못 기억함. 錯 一作 却, 非, 憶 一作 認. 〔**窮愁日**〕: 동지날(長至)에는 양이 길어지고 음이 소멸하는 고로 근심이 다하는 날(分類云 窮愁日 長至之日 陽長陰消 故謂之愁盡日)이라고 함.

八 〔**愁日**〕: 앞의 '窮愁日'을 줄임, 곧 근심을 다한다는 동짓날, 一作 日日. 〔**一線長**〕: 길쌈을 한 올 더 짜 길어지는 것처럼 근심도 길어짐, 궁중에서 베 짜는 길이로써 해의 길이를 헤아렸는데 동지 이후에는 해의 길이가 길어지기 때문에 한 올씩을 더 짤 수 있었다. 『唐雜錄』에 宮中에서는 女工이 해의 長短을 헤아렸는데 冬至 후에 해의 그림자가 점차 길어져서 항상 전날에 비해 한 올씩 더 짤 수 있었다(宮中以女工揆日之長短 冬至後 日晷漸長 比常日增一線之功). 「小至」 參照.

通釋

1. 지난해 이 날(동지)에는 조정에서 임금을 받들어 뫼시고, 새벽 일찍 조회에 참여하여 백관의 행렬에 낄 수 있는 영광을 누렸

었다.

2. 그런데 지금은 좌천되어 화주성의 아전으로 상전인 군수를 배알하느라 총총걸음으로 쫓아다니는 신세가 되고 보니 여기가 사람의 마음을 상하게 하는 곳임을 제군들은 알려는지? 지난날 어전 향로에서 은은히 피어오르던 향기가 눈에 가득하던 것이 바로 뇌리를 스치며 지나간다.

3. 그때처럼 조용히 여러분들의 말씀과 온화한 웃음을 곁에서 모실 길은 없고, 지금은 다만 군수의 부름에 옷도 제대로 입지 못하고 거꾸로 입고 달려갈 만큼 바쁜 때만 있다.

4. 어느 누가 이 동짓날을 근심이 다하는 날이라고 잘못 기억하고 있는가? 시름을 다한다는 동짓날에 오히려 나의 근심은 점점 길어지는 해 그림자를 따라 한 올의 베가 길어지는 것처럼 자꾸만 더 늘어간다.

024. 至日遣興奉寄北省舊閣老院兩故人二首(二)

◎至日遣興奉寄北省舊閣
老兩院故人二首(二)

一 憶昨逍遙供奉班
二 去年今日侍龍顔
三 麒麟不動爐烟上
四 孔雀徐開扇影還
五 玉几由來天北極
六 朱衣只在殿中間
七 孤城此日腸堪斷
八 愁對寒雲雪滿山

- 동짓날 흥을 發해 문하성의 옛 각로와 양원의 친구들에게 보냄 두 수 중(二) -

一 생각해 보면 지난날 공봉의 자리에서 놀아서

二 작년 오늘에는 용안을 모시었네

三 기린은 움직이지 않은데 향로에 연기 피어오르고

四 공작이 서서히 펼치니 부채 그림자 나열하네

五 옥좌는 원래부터 하늘 북극성에 있고

六 붉은 옷 입은 이는 다만 어전 한가운데 있을 테지

七 외로운 성에서 이 날 창자 끊어짐을 감당하니

八 찬 구름에 눈이 산에 가득함을 시름겨워 대하노라

[諺解] ㊀ ᄉᆞ랑호니 녜 供奉ㅅ 班列에 노라셔 ㊂ 니건 힛 오ᄂᆞᆳ 나래 龍顔ᄋᆞᆯ 뫼ᅀᆞ오라 ㊃ 麒麟이 뮈디 아니ᄒᆞ얏거든 香爐앳 니 오ᄅᆞ고 ㊍ 孔雀이 날회야 열리 傘扇ㅅ 그르메 횟도더라 ㊎ 玉ᄋᆞ로 혼 几ᄂᆞᆫ 由來로 하ᄂᆞᆳ 北極에 잇고 ㊏ 블근 옷 니브니ᄂᆞᆫ 오직 殿ㅅ 가온디 잇더라 ㊐ 외ᄅᆞ윈 城ㅅ 이 나래 애ᄅᆞᆯ 그첨직ᄒᆞ니 ㊑ 치운 구루메 힌 누니 뫼해 ᄀᆞ둑ᄒᆞ야슈믈 시르며 對ᄒᆞ얏노라 (初刊卷11, 35)

【注】 〔니건〕 : 지난. 〔뫼ᅀᆞ오라(뫼다)〕 : 뫼시노라. 〔뮈디(뮈다)〕 : 움직이지. 〔니〕 : 연기. 〔날회야〕 : 천천히. 〔그르메〕 : 그림자. 〔횟도더라(횟돌다)〕 : 휘돌더라. 〔시르며〕 : 시름하며.

[註釋]

㊀ 〔憶昨〕 : 지난 날을 회상함. 昨은 前時. 〔逍遙〕 : 마음 편히 거닒. 自適하며 즐김. 消搖와 같음. 〔供奉班〕 : 近侍의 班列, 供奉은 가까이서 받들어 모심, 班은 列位, 자리. 唐의 拾遺는 天子를 가까이서 뫼시고 諫言하는 供奉과 諷諫이 주된 任務였다. 이때는 公의 벼슬이 左拾遺이기에 供奉의 班列이라 한 것이다.

㊂ 〔去年今日〕 : 지난해의 오늘 곧 작년 동짓날. 〔龍顔〕 : 임금의 얼굴.

㊃ 〔麒麟〕 : 기린 형상을 한 길이 九尺인 金鍍金 香爐. 〔不動〕 : 기린이라면 움직여야 하지만 기린 모양의 향로이기에 不動이라 함.

㊍ 〔孔雀〕 : 孔雀扇, 공작을 수놓은 부채, 혹은 공작의 깃으로 만

든 부채. 大朝會 때 이 부채 156개를 좌우에 나누어서 천자가
처음 어좌에 오르기 전에는 부채를 합쳐 두었다가 오르고 난
뒤에는 부채를 양쪽으로 펼쳐 부채 그림자가 좌우로 나열된다.
이는 동짓날 하례 받는 의식을 말한 것이다(趙曰 以言至日受賀
之儀). 〔扇影〕: 부채의 그림자. 〔還〕: 두르다, 에워싸다. 環과
같은 뜻.

五 〔玉几〕: 옥으로 장식한 자리. 천자의 玉座는 겨울에는 그 위
에 비단을 깔았는데 이를 체궤라고 한다(天子玉几 冬則加錦其
上 謂之綈几,『西京雜記』). 一作 玉座. 〔天北極〕: 천자의 지위
는 변함없는 북극성에 비유됨. 북극성처럼 御榻이 높고 영원함
을 말한 것이다.

六 〔朱衣〕: 붉은 옷을 입은 侍從官으로 인원 체크를 하고 백관들
을 제자리에 가도록 독촉하는 역할을 한다('朝日殿上 設黼扆蹋
席薰爐香案 御史大夫領屬官至殿西廡 從官朱衣傳呼 促百官就班,
『新唐書』). ‘正殿引朱衣’(「巴西聞收京闕送班司馬入京二首」).
〔只在〕: 다만 있음. 여기서는 그대로 있음.

七 〔孤城〕: 외로운 성 곧 자신이 있는 華州를 말함. 〔腸堪斷〕:
창자가 끊어짐을 감당함. 晋의 桓溫(?~373)이 蜀으로 가는 도
중 三峽을 지날 때 하인 하나가 원숭이의 새끼를 붙들었더니
어미 원숭이가 울며 따라오기를 백여리 하다가 마침내 배에
뛰어들어 그 길로 숨이 끊어졌다. 그 배를 갈라보았더니 창자
가 갈기갈기 찢겨 있었다. 공이 이를 듣고 노하여 그 사람을
쫓아내게 하였다(桓公入蜀 至三峽中 部伍有得猨子者 其母緣岸
哀號 行百餘里不去 遂跳上船 至便卽絕 破視其腹中 腹皆寸寸斷

公聞之怒 命黜其人,『世說新語』「假譎」).

六　〔寒雲〕: 차가운 구름 곧 겨울 하늘의 구름. 〔雪滿山〕: 흰 눈이 산에 가득함. 一作 白滿山. 山은 長安을 향한 山.

通釋

1. 지난날을 돌이켜보면 미관이나마 한때 천자를 받들어 모시고 간언하는 반열에 끼어 마음 편히 지낼 수 있었다. 그래서 작년 오늘 동지날에 천자의 온화한 용안을 가까이서 뵐 수 있었다.

2. 동짓날 대조회 때 어전에는 이름만 기린이지 움직이지 못하는 향로에서 향기가 피어오르고, 천자가 어좌에 오르기 전에 합쳐 놨던 공작부채는 천자가 어좌에 오르자 서서히 열려 부채 그림자가 양쪽으로 나열하였다.

3. 천자의 옥좌는 원래부터 하늘에 있는 북극성처럼 영원히 변치 않고 높이 그 자리에 있을 것이고, 백관을 인도하는 붉은 옷을 입은 시종관도 단지 내가 습유로 있을 작년이나 지금이나 늘 어전 한가운데 그대로 있을 테지. 이하는 직접 보지 못하고 다만 옛날을 생각해서 머리 속으로 그린 것이다.

4. 멀리 외로운 화주성에서 이 날을 맞아 즐거웠던 지난 동짓날을 생각해보니 창자가 끊어지는 듯한 슬픔을 감당해야 하고, 이번 동지엔 그 시절을 그리워하며 천자 계시는 장안 쪽을 향한 먼 산에 차가운 구름과 흰 눈이 가득함을 시름겨운 눈으로 바라보고 있을 뿐이다.

025. 卜居

◎卜居

㊀ 浣●花○流○水●水●西○頭○
㊁ 主●人○爲●卜●林○塘○幽○
㊂ 已●知○出●郭●少●塵○事●
㊃ 更●有●澄○江○銷○客●愁○
㊄ 無○數●蜻○蜓○齊○上●下●
㊅ 一●雙○鸂○鶒●對●沈○浮○
㊆ 東○行○萬●里●堪○乘○興●
㊇ 須○向●山○陰○上●小●舟○

― 집터를 잡음 ―

㊀ 완화계 흐르는 물, 물 서쪽 머리에
㊁ 주인은 숲속 못가 그윽한 곳에 집터 잡았네
㊂ 이미 성곽을 벗어나 속세 일 적음을 알겠고
㊃ 또 맑은 강은 나그네 시름을 삭임이 있도다
㊄ 수많은 잠자리는 가지런히 오르락내리락 하고
㊅ 한 쌍의 물닭은 나란히 잠겼다 떴다 하네
㊆ 동쪽으로 만리교로 가 흥을 탐직 하니
㊇ 모름지기 산음을 향하여 작은 배에 오르리라

諺解　㊀ 浣花 흐르는 묽 묽 西ㅅ녁 머리예 ㊂ 主人이 수플와 못
과 幽深혼 디 爲ㅎ야 사롤 디롤 占卜ㅎᄂ다 ㊁ ᄒ마 城郭ㅅ
밧긔 나 드트렛 이리 져고몰 아노니 ㊃ ᄯᅩ 묽ᄀᆫ ᄀᆞ름미 나그
내 시르믈 스로미 잇도다 ㊄ 數업슨 존자리ᄂᆫ ᄀᆞᄌᆞ기 오ᄅᆞᄂ
리거늘 ㊅ ᄒᆞᆫ 雙ㅅ 묽둘ᄀᆞᆫ 相對ㅎ야 ᄌᆞᄆᆞ락 ᄠᅳ락ᄒᆞᄂ다 ㊆ 東
녀그로 萬里예 녀 가 興을 탐직ᄒᆞ니 ㊇ 모로매 山陰을 向ㅎ야
져근 비예 올오리라 (初刊卷07, 01)

【注】〔밧긔〕: 밖에. 〔드트렛(드틀)〕: 티끌의. 속세의. 〔스로
미(술다)〕: 사라지게 함이, 삭임이. 〔존자리〕: 잠자리. 〔ᄀᆞᄌᆞ
기〕: 가지런히. ᄌᆞᄆᆞ락 〔ᄠᅳ락ᄒᆞᄂ다〕: 잠겼다 떴다 하다. 〔모
로매〕: 모름지기, 반드시.

解題　이 시는 공의 나이 49세인 肅宗 上元元年(760년) 城都 성
밖 碧鷄坊 百花潭 북쪽, 浣花溪와 萬里橋 서쪽에 草堂을 짓고
난 뒤의 감회를 읊은 것이다. 「卜居」는 草堂의 바깥 경치, 「堂
成」은 안쪽 경치를 읊었다. (「堂成」 參照)

註釋

▣ 〔卜居〕: 住居할 곳을 점침. 살만한 곳을 가려서 정함. 「卜居」
란 원래 屈原의 作品名으로 굴원이 충절을 지키다 세인의 질
투로 쫓겨난 몸이 되고 난 뒤 太卜의 집에 가서 세상에 처할
곳을 물었다는 내용이다. 공의 시 가운데 「卜居」란 같은 제목

의 五律도 있다.

㊀〔**浣花**〕: 浣花溪, 成都 西郭 바깥에 있는데 一名 錦江, 百花潭
이라고도 한다. 流 一作 溪.

㊁〔**主人**〕: 집 주인 곧 自己를 말함. 劍南節度使 裵冕이 杜甫를
위해 초당을 지어 주었다는 설(『諺解』, 『虞註』)도 있으나 自稱
으로 보는 것이 옳다. 〔**爲卜**〕: 裵冕이 公을 위해 집터를 정해
주었다고 볼 수 있으나, 그냥 숲 속 못가 그윽한 곳에 집터를
정하게 되었다고 봄.

㊃〔**澄江**〕: 맑은 강. 浣花溪를 가리킴.

㊄〔**蜻蜓**〕: 잠자리.

㊅〔**鸂鶒**〕: 紫鴛鴦으로 불리는 水鳥로 털이 五色이며 항상 시냇
가운데 있다.

㊆〔**東行**〕: 萬里橋가 浣花溪의 동쪽에 있으므로 東行이라 한 것
임. 〔**萬里**〕: 다리 이름. 蜀에 萬里橋가 있는데 浣花溪의 동쪽
에 있다. 옛날 孔明이 吳의 使者(費褘)를 보내면서 이곳에 이
르러 '萬里 길이 이곳에서 비롯된다'고 하여 萬里란 이름을 얻
게 되었음(萬里橋架大江水在縣南八里　蜀使費褘聘吳諸葛亮送之
褘歎曰萬里之行　始於此矣, 『元和郡國誌』). 〔**乘興**〕: 剡溪에 사
는 戴安道를 찾아 나선 晉의 王徽之(字子猷)의 故事. 산음에
사는 왕자유가 눈 오는 밤 갑자기 섬계에 사는 대안도가 보고
싶어 배를 타고 갔는데 문에 이르러 더 가지 않고 돌아오자
사람들이 그 연유를 물었다. 이에 "나는 본디 흥이 일어나면
가고 흥이 다하면 돌아온다. 그러니 반드시 대안도를 보리오"
라고 하였다(王子猷居山陰　雪夜忽憶戴安道　時戴在剡溪　卽乘輕

船就之　旣造門不前便返　人問其故　曰　吾本乘興而行　興盡而返
何必見戴安道也, 『世說新語』).

六〔山陰〕: 現 浙江省 紹興府 山陰縣, 王獻之가 사는 곳. 완화계
가 못로 통하므로 흥이 일어나면 山陰에 이를 수 있다.

통釋

1. 완화계가 흐르는 강물 서쪽 머리에 살 곳을 정하고, 집주인은
   그 주변 숲속 못가의 그윽한 곳에다 집터를 잡았다.
2. 이곳은 이미 복잡한 성도의 성곽을 벗어났기에 속세의 시끄러
   운 일이 적음을 알겠고, 또 맑게 흐르는 강물은 떠돌아다니는
   나그네의 시름을 삭이기에 충분함이 있도다.
3. 못 위에는 수많은 잠자리들이 가지런하게 오르락내리락 하며
   날고 있고, 한 쌍의 물닭은 마주 대하여 나란히 잠겼다 떴다
   자맥질하고 있다.
4. 옛날 왕헌지가 그랬듯이 나도 흥이 일어나면 동쪽에 있는 만리
   교까지 가봄직하니, 모름지기 작은 배를 타고 왕헌지가 살았다
   는 산음을 향하여 한번 떠나볼까 한다. 반드시 가겠다는 이야
   기가 아니고 자신의 회포를 펴보겠다는 뜻이다.

026. 蜀相

◎蜀相

㈧	㈦	㈥	㈤	㈣	㈢	㈡	㈠
長	出	兩	三	隔	映	錦	丞
使	師	朝	顧	葉	堦	官	相
英	未	開	頻	黃	碧	城	祠
雄	捷	濟	繁	鸝	草	外	堂
淚	身	老	天	空	自	栢	何
滿	先	臣	下	好	春	森	處
襟	死	心	計	音	色	森	尋

- 촉의 재상 -

㈠ 승상의 사당을 어느 곳에서 찾을까

㈡ 금관성 밖에 잣나무가 빽빽한 곳이라

㈢ 섬돌에 비친 푸른 풀은 절로 봄빛이요

㈣ 잎에 가린 꾀꼬리는 속절없이 좋은 소리를 내네

㈤ 세번 돌아봄을 빈번히 함은 천하를 위한 계책이요

㈥ 두 조정을 열어 구제함은 늙은 신하의 마음이라

㈦ 군사를 내어가 이기지 못하고 몸이 먼저 죽으니

㈧ 길이 영웅으로 하여금 눈물이 옷깃에 가득케 하네

諺解 ㊀ 丞相이 祠堂을 어디 가 츠즈리오 ㊁ 錦官ㅅ 잣 밧긔 잣 남기 森列혼 디로다 ㊂ 버텅에 비취옛는 프른 프른 절로 봄비치 드외옛고 ㊃ 니플 스싀히얏는 곳고리는 쇽절업시 됴혼 소리로다 ㊄ 세 번 도라보물 어즈러이 호문 天下를 爲호야 혜아료미니 ㊅ 두 朝를 거리츄믄 늘근 臣下의 ᄆᆞᅀᆞ미니라 ㊆ 軍師를 내야 가 이긔디 몯호야셔 모미 몬져 주그니 ㊇ 기리 英雄으로 히여 눖므리 옷기제 ᄀᆞ둑게 ᄒᆞᄂᆞ다 (初刊卷06, 33)

【注】 〔잣〕: 城. 〔잣남기〕: 잣나무가. 〔버텅〕: 층계, 계단. 〔드외옛고(드외다)〕: 되었고. 〔쇽절업시〕: 부질없이. 〔어즈러이〕: 어지러이, 어지럽게. 〔혜야료미니(혜아리다)〕: 혜아림이니. 〔거리츄믄(거리치다)〕: 건침은, 구제함은. 〔몬져〕: 먼저. 〔옷기제(옷깆)〕: 옷깃에.

解題 이 시는 공의 나이 49세인 肅宗 上元 元年(760년) 봄 成都 草堂에 있을 때 부근에 있던 諸葛亮의 사당을 拜謁하고 주변의 景觀과 感懷을 읊은 것이다. (「詠懷古跡五首(五)」 參照)

註釋

■ 〔**蜀相**〕: 蜀의 宰相, 諸葛亮(181~234)을 말함.
㊀ 〔**丞相**〕: 諸葛亮이 촉의 승상 벼슬을 함, 제갈량의 사당은 錦官城 서남쪽에 있다. 武侯가 죽은 뒤 백성들이 계절마다 각기 사사로이 길 위에서 제사를 지냈는데 成漢의 太宗인 李雄이

그의 사당을 세웠다.

㊂〔**錦官城**〕：成都 서쪽의 城. 成都는 錦緞의 산지로 유명하며 緋緞 제조, 판매업을 전문 관리하는 관원을 설치하면서 錦官城이라 함. 또한 錦江城이라고도 하는데 비단을 짠 뒤 이곳 강물에 씻으면 비단 색깔이 고왔다고 하여 이 이름이 붙음. 공의 시에는 ‘錦里, 錦城, 錦水, 錦江’ 등이 자주 나온다. ‘濯錦江邊未滿園’(「簫八明府實處覓桃栽」), ‘扣如哀玉錦城傳’(「又於韋處乞大邑瓷盌」), ‘錦里煙塵外’(「爲農」), ‘錦里先生爲角巾’(「南隣」), ‘我住錦官城’(「贈蜀僧閭丘師兄」), ‘錦里逢迎有主人’(「將赴成都草堂途中有作（二）」), ‘錦里殘丹竈’(「贈王二十四侍御契四十韻」), ‘結廬錦水邊’(「杜鵑」).〔**柏**〕：잣나무, 諸葛亮이 직접 심은 나무라 함.〔**森森**〕：나무가 빽빽히 들어찬 모양.

㊂〔**映堦**〕：『언해』에서는 ‘비치다’로 번역하고 있으나 의미는 ‘덮다’임. 堦는 階와 같음.

㊃〔**隔葉**〕：잎을 사이로 하다. 잎사귀에 가려 잘 보이지 않음.〔**黃鸝**〕：꾀꼬리.

㊄〔**三顧**〕：顧는 訪問의 뜻. 蜀漢의 劉備가 隆中에 사는 諸葛亮의 草屋을 세 번이나 방문하여 마침내 軍師로 삼은 三顧草廬 故事. 선제께서 저를 비천하다고 여기지 않으시고 외람되게 몸소 왕림하시어 누추한 움막으로 세 번이나 저를 찾아오셔서 당시의 일을 자문하셨습니다. 이런 일로 말미암아 감격하여 선제께 부지런히 일하기로 약속하였던 것입니다(先帝不以臣卑鄙猥自枉屈三顧臣於草廬之中　諮臣以當世之事　由是感激　遂許先帝以驅馳,「出師表」)〔**頻繁**〕：자주하고 번거롭게 함을 말함. 隆

中을 자주 찾아간 것을 말함.

六 〔兩朝〕: 先主인 劉備와 後主인 劉禪의 두 朝廷. 〔開濟〕: 創業
과 守成, 즉 創業한 先主인 劉備를 도와 나라의 기틀을 열고,
後主인 劉禪을 도와 王位를 잇게 함. 守成은 이루어 놓은 것을
지킴.

七 〔出師〕: 군사를 출정시킴. 師는 軍隊. 〔捷〕: 이길 첩. 〔身先
死〕: 몸이 먼저 죽다. 諸葛亮은 227년 「出師表」를 던지고 수
차례 魏의 정벌에 나갔으나 司馬懿(字 仲達)가 편 持久戰에 이
기지 못하고 234년 五丈原에서 大敗하고 병으로 세상을 떠났
다.

八 〔英雄〕: 후세의 영웅. 〔襟〕: 옷깃 금.

|通釋|

1. 촉의 승상을 지낸 제갈량의 사당을 어느 곳에서 찾을 수 있을
까 하며 스스로 묻고서 스스로 대답한다. 금관성 밖에 승상이
몸소 심었다고 하는 묵은 잣나무가 빽빽한 곳에 바로 사당이
있다.

2. 공명은 이미 가고 없는데 섬돌 위를 덮은 푸른 풀은 절로 봄빛
을 뽐내고 있고, 잎에 가려 보이지 않는 꾀꼬리도 일시의 영웅
을 비웃듯 속절없이 아름다운 소리로 울어대고 있다. 인생의
무상함을 읊은 것이다.

3. 선주가 공명의 초가를 세 차례나 빈번하게 찾아간 것은 천하를
통일하려는 계책이었고, 선주와 후주의 두 조정을 창업하고 지
킨 것은 늙은 신하인 공명의 애틋한 충성심에서 나온 것이다.

4. 그러나 「출사표」를 던지고 군사를 출정하였지만 싸움에서 이기지 못하고 몸이 먼저 세상을 떠나게 되었으니, 후세의 영웅들로 하여금 길이 옷깃에 눈물을 가득하게 만들 것이다. 승상의 일이 길이 사람들로 하여금 가슴 아프게 할 것이라는 뜻이다.

  * 公이 諸葛亮을 그리워하며 지은 「武侯廟」라는 시가 있는데, 이 시와 같이 읽어볼만하다.

「武侯廟」 제갈 무후의 사당

遺廟丹靑落 남아 있는 사당엔 단청도 떨어지고
空山草木長 텅빈 산에는 잡초만 무성하네
猶聞辭後主 아직도 들리나니 후주 하직하고도
不復臥南陽 고향에 돌아가 다시 눕질 못 하네

027. 有客

◎有客

八	七	六	五	四	三	二	一
乘。	不・	百・	竟・	謾・	豈・	老・	幽。
興・	嫌。	年。	日・	勞。	有・	病・	棲。
還。	野・	粗。	淹。	車。	文。	人。	地・
來。	外・	糲・	留。	馬・	章。	扶。	僻・
看・	無。	腐・	佳。	駐・	驚。	再・	經。
藥・	供。	儒。	客・	江。	海・	拜・	過。
欄。	給・	餐。	坐・	干。	內・	難。	少・

- 손님이 옴 -

一 그윽히 사는 땅이 외져 지나는 이 드물고

二 늙고 병들어 사람이 부축해도 재배하기 어렵네

三 어찌 해내를 놀라게 할 문장이 있으랴만

四 부질없이 거마를 수고롭게 하여 강가에 머물렀네

五 종일토록 머물며 아름다운 손님이 앉았으니

六 평생에 거친 밥은 썩은 선비가 먹는 것이라

七 시골 밖이라 드릴 것이 없음을 싫어하지 않으면

八 흥을 타고 다시 작약 울타리 보러 오게나

諺解 ㊀ 幽深히 사는 짜히 偏僻ㅎ야 디나오리 져그니 ㊁ 늙고 病ㅎ야 사ㄹ미 더위자바실시 다시 절 호미 어렵도다 ㊂ 어느 잇는 文章이 海內옛 사ㄹ몰 놀래리오 ㊃ 쇽졀업시 車馬롤 ㄱ 비ㅎ야 ㄱ롰 ㄱ쇠 와 머므놋다 ㊄ 나리 뭇드록 머므러 아롬다온 소니 안잿ᄂ니 ㊅ 百年에 사오나온 바븐 서근 션비 먹논 거시라 ㊆ 드릇 밧긔셔 받즙논 것 업수믈 아쳗디 말오 ㊇ 興을 타 도로와 藥欄올 보라 (初刊卷22, 5)

【注】 〔디나오리〕 : 지나올 사람이. 〔더위자바실시(더위잡다)〕 : 붙잡았기 때문에, 부축하였기 때문에. 〔ㄱ비ㅎ야(ㄱ비다)〕 : 가쁘게 하여. 〔뭇드록(뭇다)〕 : 다하도록. 〔사오나온(사오납다)〕 : 사나운, 억센, 나쁜. 〔서근(석다)〕 : 썩은. 〔션비〕 : 선비. 〔드릇(드르)〕 : 들의, 벌판의. 〔아쳗디(아쳐다)〕 : 싫어하지.

解題 이 시는 공의 나이 49세인 肅宗 上元元年(760년) 봄 成都 草堂에서 달갑지 않은 손님을 맞아 그 느낌을 읊은 것이다. 一作「賓至」. 같은 제목의 오율「有客」도 있다.

註釋

㊀ 〔**幽棲**〕 : 그윽한 곳에 삶, 사는 곳이 幽深한데 있음. 〔**地僻**〕 : 땅이 외진(偏僻) 곳. 〔**經過**〕 : 지나 감. 왕래하는 사람 즉 찾아 오는 사람을 말함.

㊁ 〔**再拜**〕 : 再拜의 禮. 公의 명성을 듣고 누군가 별로 반갑지 않

은 손님이 찾아왔기에 노병을 빙자하여 재배의 예를 피한 것이다. 이미 제목에 그 손님의 尊姓大名을 쓰지 않은 것으로 봐서도 그는 不速之客이다. 따라서 이 시에는 은연중에 嘲諷이 있다.

三 〔豈有文章〕 : 어찌 문장이 있으리오. 문장이 없다는 말. 〔海內〕 : 海內 四方, 나라 안 곧 천하.

四 〔謾勞〕 : 부질없는 수고로움, 枉勞, 徒勞. 〔江干〕 : 강가, 江邊, 江은 錦江, 干은 厓, 涯(물가)의 뜻. 『詩經』 <魏風> 「伐檀」章에 '寘之河之干兮(하수 물가에 내버려두다)'라 하였는데, 傳에 풀이하기를 '干, 厓也'라 하였다. 평소 公의 명성을 듣고 문인들이 자주 초당에 찾아온 모양이다(「將赴成都草堂途中有作先寄嚴鄭公五首(三)」 參照).

五 〔竟日〕 : 終日, 竟은 다하다. 〔淹留〕 : 오랫동안 머무르다. 淹은 久의 뜻.

六 〔百年〕 : 평생 동안, 終身. 〔粗糲〕 : 거친 밥, 糲(려)는 현미(玄米). 一作 麤糲. 이를 麤衣와 糲食 곧 惡衣 惡食으로 풀이하는 경우도 있으나 그냥 '거친 밥'으로 봐도 무방할 것임. 〔腐儒〕 : 썩은 선비, 자신의 겸칭. 〔餐〕 : 먹다, 음식.

七 〔不嫌〕 : 싫어하지 아니 함. 불만스럽게 여기지 아니 함. 〔供給〕 : 공급하다, 여기서는 대접해 드릴만한 좋은 술과 맛있는 안주(美酒佳肴).

八 〔乘興〕 : 흥을 탐 곧 흥이 일어남. 〔藥欄〕 : 작약꽃으로 둘러진 울타리. 藥은 芍藥(함박꽃), 欄은 울타리, 柵의 뜻. 혹자는 약을 藥草로 번역하는 이(鈴木)도 있으나 작약도 그 뿌리는 약초로 오줌을 잘 나오게 한다. 公이 소갈병이므로 이를 일부러 심은

것일 수도 있다. 또 藥을 欄과 같은 뜻으로 보고 圍援(담을 둘러쌓고 출입을 제한한 곳, 禁苑)과 같이 풀이하는 이도 있으나 지나치다(『資暇錄』). 公의 시 '常苦沙崩損藥欄'(「將赴成都草堂途中有作先寄嚴鄭公五首(四)」)에도 나온다.

通釋

1. 내가 사는 이곳은 그윽하고 땅이 외진 곳이라 지나가며 찾아오는 손님이 드문데 모처럼 손님이 찾아왔다. 그러나 이 몸은 이미 늙고 병들어 다른 사람에게 부축을 받으면서도 재배의 예를 올리기가 어려울 정도이다. 찾아온 손님이 별로 달갑지 않다는 뜻이다.

2. 병들고 보잘 것 없는 이 몸에게 무슨 사해내의 온 천하를 놀라게 할만한 문장이 있다고 이렇게 궁벽한 곳까지 찾아온 것인가? 나의 헛된 명성이 공연히 당신의 수레와 말만을 수고롭게 하여 이 궁벽한 땅까지 와 머무르게 하였다. 公의 文名을 듣고 찾아온 손님에게 공연한 수고를 끼친 것을 말하고 있다.

3. 하루 종일 가지 않고 초당에 머물며 서로 이런 저런 이야기를 나누고 앉아 있는 이 아름다운 손님에게, 드릴 것이라고는 그저 이 썩어빠진 선비가 평생 동안 먹어온 거친 음식뿐이고 아름다운 술과 맛있는 안주를 대접하지 못함이 부끄러울 뿐이다.

4. 시장이 먼 시골 구석이라 이처럼 대접할 것이 없음을 그래도 싫어하지 않으신다면, 언제라도 흥이 날 때 작약꽃으로 둘러진 울타리를 보러 이곳으로 다시 오시오. 그래서 서로 못다한 정을 그때 나눠보자고 권유하고 있다.

028. 狂夫

◎ 狂夫

一 萬里橋西一草堂
二 百花潭水卽滄浪
三 風含翠篠娟娟靜
四 雨裛紅蕖冉冉香
五 厚祿故人書斷絶
六 恒飢稚子色凄涼
七 欲塡溝壑唯疎放
八 自笑狂夫老更狂

- 미친 사람 -

一 만리교 서쪽에 한 초당 있으니
二 백화담의 물은 곧 창랑수 같네
三 바람이 머금은 푸른 대는 한들한들 고요하고
四 비에 젖은 붉은 연꽃은 은은히 향기롭네
五 녹이 두터운 옛친구들은 편지가 끊어지고
六 항상 주린 어린 자식은 얼굴빛이 처량하네
七 구렁과 골짝을 메꾸고자 해도 오직 거리낌없으니
八 광부가 늙을수록 더욱 미친 것이 스스로 우습네

諺解 ㊀ 萬里橋ㅅ 西ㅅ 녀긔 흔 새 지비로소니 ㊁ 百花潭ㅅ 므리 곧 滄浪ᄀ도다 ㊂ ᄇ름 머근 프른 대ᄂ 娟娟ᄒ야 寂靜ᄒ얏고 ㊃ 비 저즌 블근 蓮ㅅ고존 冉冉히 곳답도다 ㊄ 祿 해 타먹ᄂ 넷 버든 書信이 그처 업고 ㊅ 미샹 주롓ᄂ 져믄 아ᄃ론 눗비치 서의ᄒ도다 ㊆ 굴헝에 몃귀여 주구리라 호매 오직 疎放홀 ᄯ롸미로소니 ㊇ 미친 노미 늘거도 ᄶ 미츄믈 내 웃노라 (初刊卷07, 02)

【注】 〔해(하다)〕 : 많이. 〔그처(그치다)〕 : 그쳐, 끊기어. 〔져믄(졈다)〕 : 젊은. 〔서의ᄒ도다〕 : 쓸쓸하도다. 〔몃귀여(몃귀다)〕 : 메워져, 파묻혀. 〔주구리라〕 : 죽으리라. 〔미츄믈(미치다)〕 : 미침을.

解題 이 시는 공의 나이 49세인 肅宗 上元 元年(760년) 초여름 성도 草堂에 居處하면서 感慨를 읊은 것이다.

註釋

㊀ 〔**萬里橋**〕 : 錦江에 있는 다리 이름, 蜀에 萬里橋가 있는데 浣花溪의 동쪽에 있다. 옛날 孔明이 吳의 使者(費褘)를 보내면서 이곳에 이르러 '萬里 길이 이곳에서 비롯된다'고 하여 萬里란 이름을 얻게 되었음(萬里橋架大江水在縣南八里 蜀使費褘聘吳諸葛亮送之 褘歎曰萬里之行 始於此矣,『元和郡國誌』). 〔**西**〕 : 정확히 말하면 西南쪽. 〔**草堂**〕 : 成都 城郭을 背景으로 지은 公

의 居處, 碧雞坊外, 萬里橋 西南, 百花潭 곧 浣花溪 西北쪽에 位置해 있음.

㊂ 〔百花潭〕: 浣花溪. 〔滄浪〕: 푸른 빛의 맑은 물. 屈原의「漁父辭」에 나오는 '滄浪之水淸兮 可以濯吾纓(창랑의 물이 맑으면 내 발을 씻으면 된다)'의 滄浪과 같은 뜻이다.

㊃ 〔娟娟〕: 예쁜 모양, 그윽한 모양, 깊숙하고 조용한 모양.

㊄ 〔裛〕: 적시다. 향내 배다. 〔冉冉〕: 향기 나는 모양, 부드러워 아래로 늘어진 모양, 세월이 가는 모양.

㊅ 〔厚祿〕: 俸祿을 많이 받는 大官.

㊆ 〔塡溝壑〕: 구렁과 골싸기를 메움, 굶주린 시체들이 구렁과 골짜기를 메움. 흉년 기근이 든 해에 당신의 백성들은 노약자들은 도랑이나 골짜기에 굴러 들어가 죽고(凶年饑歲 子之民 老羸轉乎溝壑,『孟子』「梁惠王」). 〔疏放〕: 행동이 거리낌이 없음, 구속되지 않고 돌아다니다 장차 구렁텅이에 빠져 죽음.

㊇ 〔狂夫〕: 미친 사람. 곧 자신을 말함.

1. 금강 만리교 西南쪽에 초가집 한 채가 있으니, 그 앞에 흐르는 백화담은 곧 창랑수와 같이 갓끈을 씻을 수 있을 만큼 맑은 물이다. 은자가 살만한 곳이다.

2. 그곳에 바람이 불어오면 푸른 대나무 가지는 한들한들 흔들리며 이따금씩 부딪치는 댓잎 소리조차 들을 수 있을 정도로 고요하고, 붉은 연꽃에 빗방울이 떨어지면 연꽃의 은은한 향기를 느낄 수 있다. 그러나 경관 좋은 초당에 살아도 먹고 살 일을

걱정하지 않을 수 없다.

3. 높은 벼슬자리에 있어 녹을 많이 받아 도움을 주던 옛날 친구들은 이제 소식조차 끊어져버리고, 항상 제대로 먹지 못해 굶주림에 지친 어린 아이들의 얼굴빛은 쳐다볼수록 처량하기 그지없다. 친구에게도 버림받고 애비 노릇도 제대로 못함을 한탄한 것이다.

4. 이 몸도 굶어 구렁텅이를 메울 수밖에 없는 노릇이지만 그러한 상황에서도 여한이 없음은 오직 소탈한 성격 탓이다. 이런 꼴을 남들은 미친 사람이라고 비웃겠지만 광부는 궁핍한 생활에도 아랑곳하지 않으니 늙어갈수록 더욱 자신이 미쳐 가는 것 같아 스스로 웃고 만다.

029. 江邨

<table>
<tr><td>八</td><td>七</td><td>六</td><td>五</td><td>四</td><td>三</td><td>二</td><td>一</td><td rowspan="7">◎
江
邨</td></tr>
<tr><td>微。</td><td>多。</td><td>稚•</td><td>老•</td><td>相。</td><td>自•</td><td>長。</td><td>淸。</td></tr>
<tr><td>軀。</td><td>病•</td><td>子•</td><td>妻。</td><td>親。</td><td>去•</td><td>夏•</td><td>江。</td></tr>
<tr><td>此•</td><td>所•</td><td>敲。</td><td>畫•</td><td>相。</td><td>自•</td><td>江。</td><td>一•</td></tr>
<tr><td>外•</td><td>須。</td><td>針。</td><td>紙•</td><td>近•</td><td>來。</td><td>村。</td><td>曲•</td></tr>
<tr><td>更•</td><td>唯。</td><td>作•</td><td>爲。</td><td>水•</td><td>堂。</td><td>事•</td><td>抱•</td></tr>
<tr><td>何。</td><td>藥•</td><td>釣•</td><td>碁•</td><td>中。</td><td>上•</td><td>事•</td><td>村。</td></tr>
<tr><td>求。</td><td>物•</td><td>鉤。</td><td>局•</td><td>鷗。</td><td>燕•</td><td>幽。</td><td>流。</td></tr>
</table>

— 강변 마을 —

㈠ 맑은 강 한 구비가 마을을 안고 흐르니

㈡ 긴 여름 강촌에는 일마다 그윽하네

㈢ 절로 가며 절로 오는 것은 지붕 위의 제비요

㈣ 서로 친하고 서로 가까운 것은 물 가운데 갈매기라

㈤ 늙은 아내는 종이에 그려 장기판을 만들고

㈥ 아이는 바늘을 두드려 고기 낚을 낚시를 만드네

㈦ 많은 병에 필요한 것은 오직 약물 뿐이니

㈧ 하찮은 몸이 이 밖에 다시 무엇을 바라리요

諺解 ㈠ 몰ㄱ ㄱ롮 ㅎ 고비 ㅁ술ㅎㄹ 아나 흐르ㄴ니 ㈡ 긴 녀룺 江村애 일마다 幽深ㅎ도다 ㈢ 절로 가며 절로 오ㄴ닌 집 우힛 져비오 ㈣ 서르 親ㅎ며 서르 갓갑ㄴ닌 믌 가온딧 굴며기로다 ㈤ 늘근 겨지븐 죠희롤 그려 쟝긔파놀 밍굴어놀 ㈥ 져믄 아ㄷ론 바ㄴ롤 두드려 고기 낫굴 낙술 밍ㄱㄴ다 ㈦ 한 病에 얻고져 ㅎ논 바ᄂ 오직 藥物이니 ㈧ 져구맛 모미 이 밧긔 다시 므스글 求ㅎ리오 (初刊卷07, 03)

【注】 〔ㄱ롮〕: 강의. 〔갓갑ㄴ닌〕: 가까운 것은. 〔굴며기〕: 갈매기. 〔죠희〕: 종이. 〔밍굴어놀(밍굴다)〕: 만들거늘. 〔져믄(졈다)〕: 젊은, 어린. 〔낙술〕: 낚시를. 〔한〕: 많은. 〔져구맛〕: 조그마한. 〔므스글〕: 무엇을.

解題 이 시는 공의 나이 49세인 肅宗 上元 元年(760년) 여름 성도 草堂에서 悠悠自適하며 草堂의 景觀을 읊은 것이다.

註釋

■ 〔**江邨**〕: 錦江이 굽이치는 浣花溪 草堂 마을. 一作 江村. 邨은 村과 같은 자임.

㈠ 〔**清江**〕: 錦江의 浣花溪. 〔**一曲**〕: 한 굽이.

㈡ 〔**事事**〕: 강촌의 諸事. 〔**幽**〕: 고요함, 한가함.

㈢ 〔**來**〕: 一作 歸. 〔**堂**〕: 一作 梁.

㈣ 〔**相親相近水中鷗**〕: 『列子』에 나오는 이야기를 이끌어 스스로

욕심이 없음을 말한 것이다. 바닷가에 어떤 이가 갈매기를 좋아하는 자가 있어 매일 아침에 바닷가에 가서 갈매기를 따라 놀았는데 갈매기가 그에게 오는 것이 백 수십 마리에 그치지 않았다. 그 아버지가 말하기를 내가 들으니 갈매기들이 모두 너를 따라 논다고 하는데 네가 잡아오면 내가 가지고 놀겠다 하여 다음날 바닷가에 갔더니 갈매기가 춤을 추면서 내려오지를 않았다(海上之人 有好漚鳥者 每旦之海上 從漚鳥游 漚鳥之至者 百住而不止 其父曰 吾聞漚鳥皆從汝游 汝取來 吾玩之 明日之海上 漚鳥舞而不下也(『列子』「黃帝」).

囝 〔碁局〕: 장기판. 혹은 바둑판. 〔爲〕: 一作 成.

因 〔敲針〕: 바늘을 두드려 꼬부리다. 〔釣鉤〕: 고기 낚는 낚시. 이 두 句에 대해 蔡夢弼의 『草堂詩話』에는 다음과 같이 풀이하고 있다. 촉나라 사람인 사고의 『시화』에 말하였다. "자미의 강촌시에 운하기를 '老妻畫紙爲某局 稚子敲針作釣鉤'라 하였는데 아내는 신하를 비유하고, 남편은 임금을 비유한다. 장기판은 바른 길이다. 바늘은 본래 매우 곧은데 두드려서 굽게 하니 늙은 신하가 바른 길로 제왕의 사업을 완성하였는데 어린 임금이 그 법을 무너뜨리는 것을 말한다. 어린 아들은 어린 임금을 비유한다"라고 하였는데 이는 『천주금련』의 설이다. 어떤 설은 "늙은 아내는 양귀비를 비유하고, 어린 아들은 안녹산을 비유하니, 대개 안녹산이 양귀비의 양자였기 때문이다. 장기판은 천하를 비유한다. 양귀비가 천하를 안녹산에게 사사로이 하였기 때문에 안녹산이 사악하게 굴 수 있었고, 재앙을 일으킬 마음을 먹었다"라고 하는데, 이 설이 타당한 듯 하다. 그러나

두자미의 본뜻은 또한 이와 같지 않다. 늙은 아내와 어린 자식은 바로 두보의 아내이고 아들이다. 어찌 자신의 아내와 아들을 가지고 음탕한 부인과 역적에 비유하겠는가. 이치상 반드시 그렇지 않을 것이다(蜀人師古詩話 曰子美江村詩云 老妻畫紙爲棊局 稚子敲針作釣鉤 謂妻比臣夫比君 棊局直道也 針本全直而敲曲之 言老臣以直道成帝業 而幼君壞其法 稚子比幼君也 此天廚禁臠之說也 或說 老妻以比楊貴妃 稚子以比安祿山 蓋祿山爲貴妃養子 棊局天下之喩也 貴妃欲以天下私祿山 故祿山得以邪曲包藏禍心 此說似爲得之 雖然子美之意亦不如此 老妻稚子 乃甫之妻子 甫肯以已妻子而托意於淫婦人與逆臣哉 理必不然,『草堂詩話』卷上).

七 〔**多病**〕: 원래 공에게는 消渴病과 肺病이 있었음. 〔**所須**〕: 필요로 하는 것. 須는 需要. 〔**藥物**〕: 촉에는 약재가 많이 난다고 함. 〔**多病所須唯藥物**〕: 一作 但有故人供藥物, 但有故人分祿米 (다만 친구에게 녹으로 받은 쌀을 제공받고 있을 뿐).

八 〔**微軀**〕: 하찮은 몸, 자신을 가리키는 謙稱이다. 〔**此**〕: 藥 혹은 아름다운 江村의 풍경을 가리킴. 〔**何**〕: 一作 無.

通釋

1. 맑은 강물 한번 구비쳐 마을을 품에 안듯이 유유히 흐르고 있고, 긴 여름날 강가 마을은 모든 일들이 조용하고 한가롭기만 하다.

2. 지붕 위에는 한가로운 제비들이 제멋대로 이리저리 날아다니고, 강물에서는 갈매기가 서로 다정하게 날아왔다 날아갔다 하

고 있다.

3. 늙은 아내는 종이 위에 장기판을 그리고 있고, 어린아이는 바늘을 두드려 고기 낚을 낚시 바늘을 만드느라 정신이 없다. 오랜 방랑 중에 겨우 얻은 완화계 초당의 행복한 생활을 그리고 있다.

4. 많은 병을 가진 내게 필요한 것은 오직 약물 뿐이다. 하찮은 이 몸이 이것 밖에 다시 무엇을 더 바라겠는가? 잠시 평온을 얻어 신병을 치료하고자 하는 초조감이 엿보인다. 그러나 3년 뒤 공은 다시 방랑길에 올랐다.

030. 野老

<table>
<tr><td>八</td><td>七</td><td>六</td><td>五</td><td>四</td><td>三</td><td>二</td><td>一</td><td>◎野老</td></tr>
<tr><td>城。</td><td>王。</td><td>片•</td><td>長。</td><td>賈•</td><td>漁。</td><td>柴。</td><td>野•</td><td></td></tr>
<tr><td>闕•</td><td>師。</td><td>雲。</td><td>路•</td><td>客•</td><td>人。</td><td>門。</td><td>老•</td><td></td></tr>
<tr><td>秋。</td><td>未•</td><td>何。</td><td>關。</td><td>船•</td><td>網•</td><td>不•</td><td>籬。</td><td></td></tr>
<tr><td>生。</td><td>報•</td><td>意•</td><td>心。</td><td>隨。</td><td>集•</td><td>正•</td><td>前。</td><td></td></tr>
<tr><td>畫•</td><td>收。</td><td>傍•</td><td>悲。</td><td>返•</td><td>澄。</td><td>逐•</td><td>江。</td><td></td></tr>
<tr><td>角•</td><td>東。</td><td>琴。</td><td>劍•</td><td>照•</td><td>潭。</td><td>江。</td><td>岸•</td><td></td></tr>
<tr><td>哀。</td><td>郡•</td><td>臺。</td><td>閣•</td><td>來。</td><td>下•</td><td>開。</td><td>廻。</td><td></td></tr>
</table>

- 시골 늙은이 -

㊀ 시골 늙은이의 울타리 앞에 강 두둑이 휘도니
㊁ 사립문은 비스듬히 강을 따라 열려 있네
㊂ 어부의 그물은 맑은 소에 수북이 던져져 있고
㊃ 장사아치 배는 도로 비치는 햇빛을 따라 오네
㊄ 기나긴 길이 마음에 걸리니 검각을 슬퍼하고
㊅ 한 조각 구름은 무슨 뜻으로 금대에 기대었나
㊆ 왕의 군대는 동군을 수복했다는 알림 없으니
㊇ 성문에 가을이 되니 화각 소리 구슬프네

諺解 ㊀ 野老의 욼 알퍼 ᄀ롨 두들기 횟도랫ᄂ니 ㊁ 서브로 혼 門을 正히 아니ᄒ야 ᄀᄅ몰 조차 여로라 ㊂ 고기 자볼 사ᄅ미 그므른 몰곤 못 아래 모댓고 ㊃ 興利홀 나그내 비ᄂ 도로 비취엣ᄂ 횟비츨 조차 오놋다 ㊄ 긴 길히 ᄆᄉ매 거리ᄶ셔시니 劒閣올 슬노라 ㊅ 片雲은 므슴 ᄡᄃ로 琴臺롤 바랫ᄂ니오 ㊆ 王師ㅣ 東郡 아ᄉ몰 알외디 몯ᄒ야시니 ㊇ 城闕에 ᄀ술히 나거 놀 畵角ㅅ 소리 슬프도다 (初刊卷07, 03)

【注】 〔욼〕: 울타리의. 〔두들기〕: 두둑이. 〔횟도랫ᄂ니(횟돌다)〕: 휘돌아있나니. 〔서브로 혼〕: 섶으로 만든. 〔거리ᄶ셔시니(거리ᄶ다)〕: 거리끼니. 〔바랫ᄂ니오(바랫다)〕: 의지하였는가. 〔아ᄉ몰(앗다)〕: 빼앗음을.

解題 이 시는 공의 나이 49세인 肅宗 上元 元年(760년) 가을 성도에 있을 때 公이 草堂에서 강가에 임하여 저물어가는 노을을 바라보며 時節을 感傷하여 읊은 것이다.

註釋

㊀ 〔**野老**〕: 시골 늙은이, 자신을 말함.

㊁ 〔**柴門**〕: 사립문. 〔**不正逐江**〕: 평지가 아닌 강기슭에 세운 문이므로 강을 따라 기울어져 있음.

㊂ 〔**集**〕: 集會 즉 그물이 수북이 모여 있음. 〔**澄潭**〕: 물이 맑은 소 즉 百花潭. 潭은 못이 아니라 강에서 물이 많이 고여 있는

곳을 말함. 〔下〕: 下網 즉 그물을 던짐. '아래'로 보는 견해도
있음.

四 〔賈客〕: 장사아치, 商人, 장사아치 고. 〔返照〕: 저녁에 비치는
햇빛, 返景, 落照.

五 〔劍閣〕: 長安에서 蜀으로 가는 길에 있는 大劍, 小劍의 두 山,
閣道(棧道)가 通하므로 이름. 〔關心〕: 마음에 걸림.

六 〔琴臺〕: 浣花溪 북쪽에 있음. 司馬相如가 거문고를 타던 곳,
相如(長卿)가 거문고를 타며 卓文君에게 「鳳求凰曲」(琴歌)을
부르자 卓이 스스로 옴, 공의 시에 「琴臺」가 있음. 成都에 머
물고 있음을 말한 것이다.

七 〔王師〕: 왕의 군대 곧 官軍. 〔東郡〕: 洛陽 동쪽의 諸郡, 公의
고향이 이쪽에 있음. 乾元 二年 九月 東京 및 濟, 汝, 鄭, 滑의
四州가 적에게 함락되었고, 上元 元年 六月 田神功이 史思明의
군사를 鄭州에서 쳐부수었으나 東京의 諸郡은 아직 收復치 못
하였다.

八 〔城闕〕: 城門, 成都의 城闕, 闕은 宮門, 至德 二年에 成都府를
높여 南京(南都)으로 불렀기에 성궐이라 함. 〔畵角〕: 그림으로
장식한 뿔나발, 軍樂器로 길이는 五尺, 모양은 죽통같고 밖에
彩色을 함.

通釋

1. 시골 늙은이의 초당 울타리 앞에 유유히 흐르는 맑디 맑은 금
   강의 언덕은 굽이치듯 휘돌아드니, 강기슭에 세운 사립문은 강
   을 따라 기울어져 비스듬하게 열려 있다.

2. 고기 잡는 어부들의 그물은 맑은 백화담에 수북이 던져져 있고, 장사아치들의 상선은 황혼녘 아름다운 노을빛을 따라서 돌아온다.

3. 고향으로 돌아가는 길은 너무나 멀어 마음에 걸리는데 험하기 짝이 없는 검각은 더욱 나의 마음을 슬프게 한다. 촉으로 처음 올 때 길이 험하였음을 회상하는 것이다. 한 조각 구름과 같은 자신은 무슨 뜻이 있어 금대(성도)에 의지하여 머무르고 있는가? 전혀 그럴 마음이 없고 고향으로 하루 빨리 돌아가고 싶은 심정이다.

4. 그러나 아직까지 관군이 적에게 힘락된 내 고향 동쪽 고을을 수복하였다는 소식은 알려오지 않아 마음이 무겁다. 그런데 가을 바람이 일어나는데다 성문에서 들려오는 뿔나발 소리는 나의 마음을 더욱 슬프게 한다.

031. 南鄰

◎南隣

一 錦•里•先◦生◦烏◦角•巾◦
二 園◦收◦芋•栗•不•全◦貧◦
三 慣•看◦賓◦客•兒◦童◦喜•
四 得•食•堦◦除◦鳥•雀•馴◦
五 秋◦水•纔◦深◦四•五•尺•
六 野•航◦恰•受•兩•三◦人◦
七 白•沙◦翠•竹•江◦村◦暮•
八 相◦送•柴◦門◦月•色•新◦

— 남쪽 이웃 —

一 금리의 선생이 오각건을 썼으니
二 정원에서 토란과 밤을 거두니 아주 가난치만 않네
三 손님을 보는 것에 익숙하여 아이는 기뻐하고
四 섬뜰에서 음식을 얻어 먹어 새는 길들여졌네
五 가을 물은 겨우 너댓자 깊이요
六 들의 배는 마치 두어 사람만 받아들일 듯하네
七 흰 모래 푸른 대 있는 강 마을 저녁에
八 서로 사립문에서 보내니 달빛이 새롭네

諺解 ㊀ 錦里예 사는 先生이 거믄 쐴 잇는 頭巾이로소니 ㊂ 위안해 토란과 바물 거두워 드릴식 오으로 가난티 아니ᄒ도다 ㊃ 손 보미 니거 아히 깃거ᄒ고 ㊄ 塏砌에 바블 어더 머거 새 질드롓도다 ㊅ ᄀ술 므른 애야ᄅ시 너덧 자ᄒ 깁고 ㊆ 미햇 비ᄂ는 마치 두어 사롬만 바ᄃ리로다 ㊇ 흰 몰애와 프른 대 잇는 묽ᄌ 무슨 나조히 ㊈ 서르 柴門에셔 보내요매 ᄃ 비치 새ᄅ외도다 (初刊卷07, 21)

【注】 〔위안해(위안ᄒ)〕: 정원에, 동산에서. 〔오으로〕: 온전히, 전혀. 〔니거(닉다)〕: 익숙하여. 〔깃거ᄒ고(깃거ᄒ다)〕: 기뻐하고. 〔질드롓도다(질드리다)〕: 길들여져 있도다. 〔애야ᄅ시〕: 애로라지, 겨우. 〔자ᄒ(자ᄒ)〕: 자(尺)는. 〔미햇(미ᄒ)〕: 들의. 〔나조히〕: 저녁에.

解題 이 시는 公의 나이 49세인 肅宗 上元 元年(760년) 가을 성도에 있을 때 지은 것이다. 公이 남쪽 마을에 사는 은자를 방문한 시로 흔히 보나, 은자가 公을 訪問한 시로 보기도 한다. 초당에 있을 때 친구와의 교유를 읊고 있다.

註釋

◙ 〔**南鄰**〕: 성도 남쪽 이웃 마을에 사는 사람을 말함.

㊀ 〔**錦里先生**〕: 錦里에 사는 선생, 錦里는 成都의 별칭, 先生은 「過南隣朱山人水亭」에 보이는 朱山人을 가리킨다. 商山四皓 가운

데 ‘甪里先生’에 비유해서 사용한 것임(『鏡銓』). 〔烏角巾〕: 隱者
가 쓰는 사방으로 각이 진 검은 두건. 野人의 頭巾.

㊁ 〔芋栗〕: 토란과 밤으로 隱者의 음식. 栗 一作 粟., 一作 芋栗.
芋는 平聲. 〔不全貧〕: 아주 가난하지만은 않다.

㊂ 〔慣看〕: 보는데 익숙함, 익히 보기에 하는 말임. 〔賓客〕: ①
주선생을 방문한 자신. ② 주선생을 지칭, ②의 경우는 公의
집을 주산인이 찾아온 것으로 볼 수 있다. 一作 門戶, 朋友.
〔兒童〕: ① 주선생의 아이들. ② 公의 아이들.

㊃ 〔塔除〕: ① 朱家의 섬뜰, 除는 섬뜰. ② 公의 집 뜨락. 〔鳥雀
馴〕: 새들도 길들어져 있음, 兒童과 鳥雀은 倒裝法.

㊄ 〔纔〕: 겨우. 一作 雖. 〔深四五尺〕: 가을 물이라 깊이가 겨우
너댓자에 불과함. 深 一作添.

㊅ 〔野航〕: 들 사이에 흐르는 작은 물에서 통행을 돕는 배. 野人
의 배. 흔히 주석가들은 ‘航’이 큰 배인데도 두어 사람밖에 타
지 못한다는데 의문을 두고 있다. 黃庭堅은 『山谷詩話』에서
“航은 方舟이므로 小舟인 ‘艇’으로 고쳐야 하며 이 때의 艇은
平聲이다”(航方舟也 當以艇爲正 艇平聲 方言云小舟也)고 하였
다. 그런데 公의 ‘晝引老妻乘小艇’(「進艇」)의 艇이 上聲으로 쓰
였음을 보면 이 시에서 上聲 艇字를 쓰는 것은 옳지 않다. 또
‘誰謂河廣 一葦杭之(누가 하수가 넓다고 이르는가, 한 갈대로
건너가리, 『詩經』「衛風」 河廣章)’를 들어 杭이 곧 航이므로 野
航도 큰 배가 아닌 一葉舟임을 말하기도 한다(趙). 〔恰受兩三
人〕: 마치 두 세 사람 겨우 받아들일 만하다. 강물이 얕기 때
문에 많은 사람을 태울 수 없다는 뜻이다. 公은 ‘受’字 쓰기를

좋아하였다. 예를 들면 ‘一雙白魚不受釣’(「卽事」), ‘修竹不受暑’
(「陪李北海宴歷下亭」), ‘莫受二毛侵’(「送賈閣老出汝州」), ‘能事不
受相促迫’(「戱題王宰畵山水圖歌」), ‘輕燕受風斜’(「春歸」), ‘吹面受
和風’(「上巳日徐司錄林園宴集」)을 들 수 있다. 모두가 교묘함을
보여준다.

七　〔翠竹〕: 푸른 대. 푸른 대밭이 있는 강촌의 마을.

八　〔柴門相送〕: ① 사립문에서 서로 보냄 ② 공이 주산인를 보
냄. 이로 본다면 오히려 주산인이 公을 찾아온 것으로 볼 수
있다. 만약 公이 주산인을 찾아갔다면 「送到柴門」이 옳을 것이
다(鈴木). 相送柴門 一作 相對籬南. 〔月色新〕: 달빛이 새로와
보임.

通釋

1. 금강 마을에 사는 주산인 선생은 평소 흔히 은자들이 쓰는 검
은 뿔 있는 두건을 쓰고 다니며, 그의 정원에는 토란이나 밤
따위를 거둘만한 농사도 짓고 있어 비록 풍부하지는 않지만
그래도 굶주림을 면할 수 있으니 아주 가난하다고만은 할 수
없다.

2. 아이들은 손님을 자주 보는데 익숙하여 낯을 가리지 않고 오히
려 좋아라하고, 참새들은 사람이 다가가도 놀라지 않고 뜨락
가까이까지 와서 음식을 얻어먹을 정도로 사람에게 길들여져
얌전하다.

3. 가을이라 강물의 깊이가 겨우 너댓 자에 지나지 않는다. 그래
서 들 사이에 흐르는 작은 물길을 오가는 나룻배가 그리 작은

것은 아니지만 지금은 마치 두어 사람만 겨우 받아들일 듯 힘
겹게 타고 간다.

4. 나룻배를 함께 타고 백사장이 펼쳐져 있고 푸른 대밭이 있는
강가의 마을에 도착하여 실컷 환담을 나누다 저물녘이 되어서
야 서로 사립문에서 배웅하고 돌아오니 오늘따라 달빛이 더욱
새롭게 보인다. 달빛이 새롭다는 것은 차마 이별하지 못하는
정황을 그린 것이다.

032. 恨別

◎恨別

八	七	六	五	四	三	二	一
司	聞	憶	思	兵	草	胡	洛
徒	道	弟	家	戈	木	騎	城
急	河	看	步	阻	變	長	一
爲	陽	雲	月	絶	衰	驅	別
破	近	白	淸	老	行	五	四
幽	乘	日	宵	江	劍	六	千
燕	勝	眠	立	邊	外	年	里

― 이별을 한탄하며 ―

㊀ 낙양성에서 한번 사천리를 이별하니

㊁ 오랑캐 기병은 길이 오륙 년을 달리네

㊂ 초목이 변하고 쇠락한 때 검각성 밖에 다니다

㊃ 병과로 막히고 끊겨 금강 가에서 늙는구나

㊄ 집 생각에 달을 거닐며 맑은 밤을 지새웠고

㊅ 아우 생각에 구름을 보며 대낮에 졸도다

㊆ 소문을 들으니 하양이 요즘 계속 이긴다고 하니

㊇ 사도는 하루 빨리 나라 위해 유연을 격파하라

諺解 ㊀ 洛城올 ᄒᆞᆫ번 여희요니 머로미 四千里로소니 ㊁ 胡騎ᄂᆞᆫ
기리 둘여 굴외오미 다엿 ᄒᆡ로다 ㊂ 草木ㅣ 改變ᄒᆞ야 衰殘ᄒ
거늘 劍閣 밧긔 와 녀노니 ㊃ 干戈애 길히 병으러 그출시 ᄀᆞ
롮 ᄀᆞᆺ이 와 늙노라 ㊄ 지블 ᄉᆞ랑ᄒᆞ야셔 ᄃᆞ래 건녀 몰ᄀᆞᆫ 바ᄆᆡ
셧고 ㊅ 아올 ᄉᆞ랑ᄒᆞ야 구루믈 보고 볼ᄀᆞᆫ 나래 조오노라 ㊆
河陽애 요ᄉᆞ이 사홈 乘勝호믈 니ᄅᆞ거늘 듣노니 ㊇ 司徒ㅣ ᄲᆞᆯ
리 爲ᄒᆞ야 幽燕올 헤티리로다 (重刊卷2, 1)

【注】 〔여희요니(여희다)〕 : 이별하니. 〔다엿〕 : 대여섯. 〔녀노
니(녀다)〕 : 다니노니. 〔아올(아ᄋ)〕 : 아우를. 〔굴외오미(굴외
다)〕 : 싸움이, 갚음이, 맞서 견줌이. 〔헤티리로다(헤티다)〕 : 헤
치리로다, 쳐부수리로다, 깨뜨리로다.

解題 이 시는 公의 나이 49세인 肅宗 上元 元年(760년) 가을 成
都 草堂 시절 지은 것으로 避亂가서 고향에 두고 온 가족들을
그리워하는 심정을 읊고 있다.

註釋

▣ 〔**恨別**〕 : 이별을 한탄함. 공이 벼슬을 그만두고 촉에 들어가
의지할 곳이 없는 고로 가족들과의 이별을 한한 것이다.

㊀ 〔**洛城**〕 : 洛陽城 河南府에 있음.

㊁ 〔**胡騎**〕 : 오랑캐 기병 즉 安祿山의 반란군을 지칭. 〔**長驅**〕 : 말
을 타고 먼 거리로부터 달려 쳐들어옴. 오랫동안 싸움을 계속

함. 〔**五六年**〕: 天寶末 安祿山이 亂(755년)을 일으켜서 上元 元年(760년)까지의 오륙 년을 말함.

三 〔**變衰**〕: 가을이 되어 초목의 빛이 변하고 시듦.

〔**劍外**〕: 劍閣城 밖 곧 蜀 땅, 劍閣은 長安에서 蜀으로 가는 길에 있는 大劍, 小劍의 두 山의 要害, 閣道(棧道)가 通하므로 이름. 공의「發同谷縣」自注에 '乾元二年十二月一日 自隴右 赴劍南'라고 한 것을 보아 늦겨울에 촉으로 들어간 것임을 알 수 있다.

四 〔**阻絶**〕: 길이 막히고 끊김. 〔**江邊**〕: 錦江 가.

五 〔**淸宵**〕: 맑은 밤, 淸夜.

六 〔**看雲**〕: 구름을 바라보며 동생을 그리워 함. 객지에서 고향을 그리워한다는 看雲步月이란 사자성어가 이 句에서 나옴.

七 〔**聞道**〕: 말하는 것을 들음. 〔**河陽近乘勝**〕: 河陽은 河南 洛陽, 上元 元年 三月 李光弼이 敵 安太淸을 懷州城下에서 쳐부수고, 夏四月에 또한 史思明을 河陽의 西渚에서 격파함(庚寅 李光弼 破安太淸於懷州城下 夏四月壬辰 破史思明於河陽西渚 斬首千五百餘級,『資治通鑑』唐紀37). 〔**乘勝**〕: 乘勝長驅. 싸움에 이긴 여세를 타서 계속 몰아쳐 감.

八 〔**司徒**〕: 三公의 하나. 至德 二年 李光弼이 檢校司徒가 됨. 〔**幽燕**〕: 반란군 史思明(? ～ 761)의 根據地. 幽는 北京 一帶, 燕은 河北省 北部.

〔**通釋**〕

1. 安祿山의 亂으로 벼슬을 그만두고 가족들과 한번 이별한 것이 낙양성을 떠나 사천리 밖 촉땅에까지 와 있다. 중원을 침략한

오랑캐 기병이 쳐들어와 날뛴지 벌써 오륙년이 지났건만 아직도 그칠 줄 모른다.

2. 초목빛이 변하고 시들어 가는 가을에 검각산 밖에 와 다니다가, 전쟁으로 길이 막히고 끊겨 고향으로 돌아가지도 못하고 금강가를 어슬렁거리며 늙어가는 신세가 되고 말았다.

3. 집에 두고 온 가족들을 생각하며 잠을 이루지 못해 달 빛 아래 거닐며 맑은 밤을 하얗게 지새우고, 또 낮에는 동생들 생각에 흘러가는 구름을 바라보며 그리워하다 선 채로 꾸벅 꾸벅 졸기 일쑤다. 밤낮이 바뀐 것은 이별의 한이 깊기 때문이다.

4. 소문을 듣자니 요즘 하양에서 적을 쳐부수고 승승장구한다고 한다는데, 사도 이광필은 늦추지 말고 그 여세를 몰아 나(혹은 이 나라)를 위해서라도 부디 적의 소굴인 유연을 하루 빨리 쳐부수길 바란다.

033. 李七司馬皀江上觀造竹橋卽日成往來之人免冬寒入
　　水聊題短作簡李公

◎ 陪李七司馬皀江上觀造竹橋卽日成往來之人免冬寒入水聊題短作簡李公

八	七	六	五	四	三	二	一
驅	合	知	顧	日	天	褰	伐
石	歡	君	我	落	寒	裳	竹
何	却	才	老	靑	白	不	爲
時	笑	是	非	龍	鶴	涉	橋
到	千	濟	題	見	歸	往	結
海	年	川	柱	水	華	來	構
東	事	功	客	中	表	通	同

─ 이사마를 모시고 조강 위에서 죽교 만드는 것을 보았는데, 그
날 완성이 되어 오고가는 사람들이 추운 겨울에도 물에 들어
가는 것을 면하게 되었으므로 애오라지 짧은 시에 제목으로
하여 이공에게 편지삼아 보냄 ─

一 대나무 베여 다리를 만드는데 얽어 만듦이 같으니
二 치마를 걷어 건너지 않아도 오고감이 통하네
三 하늘이 서늘하거늘 흰 학이 화표에 돌아오고
四 해 떨어지니 푸른 용이 물 속에 보이네

㕔 나를 돌아보니 늙어서 기둥에 쓸 객이 아니오
㘸 그대 재주는 이 내를 건너게 하는 공인줄 알겠노라
㘹 모여 즐기면서 도리어 천년의 일을 비웃나니
㘺 돌을 몰아 어느 때 해동까지 가리오

諺解 ㊀ 대를 버혀 드리를 밍ㄱ로매 미야 지수믈 모다 ᄒ니 ㊂ 오술 거두드러 믈로 건나디 아니ᄒ야 가며 오미 通ᄒ도다 ㊃ 하ᄂᆞᆯ히 서늘커늘 白鶴이 華表애 도라오노소니 ㊄ 히 디거든 靑龍을 믌 가온디 보리로다 ㊅ 나를 도라본딘 늘거 기동애 스는 客이 아니로니 ㊆ 그릿 지조는 이 내를 건내는 功인디 아노라 ㊇ 모다 즐겨셔 도로 즈믄 힛 이를 웃노니 ㊈ 돌홀 모라 어느 ㅴ 海東애 가니오 (初刊卷15, 35)

【注】 〔밍ㄱ로매(밍글다)〕: 만듦에. 〔미야(미다)〕: 매어. 〔지수믈(짓다)〕: 지음을. 모다(몯다) 〔ᄒ니〕: 모여서 하니, 함께(같이) 하니. 〔거두드러〕: 걷어 들이다. 〔스는〕: 쓰는. 〔모다〕: 모두. 〔ㅴ〕: 때.

解題 이 시는 공의 나이 49세 때 肅宗 上元 元年(760년) 겨울 蜀州 新津縣에서 지은 작품으로 李司馬가 竹橋 만든 공을 讚美한 내용이다.

[註釋]

■〔李七司馬〕: 蜀州의 司馬 李某. 李司馬가 다리를 축조한 것을
보고 읊은 「觀作橋成月夜舟中有述還呈李司馬」도 있다. 〔皂江〕
: 一名 鄩江, 新津縣에 있는 강. 〔卽日〕: 곧 그날, 當日. 〔短作〕
: 이하 八句의 詩를 말함.

㊀〔結構同〕: 대나무로 얽어 만들었지만 다리의 구조가 튼튼하여
木橋와 같다는 뜻.

㊁〔褰裳〕: 치마를 걷음. '그대가 나를 사랑하여 그리워할진대,
치마를 걷고 진수를 건너가리'(子惠思我 褰裳涉溱, 『詩經』 <鄭
風> 「褰裳」章).

㊂〔華表〕: 원래 묘 앞에 세우는 望柱石 따위를 가리키는데, 여
기서는 다리 앞의 두 기둥을 말함. 丁令威는 漢代의 遼東 사람
으로 靈虛山에서 신선술을 배워 신선이 되어 갔다. 후에 鶴이
되어 요로 돌아와 성문의 華表柱에 앉았는데, 한 소년이 활로
쏘려 하자 날아올라 공중을 배회하며 말하기를 "새가 날아왔으
니 이는 정령위라, 집을 떠난 지 천년 만에 지금에야 돌아왔다.
성곽은 전과 같으나 사람들은 예전 사람이 아니구나. 왜 신선
을 배우지 않고서 무덤만 늘여 있는가?" 하고는 하늘 높이 날
아 올라가버렸다(丁令威本遼東人 學道于靈虛山 後化鶴歸遼 集
城門華表柱 時有少年擧弓欲射之 鶴乃飛徘徊空中而言 曰有鳥有
鳥丁令威 去家千年今始歸 城郭如故人民非 何不學仙家纍纍遂
高上沖天, 『搜神後記』).

㊃〔靑龍〕: 물 속에 비친 다리의 그림자를 비유.

㊄〔題柱客〕: 司馬相如가 처음 벼슬하러 長安에 들어갈 때 昇仙

橋의 기둥에다 '대장부가 駟馬車을 타지 않고서는 다시 이 다리를 지나지 않겠다'라는 글귀를 썼다(蜀城北八十里 有昇仙橋 送客觀 司馬相如初入長安 題其柱曰 大丈夫不乘赤車駟馬 不過 汝下,『華陽國志』). 그는 과연 뒤에 傳馬를 타고서 그 다리를 지나갔다.

㊅ 〔濟川功〕:『商書』에 高宗이 傳說에게 命하여 "만일 큰 내를 건널 때는 너를 배와 노로 삼으리라(若濟巨川 用汝作舟楫)"고 하였다. 여기서는 다리를 만든 공을 말함.

㊆ 〔千年事〕: 천년 전의 일. 아래 句에 나오는 秦始皇의 일을 말한다.

㊇ 〔驅石〕: 秦始皇이 石橋를 만들어 바다를 건너 해가 나오는 곳을 보려 하였다. 그 때 신령이 돌을 몰아 바다에 떨어뜨렸는데 돌이 빨리 가지 않으므로 신령이 번번이 채찍질을 하니 돌들이 피를 흘렸다(秦始皇 作石橋 欲過海觀日出處 時有神人驅石下 海 石去不速 神輒鞭之 石皆流血,『齊地記』). 이 두 句는 이공이 옛날 돌을 때려 다리를 서둘러 만들려고 하였던 秦始皇을 비웃기라도 하듯 빨리 築造하였다는 뜻이다.

通釋

1. 이공이 대나무로 베어 서로 얽어 메게 하여 다리를 만든 것이 목교와 같이 튼튼하다. 다리가 없을 때는 치마를 걷고 강을 건너야 하였으나 이제는 이공 덕분에 그러지 않고도 맘대로 오고 갈 수 있게 되었다.

2. 날씨가 추워지거늘 흰 학이 다리 위의 기둥으로 돌아와서 쉬

고, 날이 저무니 다리의 그림자가 마치 푸른 용처럼 길게 물 속에 보인다.

3. 돌아보건대 나는 늙어서 사마상여처럼 다리 기둥에다 글을 쓸 만한 재주가 있는 객도 아니지만, 그대의 재주는 훌륭하여 냇물을 건너게 해준 공이 있음을 알겠노라.

4. 모두들 모여 즐거워하면서 천년 전에 진시황이 석교를 만든 일을 비웃건대, 돌을 몰아 어느 세월에 바다 동쪽까지 도달할 것인가 한다. 즉일에 다리를 이룬 이사마의 공을 기리고 있다.

034. 和裴迪登蜀州東亭送客 逢早梅相憶見寄

◎ 和裴迪登蜀州東亭送客逢 早梅相憶見寄

一 東閣官梅動詩興
二 還如何遜在揚州
三 此時對雪遙相憶
四 送客逢春可自由
五 幸不折來傷歲暮
六 若為看去亂鄉愁
七 江邊一樹垂垂發
八 朝夕催人自白頭

- 배적이 촉주 동쪽 정자에 올라가서 객을 보낼 때 일찍 피는 매화를 보고 서로 생각나 붙인 것에 화답함 -

一 동각의 관매가 시흥을 움직이니
二 도리어 하손이 양주에 있을 적과 같네
三 이때 눈을 대하여 멀리 서로 생각하니
四 손을 보내며 봄 맞았으니 가히 자유롭도다
五 다행함은 꺾어서 와 세모의 맘을 상치 않음이니
六 만일 가서 보았더라면 고향 근심에 맘이 산란했으리라
七 강가에 한 그루가 가지가 늘어지게 피었으니
八 조석으로 사람을 재촉하여 절로 머리 세게 하도다

諺解 ㉠ 東녁 樓閣앳 구윗 梅花ㅣ 글 지을 興을 뮈우니 ㉢ 도로 혀 何遜이 揚州잇는 둧ᄒ도다 ㉣ 이 삐 누늘 對'ᄒ야셔 아ᄋ라히 서르 ᄉ랑ᄒ니 ㉤ 손 보내요매 보몰 맛나거니 가히 自由ᄒ리아 ㉥ 幸혀 것거 와 歲暮애 슬케티 아니 ᄒ니 ㉦ 엇뎨 보아가 本鄕 ᄉ랑ᄒ논 시르믈 어즈럽게 ᄒ리오 ㉧ ᄀ롨 ᄀ잇 혼 남기 드리염 펫ᄂ니 ㉨ 아ᄎ 나조히 사ᄅ믈 뵈아 절로 머리 셰에 ᄒᄂ다 (重刊卷18, 4)

【注】 〔구윗〕: 관리, 관청. 〔뮈우니(뮈우다)〕: 움직이게 하니. 〔도로혀〕: 도리어. 〔아ᄋ라히〕: 아득히. 〔것거(졌다)〕: 꺾어. 슬케티(슬다. 〔슳다)〕: 슬프게 하지. 〔엇뎨〕: 어찌. 〔어즈럽게〕: 어지럽게. 〔드리염〕: 드리여, 축 늘어지게, 축 드리우게. 〔펫나니(피다)〕: 피었나니. 〔뵈아(뵈아다)〕: 재촉하여. 셰에 〔ᄒᄂ다〕: 세게 하다.

解題 이 시는 공의 나이 49세 肅宗 上元 元年(760년) 겨울 성도 초당에서 배적의 시에 화답한 것으로 매화를 보고 고향을 그리워하는 심정을 읊은 것이다.

註釋

■ 〔裴迪〕: 배적(716?)은 關中人으로 처음에 王維, 崔興宗과 함께 終南山에 살며 시를 주고 받았다. 天寶 후에 蜀州刺史가 되었고, 杜甫, 李頎와 친하였다. 시가 29수 전하며 田園山水派에 속

한다. 〔蜀州〕: 唐安郡으로 劍南道에 속함. 〔早梅〕: 일찍 피는 梅花. 臘月에 피는 매화를 ‘臘梅’ 이른 봄에 피는 꽃을 ‘春梅’라 한다. 淸客, 瓊英이라고도 한다.

㊀ 〔東閣〕: 蜀郡에 있는 崇慶府를 말함. 〔官梅〕: 官에서 기르는 매화나무.

㊁ 〔還如〕: 마치 ～ 같다. 〔何遜〕: 하손(？～518)은 南朝 梁 때의 詩人으로 字는 仲言, 官이 盧陵王記室에 이르렀고, 詩文에 능하여 『何水部集』이 있다. 趙岐의 『三輔決錄』에 하손이 양주에 있을 때 관매가 난발한 것을 보고 사언시를 지었는데 시인들이 다투어 전하여 베꼈다고 한다(三輔決錄云 遜在揚州 見官梅亂發 賦四言 詩人爭傳寫).

㊂ 〔對雪〕: 눈을 대하다. 매화는 눈 속에 피어난다. 〔遙相憶〕: 멀리서 서로 생각함.

㊃ 〔可自由〕: 생각이 자유로움. 손님을 보내고 봄을 맞았으니 시상이 자유롭게 펼쳐짐.

㊄ 〔幸不折來〕: 다행히 시만 보냈을 뿐 매화는 꺾어서 보내지 않음. 옛날에는 매화 가지를 꺾어서 보내고 하였음. 〔傷歲暮〕: 세모의 맘을 상하게 함. 늙은이가 맞이하는 세모는 더 서글프기에 이른 말.

㊅ 〔若爲〕: 만약～하였더라면. 〔看去〕: 가서 봄. 촉주에 가서 함께 매화를 봄. 〔亂鄉愁〕: 향수에 어지러움. 고향으로 돌아가고 싶은 생각에 마음이 산란함.

㊆ 〔江邊一樹〕: 강변에 피어 있는 매화 한 그루. 〔垂垂〕: 아래로 드리워진 모양, 차츰차츰, 점점. 〔發〕: 매화가 피어남.

㊇ 〔催人自白頭〕 : 사람을 재촉하여 절로 흰머리가 되게 함.

|通釋|

1. 그대가 촉주 동각에 올라 관의 매화를 보고 시흥을 일으켜 나에게 시를 붙였으니, 이것은 도리어 그 옛날 하손이 양주에 있을 적에 관매를 보고 시를 읊조린 예와 같다고 하겠다.

2. 그대는 눈 속의 매화를 대하면서 멀리서 서로를 생각하는 맘이 간절하였는데, 마침 손님을 보낼 때 일찍 핀 매화를 만나 시상이 자유롭게 펼쳐져 이렇게 시를 지어 보내게 됨은 마땅한 일이다.

3. 다행한 것은 글만 지어 보냈지 매화를 꺾어 보내지 않았으므로 늙은이의 세모를 맞는 서글픈 마음을 상하게 하지 않은 것이다. 만약 나도 그대와 함께 촉주에 가서 그 매화를 보게 되었더라면 고향을 그리워하는 근심으로 심히 혼란스러웠을 것이다.

4. 내가 있는 이곳 강변에도 매화 한 그루가 축 늘어져 제법 많이 피었는데, 아침 저녁으로 이를 바라보는 늙은이의 마음만 상하게 하여 절로 머리를 세게 한다.

035. 暮登四安寺鐘樓寄裴十迪

◎ 暮登四安寺鐘樓寄裴十迪

八	七	六	五	四	三	二	一
太	知	故	多	近	孤	僧	暮
向	君	人	病	市	城	來	倚
交	苦	相	獨	浮	返	不	高
遊	思	見	愁	烟	照	語	樓
萬	緣	未	常	翠	紅	自	對
事	詩	從	闃	且	將	鳴	雪
慵	瘦	容	寂	重	斂	鍾	峰

— 저녁에 사안사의 종루에 올라 배적에게 부침 —

㊀ 저물녘 높은 누각에 기대어 눈 덮힌 산을 바라보니

㊁ 스님은 와서 말없이 스스로 종을 울리네

㊂ 외로운 성에 도로 비치는 해는 붉은 빛이 장차 걷히려 하고

㊃ 가까운 저자에 퍼져있는 연기는 푸른 빛이 더욱 짙어가네

㊄ 많은 병에 홀로 근심하니 항상 적적한데

㊅ 옛 친구를 서로 만났으나 마음 편치 못 하네

㊆ 그대가 애써 시 짓는 탓에 여윈 줄 알지만

㊇ 너무 교유를 향해 만사를 게을리 하네

諺解 ㊀ 나조히 노폰 樓롤 비겨 눈 인논 뫼홀 相對호니 ㊁ 즁이 와 말 아니ᄒ고 제 붑플 우리ᄂ다 ㊂ 외로온 城에 도로 비쵀 엿논 히논 블근 비치 將次 갇거ᄂᆯ ㊃ 갓가온 져젯 ᄯᆫ 니는 프ᄅ고 ᄯᅩ 하도다 ㊄ 한 病에 ᄒ올로 시름호니 샹녜 괴외ᄒ니 ㊅ 녯 버들 서르 보아 ᄌᆞ늑ᄌᆞ늑기 몯호라 ㊆ 그듸의 苦ᄅᆞ온 ᄠᅳ디 글 딧는 젼ᄎ로 여위욘 고ᄃᆞᆯ 아노니 ㊇ ᄀᆞ장 사괴여 노ᄂᆞᆫ 사ᄅᆞᆷ 向ᄒ야 萬事롤 게을이 ᄒᄂ다 (重刊卷9, 38)

【注】 〔나조히(나조)〕 : 저녁에. 〔비겨(비기다)〕 : 의지하여. 〔붑플(붑. 〔붚)〕 : 북을. 〔우리ᄂ다(울리다)〕 : (북을) 치도다, 울리도다. 〔갇거ᄂᆯ(갇다)〕 : 걷우거늘, 걷히거늘. 〔갓가온(갓갑다)〕 : 가까운. 〔져젯(져제)〕 : 저자의. 〔니논(니)〕 : 연기는. 〔샹녜〕 : 항상. 〔괴외ᄒ니(괴외ᄒ다)〕 : 고요하니. 〔녯버들〕 : 옛벗을. 〔ᄌᆞ늑ᄌᆞ늑기〕 : 자늑자늑이, 조용히. 〔젼ᄎ로〕 : 까닭으로. 〔여위욘〕 : 여윈. 〔고ᄃᆞᆯ(곧)〕 : 곳을, 바를.

解題 이 시는 公이 50세인 肅宗 上元 二年(761年) 봄 成都 草堂에 있을 때 四安寺에 이르러 느낌이 있어 지은 것으로 사안사의 고적한 풍경을 바라보며 외로움을 느끼고, 나아가 친구의 소홀함을 나무라는 내용이다.

註釋

■ 〔**四安寺**〕 : 神秀禪師가 지은 절로 成都府 新津縣 남쪽 二里에

있다. 혹은 新津寺라 하니 공의 「和裴迪登新津寺」가 있다. 〔鐘樓〕 : 종을 달아 놓은 누각. 〔裴十迪〕 : 公의 친구 배적, 十은 관직의 등급이나 형제간의 차례.

㊀ 〔雪峰〕 : 新津縣에 修覺山이 있고 그 위에 寶華山이 있는데, 頂上에 눈이 많아 이를 雪峰이라 한다.

㊂ 〔孤城〕 : 新津縣의 城을 이름. 〔返照〕 : 夕陽, 노을. 〔紅將斂〕 : 붉은 빛이 서서히 걷히고 어둠이 깔림.

㊃ 〔浮烟〕 : 저녁에 밥 짓는 연기를 말함.

㊄ 〔閴寂〕 : 고요하고 쓸쓸함. 고요할 격.

㊅ 〔故人〕 : 옛친구, 여기서는 裴迪을 말함. 〔從容〕 : 조용한 모양, 한가한 모양, 마음이 편안함 혹은 款曲(다정하고 성의가 있음)함.

㊆ 〔苦思〕 : 괴로울 정도로 생각함, 苦心. 〔緣〕 : 까닭으로, 因하여. 고심하여 시를 지음으로 인하여.

㊇ 〔太向交遊萬事慵〕 : (시를 짓느라고) 사귀어 노는 친구를 향한 모든 일에 너무 게을리 함.

通釋

1. 따뜻한 봄날 저물녘에 높은 종루에 올라가 기대어 서서 멀리 눈 덮힌 설봉을 바라보노라니, 마침 스님 한분이 와서 나에게 말 한마디 건네지 않고 스스로 저녁을 알리는 범종만 치고 물러갈 뿐이다.

2. 저 멀리 외로운 성에는 붉은 석양빛이 이제 막 걷히려 하고 있고, 가까운 마을에서는 저녁 짓느라 퍼져 있는 푸른 연기가 더

욱 짙어만 간다.

3. 평소 병 많은 몸에 홀로 시름겨워 살다보니 항상 적적하기 그
지없는데, 이따금씩 옛 친구인 그대를 만났으나 그대는 항상
한가롭지 못하고 바빠 친구 간에 서로 따뜻한 우정을 나눌 수
없으니 그것이 아쉬울 따름이다.

4. 그대가 고심하면서 시를 짓느라 몸까지 수척할 정도로 바쁜 줄
은 잘 알겠지만, 그래도 가까이 살면서 친구 사귀는 일에 만사
를 너무 게을리 하니 참으로 서운한 일이다.

036. 客至

㈧	㈦	㈥	㈤	㈣	㈢	㈡	㈠	◎
隔	肯	樽	盤	蓬	花	但	舍	客
籬	與	酒	殮	門	徑	見	南	至
呼	鄰	家	市	今	不	群	舍	
取	翁	貧	遠	始	曾	鷗	北	
盡	相	只	無	爲	緣	日	皆	
餘	對	舊	兼	君	客	日	春	
盃	飲	醅	味	開	掃	來	水	

― 손님이 옴 ―

㈠ 집 남쪽과 집 북쪽이 모두 봄물인데

㈡ 다만 갈매기 떼가 날마다 날아옴을 보겠네

㈢ 꽃길을 일찍이 손을 핑계로 쓸지 않다가

㈣ 쑥문을 이제야 비로소 그대를 위해 여네

㈤ 소반의 음식은 시장이 멀어 여러 가지 맛이 없고

㈥ 동이의 술은 집이 가난해 다만 오래된 거르지 않은 술 뿐

㈦ 이웃의 영감과 서로 대하여 마심을 허락한다면

㈧ 울타리 너머로 불러 남은 술잔을 마저 마셔보세

諺解 ㊀ 집 앏과 집 뒤헤 다 보밋 므리로소니 ㊁ 믌 글며기 날마다 오몰 오직 보리로다 ㊂ 곳 쪄러뎟눈 길흘 일즉 소니 젼츠로 쓰디 아니ᄒ다니 ㊃ 다봇 門을 오눌 비르서 그듸롤 爲ᄒ야 여노라 ㊄ 盤애 다몬 차바니 져제 머러 여러가짓 마시 업스니 ㊅ 樽엣 수른 지비 가난ᄒ야 오직 녯 아니 걸운 수리로다 ㊆ 이우젯 한아비와 다뭇 相對ᄒ야 머구믈 肯許ᄒ면 ㊇ 울흘 즈슴처 블러 나맛눈 잔올 ᄆ즈 머구리라 (初刊卷22, 6)

【注】 〔믌〕: 뭇, 무리의. 〔젼츠로〕: 연유로, 까닭으로. 〔다봇〕: 다북쑥. 〔차바니(차반)〕: 차반이, 음식이. 〔져제〕: 시장. 〔걸운(걸우다)〕: 걸른, 걸린. 〔한아비와〕: 할아버지와. 〔다뭇〕: 더불어. 〔울흘(울ᄒ)〕: 울타리를. 〔즈슴처(즈슴치다)〕: 사이에 두고, 隔하여. 〔ᄆ즈〕: 마저.

解題 이 시는 공이 50세 되던 肅宗 上元 二年(761년) 봄 成都에서, 새로 지은 草堂이 落成될 때 지은 것으로 반가운 손을 맞아 접대한 기쁨을 읊은 것이다.

註釋

◼ 〔明府〕: 太守·縣令의 尊稱. 공의 原注에 '최명부의 방문을 기뻐함(喜崔明府相過)'이라고 하였는데, 이로 보아 초당으로 찾아온 손님은 최씨 성을 가진 縣令임을 짐작할 수 있다. 公의 生母가 崔氏로 崔明府는 그의 外三寸이 아닌가 하는 설이 있다(『分類』).

168 杜 律 詳 解 (上)

㊀ 〔舍南舍北〕: 집의 남쪽과 북쪽, 집 앞뒤를 지칭함. 舍는 공이 거처하는 집을 말함.

㊁ 〔群鷗日日來〕: 『列子』에 나오는 이야기를 이끌어 스스로 욕심이 없음을 말한 것이다. 바닷가에 어떤 이가 갈매기를 좋아하는 자가 있어 매일 아침에 바닷가에 가서 갈매기를 따라 놀았는데 갈매기가 그에게 오는 것이 백 수십 마리에 그치지 않았다. 그 아버지가 말하기를 내가 들으니 갈매기들이 모두 너를 따라 논다고 하는데 네가 잡아오면 내가 가지고 놀겠다 하여 다음날 바닷가에 갔더니 갈매기가 춤을 추면서 내려오지를 않았다(海上之人 有好漚鳥者 每旦之海上 從漚鳥游 漚鳥之至者 百住而不止 其父曰 吾聞漚鳥皆從汝游 汝取來 吾玩之 明日之海上 漚鳥舞而不下也(『列子』「黃帝」).

㊂ 〔花徑〕: 꽃이 떨어져 쌓인 길. 〔緣〕: 때문, 까닭, 손님이 없기 때문에 꽃 길을 쓸지 않았다는 뜻.

㊃ 〔蓬門〕: 거적문, 쑥대로 엮어 놓은 문, 가난한 사람 혹은 은자의 집을 이름. 〔爲君開〕: 그대를 위해 문을 열다. 俗客을 위해서는 열지 않는다는 뜻이 내포되어 있다.

㊄ 〔盤飧〕: 쟁반에 담긴 음식. 飧은 飱, 湌으로 熟食 곧 익힌 음식.『諺解』에는 餐으로 되어 있다. 〔兼味〕: 여러 가지 맛. 두 가지 이상의 음식.

㊅ 〔舊醅〕: 오래된 거르지 않은 술. 醅는 전내기, 막걸리. 옛사람은 방금 빚은 술을 좋은 것으로 여겼음.

㊆ 〔肯與〕: 肯許, 承諾함, 기꺼이 許與함. 이웃 영감을 불러도 괜찮다면. 〔鄰翁〕: 이웃의 늙은이. 鄰은 舍南 舍北의 南隣과 北

隣.

▨ 〔隔籬〕: 울타리를 사이한, 울타리 너머. 〔呼取〕: 부름. 取는
語助辭.

通釋

1. 완화계 앞에 있는 초당의 앞뒤가 온통 봄물로 둘러 쌓여 있는
   데, 찾아오는 손님은 없고 다만 무심한 갈매기 떼만 매일같이
   강물 위로 날아다니는 것을 볼 뿐이다.
2. 낙화로 가득 메운 정원 길은 일찍이 찾아오는 손님이 없다는
   핑계로 여태까지 쓸지 않고 있다가, 때마침 최명부 그대가 온
   다기에 이제야 비로소 정원도 쓸고 쑥대로 엮은 문도 열어 놨
   다.
3. 그대에게 접대를 하고 싶지만 시장이 멀어 쟁반에 담은 요리는
   골고루 맛볼만한 것이 없고, 또 집이 가난하다보니 술동이의
   술은 다만 오랫동안 빚지 않은 막걸리 뿐이어서 미안할 따름
   이다.
4. 그래도 앞뒤 이웃집 늙은이와 함께 서로 마주하고 술 마심을
   기꺼이 승락한다면, 울타리 너머로 그를 불러내어 남아 있는
   술을 마저 비워 볼까 한다.

037. 江上值水如海勢聊短述

◎江上值水如海勢聊短述

八	七	六	五	四	三	二	一
令	焉	故	新	春	老	語	爲
渠	得	著	添	來	去	不	人
述	思	浮	水	花	詩	驚	性
作	如	槎	檻	鳥	篇	人	癖
與	陶	替	供	莫	渾	死	耽
同	謝	入	垂	深	漫	不	佳
遊	手	舟	釣	愁	興	休	句

― 강가에서 바닷물처럼 불어난 강물을 만나 잠시 짧게 지음 ―

㈠ 사람됨이 성질이 편벽하여 아름다운 글구를 탐해

㈡ 말이 사람을 놀라게 하지 않으면 죽어도 멎지 않네

㈢ 늙어감에 시편은 모두 저절로 일어나니

㈣ 꽃피고 새우는 봄이 와도 깊이 근심하지 않네

㈤ 새로이 물에 난간을 더해 낚시 드리움에 제공하고

㈥ 짐짓 뜨는 뗏목을 두어 대신 배 삼아 들어가네

㈦ 어찌하면 뜻이 도연명과 사령운의 솜씨같은 이를 얻어

㈧ 저들로 하여금 시를 짓게 하여 함께 노닐꼬

諺解 ㊀ 내 사롬 이론디 性이 偏僻ㅎ야 아롭다온 글 句를 耽ㅎ야 ㊁ 말ㅅ몰 사른미 놀라디 아니 ㅎ리어든 주거도 마디 아니 ㅎ다니 ㊂ 늘거가맨 詩篇을 다 쇽졀업시 與許ㅎ노니 ㊃ 보밋 곳과 새와는 기피 시름ㅎ디 말라 ㊄ 새례 므렛 軒檻올 더 밍ᄀ라 낛 드리우메 供進ㅎ고 ㊅ 부러 쁜 들구를 두어 ᄀ라 비예 드노라 ㊆ 엇뎨 쁘디 陶淵明과 謝靈運의 손 ᄀᆮㅎ니를 어더 ㊇ 널로 히여 글 지이고 다못 ᄒᆫ디 놀려료 (重刊卷3, 31)

【注】 〔이론디(이로다)〕 : 이룬 것이, 되는 것이. 〔ㅎ리어든〕 : 한다 하며는. 〔새례〕 : 새로이. 〔낛〕 : 낚시. 〔부러〕 : 일부러, 짐짓. 〔들구를〕 : 뗏목을. 〔ᄀ라〕 : 바꾸어, 교체할여. 〔지이고〕 : 짓게 하고. 〔다못〕 : 더불어. 〔ᄒᆫ디〕 : 함께, 한 곳에

解題 이 시는 공이 50세 되던 肅宗 上元 二年(761년) 봄 成都 草堂에서 생활의 안정을 찾고 난 뒤의 여유있는 모습을 읊은 것이다.

註釋

■ 〔**江上**〕 : 강가, 이 때 강은 成都 錦江을 말함. 〔**値**〕 : 만나다. 一作 置. 〔**聊**〕 : 잠시, 애오라지. 〔**短述**〕 : 짧게 지음, 일종의 謙辭로 봄.

㊀ 〔**爲人**〕 : 사람 됨됨이. 〔**性癖**〕 : 성격이 편벽됨, 괴팍스러움. 선천적으로 가진 버릇, 나면서부터 지닌 편벽된 성질.

㊁ 〔**不休**〕 : 그만두지 않음, 쉬지 않음. 계속 고치기를 그만두지

않는다는 뜻이다.

㊂〔渾漫興〕: 모두 흥이 가는대로 이루어짐. 渾은 다, 모두. 漫興
은 저절로 일어나는 흥취. 一作 謾, 一作 與.

㊃〔莫深愁〕: 깊이 근심할 것이 못됨. 늙어 갈수록 시 짓는 일이
마음 먹은대로 붓 가는대로 쉽게 이루어지니 시정이 풍부한
꽃피고 새우는 봄에는 그리 시 짓느라 깊이 근심할 필요가 없
다는 뜻이다. 『諺解』에는 '봄의 꽃과 새는 깊이 근심하지 마라'
고 번역하였다. 언해대로 한다면 시흥이 도도하던 젊은 시절에
는 늘 상 봄이 되면 꽃과 새를 노래하였으나 이제는 늙어 시
흥도 말라 더 이상 화조를 읊지 않으니 화조는 불려 다닐 염
려가 없으니 근심하지 말라고 한 것이다. 『虞註』에서는 驚人은
젊은 시절이고, 늙어갈수록 '漫興'으로 이루어진 시인지라 화조
의 시절에도 시를 읊는데 고심하여 깊은 시름에 잠긴 적이 없
다고 풀이하고 있다.

㊄〔水檻〕: 물가의 난간. 草堂에는 水檻이 있는데 '新添'이라 한
것으로 보아 처음 공이 완성한 것이다. 공의 「水檻」이 있음.
〔供垂釣〕: 낚시를 드리우는 곳으로 제공함, 곧 고기 낚는 낚시
터로 삼음.

㊅〔故著浮槎〕: 일부러 띄운 떼를 둠, 부러 뗏목을 마련함. '故'를
'舊'로 풀어 옛날에 이미 설치해 놓은 떼로 보기도 함. 〔替入
舟〕: 뗏목으로 배를 대신하여 수중에 들어감.

㊆〔陶謝手〕: 陶淵明과 謝靈運 같은 사람, 혹은 陶淵明과 謝靈運
같은 솜씨를 지닌 사람. 手는 사람 혹은 솜씨. 陶淵明(365~
427)은 東晉의 시인으로 字가 淵明, 元亮. 이름은 潛이다. 彭澤

縣令을 사임하고 「歸去來辭」를 읊으며 自然으로 돌아갔다. 「五柳先生傳」, 「桃花源記」 등의 작품이 있다. 謝靈運(385~433)은 南北朝時代의 山水詩人으로 東晉 때 康樂公 봉작을 계승해 康樂이라고도 불린다. 어려서부터 학문을 좋아해, 문장의 아름다움은 顏延之와 더불어 제일이었다.

六〕〔令渠〕: 그(陶와 謝)로 하여금. 渠는 그의 뜻. 〔述作〕: 서술하고 지음.

通釋

1. 나의 사람됨은 본시 타고난 버릇이 아름다운 시구만을 탐하여, 다른 사람들을 놀라게 할 만한 말이 아니라면 죽을 때까지 고치기를 쉬지 않는다고 자부하고 시를 지어왔다.

2. 젊은 시절에는 그렇게 고민하며 시를 지었지만 이제는 늙어서 그런지 시사조차 메말라 시 짓는 일은 모두 흥이 절로 일어나 붓 가는 대로 맡길 뿐이지 경구 따위엔 관심이 없다. 그런데 꽃피고 새우는 봄에는 시정이 풍부해 시 짓느라 그리 깊이 근심할 필요가 없다.

3. 요새 금강 물이 불어난 까닭에 새로 물가에 난간을 더 내어서 낚시를 드리우는 낚시터로 삼아 시상을 떠올리고, 일부러 뗏목을 띄워서 생각나면 배를 대신 삼아 타고 들어가 흥을 즐기며 긴 시를 읊고 싶지만 늙어서 시 짓느라 고심하기도 힘들다.

4. 어떻게 하면 시상이 도연명과 사령운과 같은 솜씨를 가진 이를 만나 그들로 하여금 내 뜻을 술회하여 시를 짓게 하여 이 난간에서 함께 노닐 수 있다면 짧은 시로 끝나지는 않을 것이다.

038. 進艇

◎ 進艇

一 南京久客耕南畝
二 北望傷神臥北窗
三 晝引老妻乘小艇
四 晴看稚子浴清江
五 俱飛蛺蝶元相逐
六 並蔕芙蓉本自雙
七 茗飲蔗漿攜所有
八 瓷罌無謝玉爲缸

― 거룻배를 타고서 ―

一 남경의 오랜 나그네 남쪽 이랑을 갈다가
二 북녘을 바라보고 정신을 상하여 북창에 누웠네
三 낮에 늙은 아내를 데리고 작은 배를 타고
四 갠 날 아이들이 맑은 강에 목욕함을 보네
五 함께 나는 나비는 원래 서로 쫓고
六 꼭지가 같은 부용은 본래 절로 한쌍이라
七 차와 사탕수수 즙을 있는 대로 가져오니
八 오지 그릇이 옥으로 만든 그릇 못지 않네

諺解 ㊀ 南京ㅅ 오란 나그내 南녁 이러믈 가노니 ㊁ 北녀글 ᄇᆞ라 精神을 슬허셔 北녁 窓애 누엣노라 ㊂ 나지 늘근 겨지블 혀 죠고맛 비ᄅᆞᆯ ᄐᆞ고 ㊃ ᄀᆡᆫ 나래 져믄 아ᄃᆞ리 믈ᄀᆞᆫ ᄀᆞᄅᆞ매 沐浴호ᄆᆞᆯ 보노라 ㊄ ᄒᆞᆫᄢᅴ ᄂᆞᄂᆞᆫ 나뵈ᄂᆞᆫ 본ᄃᆡ로 서르 졷고 ㊅ 고고리 ᄀᆞᆯ온 芙蓉은 本來 제 ᄒᆞᆫ 雙이로다 ㊆ 차와 蔗漿을 잇ᄂᆞᆫ 양ᄌᆞ로 가죠니 ㊇ 구운 그르시 玉ᄋᆞ로 ᄆᆡᆼᄀᆞ론 缸애셔 디디 아니토다 (初刊卷15, 32)

【注】 〔오란(오라다)〕 : 오랜. 〔이러믈(이럼)〕 : 이랑을. 〔슬허셔〕 : 슬퍼하여. 〔혀(혀다)〕 : 데리고, 끌어. 〔죠고맛〕 : 조그마한. 〔ᄒᆞᆫᄢᅴ〕 : 함께. 〔나뵈ᄂᆞᆫ〕 : 나비는. 〔본ᄃᆡ로〕 : 본디, 본래. 〔고고리〕 : 꼭지. 〔ᄀᆞᆯ온(ᄀᆞᆯ오다)〕 : 함께 나란히 한. 〔제〕 : 스스로, 저절로. 〔양ᄌᆞ로〕 : 모습으로, 모양으로. 〔디디(디다)〕 : 떨어지지.

解題 이 시는 공의 나이 50세인 肅宗 上元 二年(761년) 여름 成都 草堂에서 지은 작품으로 모처럼 식구들과 나들이한 풍경을 읊은 것이다.

註釋

▣ **〔進艇〕** : 進은 물로 띄워 보냄, 艇은 작고 긴 배, 거룻배.

㊀ **〔南京〕** : 玄宗이 安史의 亂으로 蜀에 播遷한 뒤 成都를 南京이라 하고 그곳에 尹을 두었다가 至德 2년 다시 成都라 하였다. **〔久客〕** : 他鄕에서 오래 살게 된 나그네로 자신을 지칭함.

㊂ 〔北望〕: 작자의 고향이 있는 북방의 長安 洛陽을 바라봄. 공은 洛陽 부근 鞏縣(현재 河南省 鞏縣)에서 태어났다. 〔傷神〕: 정신을 상함, 상심함.

㊃ 〔稚子〕: 어린 아이들.

㊄ 〔蛺蝶〕: 나비, 여기서는 아이들을 비유한 것으로 봄.

㊅ 〔並蔕〕: 꼭지를 나란히 같이 함, 여기서는 夫妻를 비유함. 〔芙蓉〕: 연꽃, 荷, 芙蕖와 같음.

㊆ 〔茗飲〕: 茶를 말함. 〔蔗漿〕: 사탕수수에서 짜낸 즙. 〔所有〕: 집에 가지고 있던 물건.

㊇ 〔瓷罌〕: 오지그릇. 〔無謝〕: 손색이 없음. 〔缸〕: 항아리, 질그릇.

通釋

1. 전쟁으로 남경까지 흘러와 나그네로 살아온지 제법 오래되어 일굴 밭도 있고 해서 남쪽 이랑을 갈다가도, 문득 북녘 고향 땅을 바라보면 마음이 상해 농사일도 팽개치고 북창가에 그만 누워버렸다. 아직 그곳은 난에 휩싸여 있어 언제 고향으로 돌아갈지 몰라 북쪽을 바라보며 상심한 나머지 비애감에 젖어 있다.

2. 이를 떨쳐버리기 위해 대낮에 늙은 아내를 데리고 거룻배를 함께 타고, 화창하게 갠 강가에서 애들이 목욕하고 노는 것을 물끄러미 바라본다. 오랜만에 가족 나들이를 나와 부부는 배를 타고 아이들은 강가에서 목욕하고 노는 풍경을 그린 것이다.

3. 원래 다정하게 서로 쫓아가며 함께 날아다니는 나비처럼 아이

들은 즐겁게 뛰어놀고 있고, 본래부터 꼭지가 나란히 붙어 절
로 한 쌍으로 피어나는 연꽃처럼 우리 내외도 다정하게 함께
배를 타고 노닐고 있다.

4. 집에 있는 대로 차와 사탕수수 즙(미음)을 가져와 먹으니, 이를
담은 오지그릇이 옥으로 만든 그릇에 비해 조금도 손색이 없
을 만큼 마음이 여유롭고 더 이상 부러워할 것이 없다.

039. 所思

◎ 所思

八	七	六	五	四	三	二	一
好	故	欲	可	一	九	謫	苦
過	憑	問	憐	柱	江	官	憶
瞿	錦	平	懷	觀	日	樽	荊
塘	水	安	抱	頭	落	酒	州
灩	將	無	向	眠	醒	定	醉
澦	雙	使	人	幾	何	常	司
堆	淚	來	盡	回	處	開	馬

- 생각나는 바 있어 -

一 형주의 술 취한 사마를 몹시 생각하노니
二 귀양살면서도 술동이 술은 일정히 늘 열어놨으리라
三 구강에 해 떨어지면 어디선가 술 깨어 있을 것이고
四 일주관 끝에서 몇 번이나 잤을까
五 가련하도다 회포를 사람을 향해 다하니
六 평안을 물으려 해도 사람이 오지 않네
七 고로 금강 물에 실어 두 줄기 눈물을 보내니
八 구당협 염여퇴를 잘 지나갔으면 하네

諺解 ㊀ 荊州ㅅ 醉흔 司馬룰 심히 스랑ᄒ노니 ㊁ 罪 니버 벼슬ᄒ 야쇼매 樽엣 수를 一定ᄒ야 댱샹 열어니라 ㊂ 九江애 히 디거 든 어듸 가 씨ᄂᆞᆫ고 ㊃ 一柱觀ㅅ 그테 몃 디위룰 즈오ᄂᆞ뇨 ㊄ 可히 둣오도다 므슴몰 사룸 向ᄒ야 다ᄋᆞᄂᆞ니 ㊅ 平安올 묻고 져ᄒ나 사룸 오리 업도다 ㊆ 錦水룰 부러 브티노니 두 눖므를 가져 ㊇ 瞿塘 灩澦堆룰 됴히 디나가라 (初刊卷21, 45)

【注】 〔댱샹〕: 長常, 늘. 〔몃〕: 몇. 〔디위룰〕: (몇) 회를, 번 을. 〔둣오도다(둣오)다:사랑하다)〕: 사랑스럽구나. 〔다ᄋᆞᄂᆞ니 (다ᄋᆞ다)〕: 다하니. 〔부러〕: 일부러. 〔브티노니(븥다)〕: 의지 하니.

解題 이 시는 공의 나이 50세인 숙종 상원이년(761년) 여름 성도 초당에 있을 때 형주로 좌천된 최사마를 그리워하며 지은 것 이다.

註釋

▣ 〔**所思**〕: 마음속에 생각하는 바를 말함. 공의 原注에 '崔吏部 漪'라 하였다. 그가 吏部로 있다가 좌천되어 荊州司馬가 된 것 이다.

㊁ 〔**苦憶**〕: 괴로울 정도로 생각함. 몹시 생각함. 〔**荊州醉司馬**〕: 荊州의 司馬로 온 崔漪를 가리킴. 형주에서도 취해 있을 사마 란 뜻이다.

㊂ 〔**謫官**〕: 형벌로 귀양살이 오듯 쫓겨 온 관리, 左遷됨. 一作 謫

居.〔**樽酒**〕: 술동이의 술, 酒는 一作 俎.〔**定常開**〕: 일정하게
항상 열어 놓음, 곧 매일 술을 마심.

㊂〔**九江**〕: 洞庭湖를 말함.『書經』「禹貢」 荊州條에 '아홉 강이
크게 바로잡히었다, 九江孔殷)'가 나옴, 諸說이 紛紛하나 '九江
今之洞庭也'(蔡傳)를 따른다. 沅·漸·元·辰·敍·酉·澧·資·湘水가
흘러 동정호에 다 모인다. 한편 '潯陽九江'은 楊州의 경계와 荊
州의 동쪽에 있는데, 이 곳은 좌천된 관원이 이를 수 있는 데
가 아니며, 또 해지는 광경도 있지 않다고 한다(虞註).

㊃〔**一柱觀**〕: 荊州의 名勝地로 기둥 한 개만 세운 절, 觀은 道觀
곧 절을 말함. 南朝 宋의 임천왕 劉義慶이 荊州 羅公洲에 道觀
을 세웠는데 아주 크면서도 기둥이 하나다(宋臨川王義慶 于羅
公洲立觀 甚大而惟一柱,『渚宮故事』). 지금의 胡北省 松滋縣의
동쪽 丘家湖 위에 있음. 공의 詩 가운데 '江通一柱觀'(「送舍弟
穎赴齊州三首(二)」), '船經一柱觀'(「渝州候嚴六侍御不到先下峽」),
'孤城一柱觀'(「送李功曹之荊州」) 등이 있음.〔**頭**〕: 머리말, 절
입구.

㊄〔**可憐懷抱**〕: 자신의 가련 哀傷한 회포, 혹은 (최사마의) 실의
에 찬 속마음.〔**向人盡**〕: ① 친구를 그리워하는 공의 가련 애
상한 회포가 최사마를 향해 털어놓음(簡). ② 失志한 최가 형
주에서 자신의 울분에 찬 속심정을 누구에겐가 털어놓으며 살
고 있으리라 짐작함(崔之失志 每每向人 傾倒懷抱,『舊注』,『虞
註』). ③ 서로 왕래가 있던 시절 실의에 찬 최가 다른 사람 곧
자신에게 속마음을 털어놓음(此人字當卽指自家 思其平日相知
也,『鏡銓』).

㈥ 〔**使來**〕 : 심부름하는 사람이 옴, 곧 音信을 가진 사람이 옴. 최 사마의 안부를 묻고 싶으나 소식을 가져오는 사람이 없음.

㈦ 〔**故**〕 : 고로, 소식을 가진 사자가 오지 않는 까닭에. 〔**憑**〕 : 타 다, 의지하다. 〔**錦水**〕 : 금강의 물. 〔**將雙淚**〕 : 두 눈의 눈물을 보냄. 將은 보내다. '그대 시집감이여, 백량으로 전송하도다'(之 子于歸 百兩將之,『詩經』＜召南＞「鵲巢」章).

㈧ 〔**好過**〕 : 잘 지나감, 무사히 도착하기를 바라는 마음을 말함. 〔**瞿塘**〕 : 夔州의 峽名. 四川省의 揚子江 상류에 있는 험준한 협곡. 巫峽, 西陵峽과 함께 三峽의 하나임. 〔**灩澦堆**〕 : 구당협의 상류에 큰 암석이 있는 곳, 楚와 蜀의 門戶임. 堆는 石의 뜻, 이 돌이 水量을 잰다. 이 곳을 지나야 형주에 도달할 수 있다.

通釋

1. 오늘따라 문득 이부로 있다 죄를 지어 형주로 쫓겨 가 그곳에 서도 술에 취해 있을 최사마 생각이 몹시 난다. 그는 워낙 술 을 좋아하는 인물이고 보니 좌천되어 벼슬살이를 하면서도 일 정하게 항상 술동이의 술은 일정하게 늘 열어놓고 살 것이다.

2. 경관 좋은 동정호 어느 곳에선가 진종일 술을 마시다 해 떨어 지면 그제서야 취하였던 술이 깨고 있거나, 또 아니면 일주관 한쪽 머리 경치 좋은 곳에서 몇 번이나 술에 취해 잠들었을 것이다. 아마 그런 날들이 수도 없이 많을 것이다.

3. 친구를 그리워하는 애틋한 나의 회포는 그대를 향해 지극함에 이르고 있다. 그러나 그대가 평안한지 안부를 묻고자 하나 소 식 전해오는 사람조차 없으니 참으로 궁금하기 그지없다.

4. 그런 고로 그대 생각에 흘러내리는 이 두 줄기 눈물을 금강 물
   에 의지하여 실어 보내나니, 이 강물이 흘러 흘러 험난하기로
   유명한 구당협과 염여퇴를 잘 통과하여 그대가 사는 형주까지
   무사히 도달하여 나의 그리움을 전해주었으면 한다.

040. 寄杜位

◎ 寄杜位

八	七	六	五	四	三	二	一
何。	玉•	鬢•	干。	悲。	逐•	想•	近•
時。	壘•	髮•	戈。	君。	客•	見•	聞。
更•	題。	還。	況•	已•	雖。	歸。	寬。
得•	書。	應。	復•	是•	皆。	懷。	法•
曲•	心。	雪•	塵。	十•	萬•	尙•	離•
江。	緒•	滿•	隨。	年。	里•	百•	新。
遊。	亂•	頭。	眼•	流。	去•	憂。	州。

─ 두위에게 부침 ─

一 근래 들으니 너그러운 법으로 신주를 떠난다 하나
二 돌아올 뜻에 오히려 온갖 근심을 생각하노라
三 쫓겨난 나그네 비록 모두 만리를 갔으나
四 그대의 이미 이 십년 유배당함을 슬퍼하네
五 간과는 하물며 또 티끌이 눈에 따르니
六 귀밑털은 다시 마땅히 눈이 머리에 가득하리
七 옥루에서 글 지음에 마음이 어지러우니
八 어느 때 다시 곡강에서 노닐 수 있을까

諺解 ㊀ 어윈 法으로 新州롤 여희요몰 요ㅅ식예 든노니 ㊁ 도라 올 쁘데 오히려 온가짓 시르믈 스쳐보노라 ㊂ 내뽀친 나그내 비록 다 萬里롤 가나 ㊃ 그듸의 ㅎ마 이 열히롤 流竄ㅎ야쇼몰 슬노라 ㊄ 干戈애 ㅎ몰며 쏘 드트리 누네 좃ᄂ니 ㊅ 귀믿터리 눈 도로 당당이 누니 머리예 ㄱ독ᄒ 둧거니라 ㊆ 玉壘에셔 긇 수메 ᄆᅀᆞ미 어즈러우니 ㊇ 어느 저긔 다시 시러곰 曲江애 놀 려뇨(初刊卷21, 32)

【注】 〔어윈(어위다)〕: 넓은, 너그러운. 〔여희요몰(여희다)〕: 이별함을. 〔스쳐보노라(스쳐보다)〕: 생각하여 보노라. 〔내뽀친 (내뽗다)〕: 내쫓긴. 〔流竄〕: 귀양보냄. 〔슬노라(슬다)〕: 슬퍼 하노라. 〔드트리(드틀)〕: 티끌이. 〔당당이〕: 마땅히. 〔ㄱ독ᄒ (ㄱ독ᄒ다)〕: 가득한. 〔둧거니라(둧)〕: 듯하니라. 〔수메(스다)〕 : 글을 씀에. 〔저긔(적)〕: 적에, 때에. 〔시러곰〕: 능히.

解題 이 시는 공의 나이 50세인 肅宗 上元二年(761년) 가을 青城 縣 玉壘山에서 지은 시이다.

註釋

■ 〔**杜位**〕: 공의 從弟로 李林甫의 사위였다고 한다. 李林甫가 天 寶 十一年(752년) 십일월에 죽자 두위도 新州로 貶官된 것이다. 그는 한때 공과 더불어 嚴尚書의 幕府에 같이 있은 적이 있다. 또 공의 「杜位宅守歲」(두위 집에서 섣달 그믐날 밤을 세우다) 란 시에 '四十明朝過'(사십이 내일 아침이면 지나간다)는 구가

나오는 것으로 보아 이 시는 공의 나이 사십 되던 해 곧 「三
大禮賦」를 올려 현종의 눈에 들던 시기의 작품이고, 두위는 이
시를 지은 이듬해(752년) 이임보가 죽자 유배된 것이다. 공의
五言絶句 「寄杜位」도 있음. 참고로 李林甫는 李思誨의 아들로,
자는 哥奴, 호는 月堂. 玄宗 때 吏部尙書로 있으면서 천성이
교활하고 권모술수가 능하여 환관과 궁녀들과 결탁, 현종의 비
위만 맞추고 정치를 방자하게 행하다가 마침내 安史의 반란을
빚어낸 간신이다.

㊀ 〔近聞〕: 요사이 들음, 근래 들음. 〔寬法〕: 형법을 관대히 함,
형량을 감함. 〔離〕: 이별하다는 平聲 支韻, 떠나가다는 去聲
寘韻에 속한다. 〔新州〕: 新州는 杜位가 貶官된 장소로 嶺南道
(唐代)에 속하며, 京師에서 五千五十二里 떨어져 있다. 至今의
廣東 地方이다. 減刑을 받아 遠地 新州에서 보다 가까운 고을
江陵으로 移配되어 떠나는 것이다. 이를 唐代에는 '量移(멀리
流配된 사람이 赦免으로 減刑되어 가까운 곳으로 옮기는 일)'
라 함. 大曆 元年(766년) 十二月 夔州에서 공이 지은 「奉送蜀
州柏二別駕將中丞命赴江陵起居衛尙書太夫人因示從弟行軍司馬
位」(촉주의 백별가가 백중승의 명을 가지고 강릉에 올라 위상
서 자당의 안부를 물으러 가는데 받들어 보내며, 그편에 종제
인 행군사마 두위에게 보이다)에 보면 두위가 강릉에 있음을
알 수 있다.

㊂ 〔想見〕: 생각해 봄, 상상함. 〔歸懷〕: 고향으로 돌아가려는 마
음, 귀향의 뜻. 〔百憂〕: 온갖 근심, 두위가 減刑만 되었지 歸
鄕의 뜻을 이루지 못해 온갖 근심에 젖어 있음.

㈢ 〔逐客〕: 조정에서 쫓겨난 사람. 李斯의 「上秦皇逐客書」가 있다. 〔皆〕: 李林甫의 일로 두위와 함께 유배된 사람들. 〔萬里去〕: 두위처럼 만리 밖에까지 유배를 감. 去國萬里.

㈣ 〔十年流〕: 두위가 폄관된지 십년, 이 때가 上元二年((761년)이니 정확히 말하면 九年이 된다. 같이 만리에 유배되었으나 유독 혼자만 오래 되었음. 기나긴 유배 생활이 얼마나 고달프냐는 뜻. 流는 流竄.

㈤ 〔干戈〕: 전쟁을 말함. 肅宗 上元 二年 夏四月 梓州刺史 段子璋은 東川節度使 李奐이 그를 교체할 것을 임금에게 上奏하자 이에 불만을 품고 반란을 일으켜 李奐은 敗北해서 成都로 달아났다. 그는 스스로 梁王이라 칭하고 劍州를 함락하였다가 西川節度使 崔光遠과 李奐이 함께 공격하여 그를 斬하였다(東川節度使李奐奏替之 子璋擧兵 李奐戰敗 奔成都 子璋自稱梁王 改元黃龍 以綿州爲龍安府 置百官 又陷劍州 乙未西川節度使崔光遠與東川節度使李奐共攻綿州 庚子 拔之 斬段子璋, 『資治通鑑』). 杜詩에는 '干戈'란 말만 무려 34회나 나올 정도로 전쟁에 대한 언급이 많다. 〔況復〕: 유배로 고생하는데다 하물며 다시 전쟁이 일어남. 끊임없는 전쟁을 말함. 〔塵隨眼〕: 전쟁의 띠끌이 눈에 가득함, 보는 곳마다 모두 전쟁 중임. 塵 一作行.

㈥ 〔鬢髮〕: 귀밑털과 터럭, 곧 머리카락. 〔雪滿頭〕: 눈이 머리에 가득함, 백발이 성성함을 뜻함. 雪 一作白.

㈦ 〔玉壘〕: 靑城縣에 있는 산 이름. 지금 灌縣西北 二十九里에 있음. 공이 성도에서 청성현을 지나면서 이 시를 쓴 것이다. 〔題書〕: 편지 겉봉투를 씀. 편지를 써서 두위에게 부침. 〔心

緖〕: 心懷.

[六]〔曲江遊〕: 곡강 근처에 位의 집이 있음. 공의 原注에 '位京中宅 近西曲江'이라 되어 있음. 曲江은 長安에 있으며 唐代의 名勝地이다.

通釋

1. 근래 들으니 천자의 너그러운 법으로 형량이 줄어 수천리나 되는 신주를 떠나 가까운 강릉으로 옮긴다고 하니 기쁘기는 하다. 하지만 이번에 고향으로 돌아올 것이라는 네 뜻을 이루지 못하고 量移되었으니 오히려 다시 온갖 근심에 쌓여있을 너를 생각해보면 참으로 안타까운 마음이 든다.

2. 이임보의 당에 연루된 많은 사람들이 조정에서 축출되어 비록 만여리나 되는 곳으로 나그네 되어 갔으나 대부분 일찍 방면되었는데, 너만 홀로 유배 생활한지 벌써 십년이나 되었는데 환향은 커녕 다시 移配라니 슬픈 마음 금할 길 없다.

3. 하물며 소강 상태에 있던 전쟁까지 다시 일어나 보는 곳마다 전쟁의 먼지가 눈을 덮을 지경이니 너의 맘 고생이 얼마나 크겠느냐. 아마 보지 않아도 틀림없이 너의 귀밑털은 눈이 머리에 가득 내린 듯 하얗게 세었을 것이다.

4. 청성의 옥루산을 지나면서 너에게 편지를 써서 부치자니 마음이 심란하기 그지없다. 아아! 어느 때 예전에 함께 놀았던 너의 집 근처 곡강에서 다시 놀아 볼 수 있을까? 함께 할 수 없기에 마음이 더욱 서글퍼지는 것이다.

041. 送韓十四江東省覲

◎ 送韓十四江東省覲

一 兵戈不見老萊衣。
二 嘆息人間萬事非。
三 我已無家尋弟妹。
四 君今何處訪庭闈。
五 黃牛峽靜灘聲轉。
六 白馬江寒樹影稀。
七 此別應須各努力。
八 故鄉猶恐未同歸。

− 한십사가 강동에 근친감을 보내며 −

㊀ 난리에 노래자의 옷을 보지 못하니

㊁ 인간의 만사가 그릇됨을 탄식하네

㊂ 나도 이미 집 없이 아우과 누이를 찾아다니네

㊃ 그대는 지금 어느 곳에서 정위를 물을까

㊄ 황우협이 고요하니 여울의 물소리 구르고

㊅ 백마강이 차가우니 나무 그림자도 성기도다

㊆ 이제 이별하여 응당 모름지기 각각 노력할 것이니

㊇ 고향에 여전히 함께 돌아가지 못할까 두렵다네

諺解 ㊀ 사호매 老萊子이 오술 보디 몯ᄒ리로소니 ㊁ 人閒애 萬事ㅣ 외오 ᄃᆞ외야슈믈 嘆息ᄒ노라 ㊂ 내 ᄒᆞ마 아ᅀᆞ와 누위롤 ᄎᆞ자 볼 지비 업수니 ㊃ 그듸는 이제 어듸 가 庭闈롤 무를다 ㊄ 黃牛峽이 寂靜ᄒ니 여흘 소리 옮고 ㊅ 白馬江이 서늘ᄒ니 나못 그르메 드므도다 ㊆ 이 여희요매 당당이 모로매 제여곰 힘ᄡᅳ디니 ㊇ 故鄉애 오히려 ᄒᆞᄢᅴ 가디몯홀가 전노라 (初刊卷 23, 46)

【注】 〔사호매(사호다,싸호다)〕 : 싸움에. 〔외오〕 : 그릇, 잘못. 〔ᄃᆞ외야슈믈(ᄃᆞ외다)〕 : 되었음을. 〔ᄒᆞ마〕 : 이미, 벌써. 〔아ᅀᆞ와〕 : 아우와. 〔누위롤〕 : 누이를. 〔여흘〕 : 여울. 〔나못(나모)〕 : 나무의. 〔그르메〕 : 그림자. 〔제여곰〕 : 제각기. 〔ᄒᆞᄢᅴ〕 : 함께. 전노라(저타. 〔저ᄒ다)〕 : 두려워하노라.

解題 이 시는 肅宗 上元二年(761년) 겨울 成都 草堂에서 同鄉인 韓이 강동으로 피난 간 부모를 뵈러 간다기에 그를 보내면서 걱정하는 마음을 읊은 것이다.

註釋

■ 〔**韓十四**〕 : 十四는 官職이나 兄弟의 次例. 〔**江東**〕 : 揚子江의 동쪽, 곧 지금의 江蘇省, 옛날 吳나라의 땅으로 楚나라의 項羽가 起兵한 지방. 〔**省覲**〕 : 官吏가 歸省하여 부모의 안부를 물음. 省親, 覲親. 뵐 근.

㊀ 〔**兵戈**〕 : 兵亂, 주로 戰爭을 指稱함. 〔**老萊衣**〕 : 老萊子는 春秋

時代 楚나라의 학자. 亂世를 피하여 蒙山 기슭에서 농사를 짓고 살았다. 초왕이 그가 賢才임을 듣고 불렀으나 응하지 않고, 江南에 머물렀다. 『고사전』에 어려서부터 효성이 지극해 양친을 봉양하면서 가능한 맛있고 연한 음식을 준비하였다. 나이 70십에도 부모가 아직 생존해 계셨는데, 노래자는 무늬가 있는 아름다운 옷을 입고 어린아이처럼 양친 앞에서 놀곤 하였다. 또 늙었다는 말을 하지 않았고, 양친을 위해서 음식을 가지고 마루 위에 오를 때 발을 헛디뎌 넘어지자 어린아이처럼 엉엉 울었으니 진실로 마음 속에서 피어난 것이다(高士傳 少以孝行 養親極甘脆 年七十 父母猶存 萊子服斑斕之衣 爲嬰兒戲於親前 言不稱老 爲親取食上堂 足跌而偃 因爲嬰兒啼 誠至發中, 『蒙求』 「老萊斑衣」).

㈢ 〔弟妹〕: 동생과 누이. 공의 시에 '弟妹蕭條各何往'(「九日五首」), '故鄕有弟妹'(「五盤」)가 있다.

㈣ 〔庭闈〕: 양친이 거처하는 처소. 轉하여 부모. 闈는 집속의 작은 문.

㈤ 〔黃牛峽〕: 지금의 湖北 宜昌縣에 있음. 워낙 水路가 險難하여 '朝發黃牛 暮宿黃牛'란 노래가 있다. 『水經注』에 강물이 또한 동쪽으로 흘러 황우산을 경유하는데, 산 아래 여울이 있는데 황우탄이라고 한다. 남쪽 기슭은 첩첩 산중이요 제일 바깥 높은 벼랑에 돌이 있는데 마치 사람이 칼을 지고 소를 끄는 형상으로 사람은 검은색이고, 소는 황색으로 모양이 꽤 분명하다. 이미 인적이 끊어져 어떻게 되는지 알 수 없다. 이 바위는 이미 높고 또한 강물의 흐름이 급하고 구불구불해 비록 이틀밤

을 묵으면서 다녀도 여전히 그 돌을 볼 수 있다. 그래서 다니
는 사람들이 노래하기를 '아침에 황우탄을 출발하여 저녁에 황
우탄에서 자네. 삼일 밤낮을 다녀도 황우 바위는 여전하네'라
하였다. 수로가 구불구불하고 깊어 돌아다보면 한결 같음을 말
한다(江水又東　逕黃牛山　下有灘名曰黃牛灘　南岸重嶺疊起　最外
高崖間有石　色如人負刀牽牛　人黑牛黃　成就分明　旣人跡所絶　莫
得究焉　此巖旣高　加以江湍紆迴　雖途逕信宿　猶望見此物　故行者
謠曰　朝發黃牛　暮宿黃牛　三朝三暮　黃牛如故　言水路紆深　迴望
如一矣,『水經注』「江水」). 황우협은 韓이 반드시 지나가야 할
길이다.

㊅ 〔白馬江〕：崇慶州(唐의　蜀州)　東北　十里에 있다.

㊆ 〔努力〕：自愛함.

㊇ 〔故鄕〕：洛陽을 말함. 韓도 또한 洛陽人이다. 〔同歸〕：韓과
함께 돌아감.

通釋

1. 지금은 부모 형제가 이별한 난리통인지라 노래자같이 색동옷을
   입고 부모에게 효도하는 사람을 잘 보지 못하니, 인간의 만사
   가 모두 예전 같지 못하고 이처럼 그릇되었음이 한탄스럽기만
   하다. 부모를 찾아뵙지 못한 이가 어찌 그대뿐이겠는가?

2. 나도 이미 돌아갈 집이 없는데다, 흩어진 아우와 누이를 찾아
   다니고 있지만 쉽지가 않다. 그런데 그대는 강동으로 가서 어
   느 곳에서 부모님 계신 곳을 찾아 볼 수 있겠는가?

3. 그대가 지나가야 할 황우협은 워낙 험하고 고요해 여울에 흐르

는 물소리조차 더 세차게 들릴 것이고, 또 그대를 보내는 겨울 백마강은 워낙 차가워서 나뭇잎들이 없어 나무 그림자조차 성길 것이다.

4. 이번에 작별하면 마땅히 스스로의 몸을 아끼고 위해야 할 것이다. 혹시 앞으로도 여전히 그대와 같이 고향 낙양으로 돌아가지 못할까 두렵다. 고향에 돌아갈 수 있을 것 같지 않으므로 두려워하는 것이고, 그래서 몸을 아끼면서 그날을 기다리자는 뜻이다.

042. 王十七侍御掄許携酒至草堂奉寄此詩便請邀高三十五使君同到

	八	七	六	五	四	三	二	一	◎
	須。	戲•	皁•	繡•	鄰。	江。	白•	老•	邀至王
	成。	仮•	盖•	衣。	鷄。	鶴•	屋•	夫。	高草十
	一•	霜。	能。	屢•	還。	巧•	寒。	臥•	三堂七
	醉•	威。	忘。	許•	過•	當。	多。	穩•	十奉侍
	習•	促•	折•	携。	短•	幽。	暖•	朝•	五寄御
	池。	山。	野•	家。	墙•	徑•	始•	慵•	使此掄
	回。	簡•	梅•	醞•	來。	浴•	開。	起•	君詩許
									同便携
									到請酒

— 시어사 왕륜이 술을 가지고 초당에 옴을 허락하기에 이 시를 받들어 부쳐, 문득 고사군도 불러서 함께 와 달라고 하다 —

一 늙은이라 누워 있음이 편해 아침에 일어나기 귀찮고
二 초가집은 추위가 많아 따뜻해져야 비로소 여네
三 강 위의 황새는 솜씨 좋게 그윽한 길에서 목욕하고
四 이웃의 닭은 도로 낮은 담을 넘어서 오네
五 수의 입은 이는 자주 집에서 빚은 술을 가져옴을 허락하니
六 검은 덮개 탄 이는 능히 야매 꺾으러 옴을 잊었으랴
七 장난삼아 어사의 위세를 빌어 산간을 재촉하여
八 모름지기 습지에서 한번 취해 돌아감을 이루노라

諺解 ㊀ 늘근 노미 누어슈미 편안ᄒ야 아ᄎ미 게을이 니로니 ㊁ 새 지비 치위 할ᄉ 덥거ᅀᅡ 비르서 여노라 ㊂ ᄀᆞᄅᆞ맷 鶺鳥ᄂᆞ 工巧히 幽深ᄒᆫ 길흘 當ᄒ야 沐浴ᄒ고 ㊃ 이우제 둘근 도로 뎌른 다몰 디나오ᄂᆞ다 ㊄ 繡衣 니브니 ᄌ조 지븻 술 가져오몰 許ᄒᆞ니 ㊅ 거믄 蓋 가지닌 能히 믜햇 梅花 것구믈 니즐가 ㊆ 노ᄅᆞᄉ로 霜威롤 비러 山簡올 뵈아노니 ㊇ 모로매 習池예 ᄒᆞ번 醉코 도라가몰 일우라 (初刊卷22, 8)

【注】 〔누어슈미〕 : 누워 있음이. 〔아ᄎ미〕 : 아침에. 〔게을이〕 : 게을리, 게으르게. 〔니로니〕 : 일어나니. 〔새〕 : 풀(草, 茅). 〔치위〕 : 추위. 〔할ᄉ〕 : 많기 때문에. 〔덥거ᅀᅡ〕 : 더워져서야. 〔비로서〕 : 비로소. 〔뎌른(뎌르다)〕 : 짧은, 낮은. 〔니브니〕 : 입은 사람은. 〔지븻〕 : 집의. 〔가지닌〕 : 가진 사람은. 〔노ᄅᆞᄉ로(노ᄅᆞᆺ)〕 : 장난삼아서, 재미삼아서. 〔뵈아노니〕 : 재촉하노니. 〔일우라〕 : 이루노라.

解題 이 시는 公의 나이 50세인 肅宗 上元2年(761年) 겨울 成都에서 지은 작품으로 초당에서 생활하는 모습을 그리고 친구를 초대하는 내용이다. 시로서 편지를 대신하고 있다. 朱翰은 「鄰鷄短墻」과 「繡衣, 皂盖」의 구가 얕고 서툴러 공의 작품이 아닌 것 같다고 하였다.

註釋

▣ 〔王十七侍御掄〕 : 시어사 왕륜, 십칠은 집안의 형제 차례. 〔邀〕

: 맞다, 초대하다. 〔高三十五使君〕: 사군 高適, 使君은 漢때 太守를 府君이라 일컬었는데 대하여 唐代에는 刺史 혹은 이에 준하는 地位에 있는 사람을 가리킴, 當時 高適은 蜀州刺史를 하고 있었음.

一 〔老夫〕: 늙은이, 자신을 말함.

二 〔白屋〕: 白茅로 이은 초가집.

三 〔鸛〕: 황새. 一作 鶴.

五 〔繡衣〕: 御史가 입는 옷, 여기서는 王侍御를 가리킴. 〔許〕: 허락하다. 공에게 시어사가 술을 가지고 올 것을 약속함. 〔家醞〕: 집에서 빚은 술.

六 〔皂盖〕: 수레를 가리는 검은 日傘, 漢制에 二千石(地方長官)을 所有한 사람은 皂蓋와 두 개의 標識가 있는 붉은 깃발(朱幡)을 지닐 수 있었다. 여기서는 地方官인 高適을 가리킴.

七 〔能忘〕: 잊지 않았겠지, 能은 反語의 뜻으로 읽음. 〔霜威〕: 霜臺의 威嚴, 霜臺는 御史臺로 法律을 管掌하는 秋官이므로 ‘霜’이라 함, 어사의 권위 있는 모습을 가을에 서리가 草木을 肅殺해버리는 위엄에 비긴 것이다. 여기서는 王侍御를 가리킴.

八 〔一醉〕: 一作 醉裡. 〔習池〕: 習氏의 연못, 습씨는 荊州에서 대대로 내려오는 地方豪族으로 아름다운 정원과 연못을 소유하고 있었는데 晉의 山簡(字 季倫)이 永嘉(晉 懷帝의 年號, 307~312) 初期에 남쪽을 정벌하는 將軍이 되어 襄陽에 주둔하였는데, 이 연못에 자주 놀러와 취하여 돌아가곤 하였다. 나중에 山簡은 이곳을 高陽池라고 命名하였다. 여기서는 公의 草堂에 比喩되고 山簡은 高適에 比喩되었다. 高適이 蜀郡刺史이므로

襄陽太守인 山簡의 고사를 쓴 것이다.

[通釋]

1. 자신은 늙은이라 누워 있는 것이 오히려 편해 아침에도 온갖
   게으름을 피우다가 겨우 일어난다. 띠풀로 지은 가난한 집은
   추위가 너무 심해 아침 햇살이 깊숙이 비춰 방안이 따뜻해지
   고 난 뒤에야 비로소 일어나 문을 연다.
2. 문을 열고 보니 강 위의 황새는 마침 그윽한 길목에서 교묘하
   게 목욕을 하고 있고, 이웃집의 닭은 낮은 담을 넘어서 도리어
   이쪽으로 오고 있다.
3. 수의를 입는 시어사(왕륜)는 자주 자기 집에서 빚은 술을 초당
   에 가지고 올 것을 허락하였고, 검은 차개를 타는 자사(고적)
   는 설마 우리 초당에 들매화 꺾으러 오는 것을 잊지는 않았을
   것이다.
4. 장난삼아 시어사의 서릿발 같은 위엄을 잠시 빌어 고적이 우리
   집에 놀러 오도록 독촉해서, 모름지기 우리 집에서 같이 흠뻑
   취해 돌아갈 수 있게 해줬으면 한다.

043. 野望

◎野望

一　西山白雪三城戍
二　南浦清江萬里橋
三　海內風塵諸弟隔
四　天涯涕淚一身遙
五　唯將遲暮供多病
六　未有涓埃答聖朝
七　跨馬出郊時極目
八　不堪人事日蕭條

— 들에서 바라봄 —

一 서산의 흰 눈에는 삼성의 수자리가 있고
二 남포의 맑은 강은 만리의 다리로다
三 해내의 풍진에 여러 동생과 떨어졌고
四 하늘 끝에서 눈물 흘리는 한 몸은 멀리 와 있네
五 오직 늙음 가지고 많은 병에 이바지할 뿐
六 성조에 보답할 물방울과 티끌조차 없네
七 말 타고 교외로 나가 때로 눈을 다하니
八 사람의 일이 날로 쓸쓸해짐을 견딜 수 없네

諺解 ㊀ 西山 흰 누네 세 城에셔 防戍ᄒ고 ㊁ 南浦ㅅ 몰ᄀ ᄀᄅ맨 萬里ㅅ ᄃ리로다 ㊂ 四海 안햇 ᄇ롭 드트레ᄂ 여러 아ᅀᅵ 즈슴첫ᄂ니 ㊃ 하ᄂᆶ ᄀᅀᅵ셔 우루맨 훈 모미 아ᅀ라히 왓노라 ㊄ 오직 늘구믈 디녀 한 病에 올이노니 ㊅ 涓埃마도 聖朝롤 對答호미 잇디 몯호라 ㊆ 몰 타 미해 나가 ᄣᄅ로 누늘 ᄀ장 ᄠᅥ보니 ㊇ 사ᄅ미 이리 나날 蕭條호믈 이긔디 몯ᄒ리로다 (初刊卷14, 31)

【注】 〔드트레ᄂ〕 : 티끌에는. 〔아ᅀᅵ(아ᅀ)〕 : 아우가. 〔즈슴첫ᄂ니(즈슴츠다)〕 : 사이가 막혔으니, 격하니. 〔아ᅀ라히〕 : 아스라히. 〔디녀〕 : 지녀. 〔올이노니(올이다)〕 : 올리니, 드리니. 〔ㅡ마도〕 : ㅡ만도, ㅡ만큼도. 〔미해(미ᄒ)〕 : 들에. 〔나날〕 : 날로, 나날이.

解題 이 시는 공의 나의 50세인 肅宗 上元 2년(761) 成都의 草堂에서 지은 것으로 사방을 조망하고 나라를 걱정하는 우국충정을 보인 작품이다. 당시 雪山의 三城에서 많은 병사들이 수자리를 살고 백성들은 과중한 세금과 부역으로 고통을 당하여 이를 高適이 조정에 진언한 바 있었는데, 이 시는 이것을 위하여 지은 것이라는 설이 있다.

註釋

■ 〔**野望**〕 : 들에서 眺望함.

㊀ 〔**西山**〕 : 成都의 서쪽에 있는데, 사철 흰 눈이 쌓여 있어 雪山

또는 雪嶺이라고도 한다. 岷山의 主峰이며 지금의 四川 松潘縣
남쪽에 있다. 여기서는 成都 서쪽에 있는 岷山을 가르킨다.
〔三城戍〕: 세 城砦, 松(지금의 四川 松潘縣), 維(四川 理縣 서
쪽), 保(四川 理縣 新保關 서북쪽)의 三城을 말하며 吐蕃과 접
해 있는 곳으로 蜀 변방의 중요한 요충지이다. 城戍는 城砦,
要塞. 戍는 수자리를 지킴, 국경 지방을 지키는 일 또는 그 陣
營. 당시 吐藩人들의 침입을 막기 위해 三城에 군사를 駐屯시
켜 防備를 强化하였음. 一作 三奇, 三年.

② 〔南浦〕: 남쪽의 물가. 莞花溪는 成都의 남쪽에 위치. 〔淸江〕:
여기서는 錦江을 가리킴. 〔萬里橋〕: 다리 이름. 成都 南門 밖
에 있음, 옛날 孔明이 吳의 使者(費褘)를 보내면서 이곳에 이
르러 '萬里 길이 이곳에서 비롯된다'고 하여 萬里란 이름을 얻
게 되었음(萬里橋架大江水在縣南八里 蜀使費褘聘吳諸葛亮送之
褘歎曰萬里之行 始於此矣,『元和郡國誌』). 草堂의 동쪽에 있음.

③ 〔海內〕: 四海의 안, 즉 천하 또는 이 세상을 가리킴. 여기서는
온 나라. 〔風塵〕: 바람에 티끌이 날린다는 말로, 戰亂을 비유
함. 〔諸弟〕: 여러 동생, 공에게는 穎·觀·豐·占 등 네 명의 동생
이 있었는데, 占만 공을 따라 蜀 지방에 들어갔고, 나머지 세
아우는 병란으로 흩어져 소식조차 모르고 있음.

④ 〔天涯〕: 하늘의 끝, 아득히 먼 곳, 여기서는 자신이 매우 멀리
떨어져 있음을 나타냄. 〔涕淚〕: 눈물을 흘림. 〔一身〕: 자신을
가리킴, 一은 孤의 의미로 자신의 외로운 처지를 잘 표현하고
있다. 顧況의 「湖南客中春望詩」에 나오는 '風塵海內憐雙鬢 涕淚
天涯慘一身'은 공의 시구를 全襲한 것이다.

㊄ 〔將〕: 가지다. ~을 가지고. 〔遲暮〕: 늙어서 나이가 많이 든 것을 말함. 이 때 공의 나이는 50세임. 이 두 구는 노년의 세월을 병으로 보내고 임금의 은혜에 조금도 보답한 게 없음을 한탄하는 것이다.

㊅ 〔涓埃〕: 물방울과 먼지, 아주 작은 것을 말함. 즉 성조의 은혜에 조금도 보답하지 못하였음을 비유. 〔聖朝〕: 천자의 조정, 朝廷에 대한 尊稱. 여기서는 천자의 은택을 가리킴.

㊆ 〔極目〕: 시력을 다해 멀리 바라봄, 눈길 닿은 데까지 멀리 바라봄.

㊇ 〔人事〕: 인간 세상의 일, 세상사. 혹은 人民의 事情, 백성들이 兵亂으로 피폐해짐. 〔蕭條〕: 쓸쓸함, 한적함. 日 一作 自.

通釋

1. 멀리 서산을 바라보니 눈 덮인 세 성의 요새가 펼쳐져 있고, 이쪽으로 남쪽 포구에는 비단결같이 맑은 錦江에 萬里橋가 걸쳐져 있다.

2. 사해 안의 온 나라에 난리가 일어나는 바람에 여러 동생들과도 떨어져서, 이 몸은 멀리 하늘 한쪽 끝인 여기까지 밀려와 그들을 그리워하며 눈물을 흘리고 있는 신세가 되었다.

3. 오직 늙은 이 몸으로는 많은 병치레 하는데 제공할 뿐 아무 쓸데도 없고, 임금의 성은에는 물방울과 티끌만큼도 보답하지 못하고 있으니 한탄스러운 일이다.

4. 답답한 마음을 풀기위해 말을 타고 교외로 나가 때때로 눈이 닿는 데까지 멀리 둘러보았으나, 세상의 일이 날로 쓸쓸해져

감을 차마 볼 수가 없어 슬픔만 가중된다. 백성들의 살림살이
가 날로 피폐해져 감을 딱하게 여기고 있는 것이다. 형제간의
그리움이 어느덧 시국에까지 미치고 있다.

044. 堂成

◎堂成

㊀ 背郭堂成蔭白茅
㊁ 緣江路熟俯青郊
㊂ 橙林礙日吟風葉
㊃ 籠竹和烟滴露梢
㊄ 暫止飛烏將數子
㊅ 頻來語燕定新巢
㊆ 旁人錯比揚雄宅
㊇ 嬾惰無心作解嘲

- 초당이 이루어지다 -

㊀ 성곽을 등지고 집 이루어 흰 띠풀로 이엉 이으니
㊁ 강을 따른 길이 익으니 푸른 들판 굽어보고 있네
㊂ 기나무 숲은 해를 가려 바람에 잎사귀 울리고
㊃ 긴 대는 안개와 어울려 이슬이 가지에 맺혔네
㊄ 잠깐 쉬었다 나는 까마귀는 두어 새끼 데리고
㊅ 자주 오가며 재잘대는 제비는 새 둥지를 틀었네
㊆ 옆에 사람 잘못 양웅의 집과 비교하나
㊇ 게을러서 해조를 지을 마음은 없다네

諺解 ㈠ 城郭올 졧는 지비 일어눌 흰 뛰로 니유니 ㈡ ᄀᆞᄅᆞ물 버므렛는 길히 니그니 프른 미홀 디렛도다 ㈢ 樗林이 힌롤 ᄀᆞ리오니 ᄇᆞᄅᆞ물 입는 니피오 ㈣ 籠竹이 니롤 셧거시니 이스리 ᄯᅳ든는 가지로다 ㈤ 갔간 안ᄌᆞ라 ᄂᆞᆫ 가마괴는 두어 삿기롤 더브렛고 ㈥ ᄌᆞ조와 말ᄒᆞ는 져비는 새 기슬 一定ᄒᆞ얫도다 ㈦ ᄀᆞ싯 사ᄅᆞ미 외오 楊雄의 집과 가줄비ᄂᆞ니 ㈧ 게을어 解朝 지슬 ᄆᆞᅀᆞ미 업소라(初刊卷07, 01)

【注】 〔졧는(졧다,지이다)〕: 의지하고 있는, 등지고 있는. 〔일어눌(일다)〕: 되거늘, 만들어지거늘. 〔뛰〕: 띠(茅). 〔니유니(니다)〕: 이으니. 〔버므렛는(버믈다)〕: 섞여있는. 〔디렛도다(디르다)〕: 굽어보다, 다다르다. 〔입는(입다)〕: 읊는. 〔셧거시니(셧다)〕: 섞였으니. 〔ᄯᅳ든는(ᄯᅳ듣다)〕: 떨어진. 〔더브렛고(더블다)〕: 데리고. 〔외오〕: 잘못, 그릇, 멀리. 〔가줄비ᄂᆞ니(가잘비다)〕: 견주나니, 비교하나니.

解題 이 시는 공의 나이 51세인 代宗 寶應 元年(762) 봄에 城都 성 밖, 浣花溪와 萬里橋 서쪽에 草堂을 짓고 난 뒤 느낌이 있어 지은 것이다.「卜居」參照.

註釋

㈠ 〔背郭〕: 성곽을 등지다. 浣花溪 成都 밖에 있기에 하는 말. 〔白茅〕: 띠풀.

㈡ 〔江〕: 錦江으로 岷江의 支流, 四川省에서 흘러 成都城 西南으

로 지나감. 〔路熟〕: 왕래가 잦아 익숙한 길. 官府 시절 城中을 자주 왕래하여 익숙한 것이다.

㈢ 〔樎林〕: 樎는 나무 이름으로 蜀지방에 나는데 빨리 자라 삼년 후면 큰 나무가 된다 함. 材木으로 쓰이지 못하고 땔감으로만 사용함.

㈣ 〔籠竹〕: 蜀에 많이 나는 대나무의 일종으로 마디가 八·九寸이 된다 함.

㈤ 〔將〕 : 데리고, 거느리다.

㈥ 〔頻來〕: 자주 오고감.

㈦ 〔錯比〕 : 잘못 비유함. 공이 「해조」를 짓지 않았지만 양웅의 집에 비의하였기에 錯이라 함. 양웅은 촉인이므로 촉에서 늙었으나 공은 낙양이 고향이기에 이곳에는 잠시 머물 예정이므로 사정이 다르다. 〔揚雄宅〕:『成都記』에 성도현 백보 되는 곳에 엄군평 사마상여 양웅의 고택이 있다(成都記 成都縣百步 有嚴君平 司馬相如 揚雄宅)고 하였다. 揚雄의 집은 成都小城 西南쪽에 있고 「草玄堂」이라 칭하였다고 함.

㈧ 〔解嘲〕: 漢의 哀帝 때 揚雄이 숨어서『太玄經』을 草하는데 남들이 조롱하기를 "검기는 커녕 희다"라고 하자 '解嘲'의 글을 남긴 고사(「揚雄傳」). 양웅은 집 한 칸과 밭 약간이 있어 대대로 農蠶으로 직업을 삼았는데, 哀帝때 丁傅와 董賢이 기용되자 「太玄經」을 지어 자신의 淡泊한 생활을 말하려 하였다. 이때 어떤 사람이 「태현경」의 玄과 淡泊함의 白을 들어 양웅이 아직 머리카락이 검은데도 흰 것을 숭상한다고 놀렸다. 이에 양웅이 이를 풀이하고 「解嘲」라고 이름하였다. 양웅은 변명하였

지만 자신은 게으른 탓으로 돌리고 변명하지 않았다. 양웅의 故事를 쓰면서도 轉用하고 있으니 이를 飜案法이라 한다.

通釋

1. 성도를 등지고 성밖에 있는 완화계 주변에 집을 짓고 띠풀로 지붕을 이어 초당을 이루었다. 관직에 있는 동안 자주 노닐었기에 강둑을 따라 쭈욱 이어진 길은 익숙하니 여기서 굽어보면 푸른 들판이 훤하게 펼쳐진다.
2. 울창한 기나무 숲은 햇빛을 가릴만큼 무성하고 나뭇잎은 바람결에 소리를 내며 흔들거린다. 마디가 긴 대나무 숲에는 안개가 어려 있고, 댓잎마다 이슬이 맺혀 있다. 이들은 모두 성밖에 있는 풍경이다.
3. 두어 마리 새끼를 거느리고 날아온 까마귀는 잠시 쉬었다가 다시 날아가고, 새로 둥지를 틀은 재비는 재잘대며 자주 오고 간다. 이들은 초당을 찾는 손님들로 까마귀는 새끼를 거느렸기에 잠시 멈췄고, 새는 보금자리를 틀었기에 자주 찾는 것이다.
4. 초당을 주변 사람들은 같은 성도에 있는 오래된 양웅의 집과 잘못 비교해 말하지만, 나는 천성이 게을러서 굳이 양웅처럼 해조를 지어서 변명할 생각은 없다.

045. 奉酬嚴公寄題野亭之作

◎ 奉酬嚴公寄題野亭之作

一 拾遺曾奏數行書
二 懶性從來水竹居
三 奉引濫騎沙苑馬
四 幽棲眞釣錦江魚
五 謝安不倦登臨費
六 阮籍焉知禮法疎
七 枉沐旌麾出城府
八 草茅無徑欲教鉏

― 엄공의 '야정에 붙이다'라고 지은 시에 화답하여 올림 ―

一 습유로 일찍이 두어 줄의 글을 아뢰었으나
二 게으른 성질은 원래부터 수죽에 사노라
三 받들어 인도하느라 사원의 말을 외람되게 탔으나
四 그윽한 곳 살며 금강의 고기를 진실로 낚노라
五 사안은 오르고 임함에 허비함을 게을리 하지 않고
六 완적이 예법에 소홀함을 어찌 알리오
七 몸소 은혜 내려 깃발이 성의 관청을 나오신다면
八 띠풀로 길이 없으나 하여금 김매고자 하네

諺解 ㊀ 拾遺로 일즉 두서 줈 그를 올이ᅀ오니 ㊂ 게으른 性은 從來로 믈와 댓 서리예 사노라 ㊃ 奉引ᄒ야 沙苑엣 ᄆᆞᆯ 너모 ᄐᆞ니 ㊄ 幽僻ᄒ 사로매 錦江앳 고기ᄅᆞᆯ 眞實로 낛노라 ㊄ 謝安이 登臨ᄒ얏 虛費ᄅᆞᆯ ᄌᆞᆺ가티 아니 ᄒᄂ니 ㊅ 阮籍은 禮法의 疎호ᄆᆞᆯ 어느 알리오 ㊆ 旌麾ㅣ 城府로 나오ᄆᆞᆯ 굽게 니부니 ㊇ 픐 서리예 길히 업슬시 ᄒᆡ여곰 ᄆᆡ이고져 ᄒ노라 (初刊卷22, 13)

【注】 〔일즉〕: 일찍. 〔올이ᅀ오니(올이다)〕: 올리사오니. 〔서리예〕: 사이에, 중간에. 〔너모〕: 너무. 〔토니(ᄐᆞ다)〕: 타니. 〔사로매(살다)〕: 삶에. 〔ᄌᆞᆺ가티(ᄌᆞᆺ다. 〔ᄌᆞᆺ가ᄒ다)〕: 가빠하지. 〔어느〕: 어찌. 〔굽게(굽다)〕: 굽혀, 몸소. 〔니부니(닙다)〕: (은혜를) 입으니. 〔ᄆᆡ이고져(ᄆᆡ이다)〕: 김을 매이고자.

解題 이 시는 공의 나이 51세인 代宗 寶應 元年(762年) 봄 成都 草堂에서 지은 작품으로 출사를 권하는 嚴武의 시에 은거의 뜻을 밝힌 것이다.

註釋

■ 〔**奉酬**〕: 시를 보내준데 대하여 화답하여 바침. 酬는 酬唱함. 〔**嚴公**〕: 嚴武를 가리킴. 〔**寄題野亭**〕: 嚴武의 시는「寄題杜二錦江野亭」으로『全唐詩』에 실려 있다. 野亭은 錦江에 있는 공의 草堂을 말한다.

㊀ 〔**拾遺**〕: 공이 지난날 左拾遺로 있었던 시절. 〔**奏**〕: 上奏함. 〔**數行書**〕: 여러 줄의 諫言하는 글. 唐의 拾遺는 天子를 가까

이서 뫼시고 諫言하는 供奉과 諷諫이 주된 任務였다. 房琯을 구하기 위해 上疏하다가 華州로 貶官, 이후 棄官하고 水竹에 居함.

㈢〔懶性〕: 게으른 천성. 〔水竹居〕: 물과 대나무가 있는 곳에 거주함.

㈢〔奉引〕: 받들어 인도함. 천자의 길을 안내함. 습유는 천자에게 풍간의 일 뿐만 아니라 供奉을 맡아 말을 타고서 길을 안내하니 奉引은 곧 導駕를 말한다. 〔濫〕: 猥濫되다, 제 분수에 넘치다. 謙遜의 뜻. 〔沙苑〕: 地名, 陝西省 大荔縣 南쪽, 일명 沙海, 沙澤으로 불림. 당나라 때 사원에 坊監을 두어 말을 길렀음.

㈣〔幽棲〕: 그윽한 곳에 살다. 幽僻한 곳. 〔眞〕: 眞性의 뜻. 본래 게으른 성격이기에 奉引의 일보다 고기나 잡으며 자연을 벗삼는 것이 진실로 나에게 어울린다는 뜻. 〔錦江〕: 成都에 흐르는 강, 강물에 비단을 빨면 선명하게 때가 씻긴 데서 유래된 말. 공의 시에 錦江, 錦水, 錦里, 錦城, 錦官城 등이 자주 나온다. 「蜀相」 참조.

㈤〔謝安〕: 東晉 中期의 名臣, 字는 安石, 諡號는 文靖, 벼슬하지 않고 東山에 들어가 隱居하고 있다가 사십세에 처음으로 관계에 나아가 桓溫의 司馬가 되고 마침내 太保에 이르렀음, 사후에 太傅에 추증되어 謝太傅로 일컬어짐. 여기서는 엄무를 가리킴. 〔登臨〕: 높은 데 올라가 아래를 내려다 봄. 혹은 登山臨水. 〔費〕: 사안이 토산(江蘇省 江寧縣 東南, 一名 東山)에 별장을 만들었는데 누각에 대나무가 무성하였다. 이곳에 늘 조카들을

데리고 모여 놀았고, 안주 장만에 자주 백금을 소비하였다(又
於土山營墅　樓館林竹甚盛　每攜中外子姪　往來游集　肴饌亦屢費
百金,『晉書』「謝安傳」). 엄무가 술과 안주 장만에 아끼지 않음
을 말함. 「嚴公仲夏枉駕草堂兼携酒饌得寒字」에서 그러한 모습
을 찾아볼 수 있다.

㈅ 〔阮籍〕: 三國時代 魏나라 사람, 字는 嗣宗, 竹林七賢의 한 사
람, 老莊을 좋아하고 好酒家로 거문고를 잘 탔음, 벼슬이 步兵
校尉에 이르러 阮步兵이라 일컬음. 그는 예법에 구속을 받지
않고 靑白眼을 갖추어 禮俗의 선비를 만나면 白眼視해 何曾
같은 禮法之士는 이를 원수 같이 미워하였다(籍雖不拘禮敎…
又能爲靑白眼　見禮俗之士　以白眼對之… 由是禮法之士　疾之若
讐　而帝每保護之,『晉書』卷四十九,『三國志』卷二十一). 여기서
는 자신을 가리킨다. 〔焉知〕: 不知의 뜻. 〔禮法疎〕: 예법이 거
칠고 소홀함. 예의가 없음을 뜻함. 이 구는 시인 자신의 解嘲
로 풀이된다.

㈄ 〔枉沐〕: 枉은 몸을 굽히다. 沐은 은혜를 입히다. 枉駕, 枉臨의
뜻. 〔旌麾〕: 장군의 깃발. 〔出城府〕: 城의 官廳에서 나오다.

㈂ 〔草茅〕: 띠풀, 잔디. '차라리 풀을 베고 없애 밭갈이에 힘쓸까'
(寧誅鋤草茅以力耕乎, 屈原「卜居」). 〔無徑〕: 잡초로 황폐해져
길이 없어짐. 〔敎〕: 하여금. 〔鉏〕: 김매다, 없애다.

通釋

1. 습유로 있던 시절에는 일찍이 본분을 다하여 時政을 논한 몇
　줄의 상소도 올렸다. 그런데 천성이 게으르고 원래부터 몸이

있고 대나무가 있는 조용한 자연 속에 파묻혀 사는 것을 좋아
해 여기에 살고 있다.

2. 또 한때는 습유의 본분 가운데 하나인 임금을 받들어 인도하는
일도 행하여 분수에 맞지 않게 사원의 방감에서 기르는 말을
타보는 광영도 누렸다. 그러나 게으른 탓에 봉인의 일보다는
금강 그윽한 곳에서 자연을 벗삼아 고기나 낚으며 사는 것이
진실로 나의 천성에 어울린다.

3. 옛날 사안은 東山 별장에 올라 아래를 굽어보며 玩賞할 적에
술과 안주 마련에 백금을 허비함도 게을리 하지 않았듯 엄공
도 많은 술과 안주를 준비해 초당을 방문해줬다. 예속지사가
찾아오면 백안시하던 완적이 어찌 예의가 없음을 스스로 알리
오마는 그래도 마음에 맞는 이에게는 청안으로 대하듯 나도
스스로 예의를 잘 모르는 사람이나 공이 찾아오면 청안으로
반갑게 맞이할 것이다.

4. 엄공이 깃발을 휘날리며 성도성의 관청에서 나와 몸소 나를 찾
아오는 은혜를 내려준다면, 그동안 찾는 사람 없어 띠풀로 꽉
차 길조차 없어졌지만 내 스스로든 누구에게든 시켜서 깨끗이
김매고 청소하여 당신을 맞이하고자 하니 꼭 찾아와주길 바란
다.

■ 〔參考〕: 仇滄柱에 따르면 이 시는 엄무의 시와 句句가 相應
하여 酬和體라 하였다. 즉 엄이 '何須不著鵕鸃冠'라며 벼슬을
권하였으나 공은 '拾遺奏書, 奉引騎馬' 하였으나 斥官 이후엔
다시 뜻이 없음을 보였고, 또 엄이 '慢把釣竿 懶眠沙草'로 은거

의 마땅하지 않음을 말하자 공은 '懶性從來, 幽棲眞釣'로 野亭에 은둔함이 습관이 되어 편안하다고 하였다. 엄이 '發興' 云云하자 공이 '登臨不倦'이라 답하였다. 또 엄이 '直到句'에 공은 '枉沐旌麾, 茅徑欲鋤'로 그 來訪을 고대한다고 하였다. 또 禰衡처럼 文才와 剛直함이 있는데도 駿鸃冠을 써서 임금의 총애를 받지 않는데 대해 '阮籍句'로서 자신의 뜻을 말하였다(『鏡銓』).

「寄題杜二錦江野亭」 - 두보의 금강 야정에 부치다 -

慢向江頭把釣竿　부질없이 강가에 나가 낚싯대를 잡고 있고
懶眠沙草愛風湍　사초에서 나른히 졸고 거센 물결 좋아하네
莫倚善題鸚鵡賦　앵무부를 잘 지음을 으시대지 마라
何須不著駿鸃冠　어찌 모름지기 준의관을 쓰지 않는건가
腹中書籍幽時曬　배 속의 서적은 그윽한 때 햇볕 쐬고
肘後醫方靜處看　팔꿈치 뒤의 의서는 고요한 곳에서 보겠네
興發會能馳駿馬　홍이 일어나면 반드시 준마를 달려
終當直到使君灘　마침내 사군탄까지 곧바로 도착하리라

諺解 ㊀ 속절업시 ᄀ롮 그틀 向ᄒ야 낙대롤 자뱃ᄂ니 ㊂ 몰앳 프레 게을이 ᄌ오라 ᄇ롬부는 므를 ᄉ랑ᄒ놋다 ㊃ 鸚鵡賦 잘 수믈 믿디 말라 ㊄ 엇뎨 구틔여 駿鸃冠을 스디 아니ᄒᄂ뇨 ㊅ 빗 소갯 글월란 幽深ᄒᆫ ᄢᅴ 벼 뾔오 ㊅ 불톡 뒤헷 醫方으란 寂靜ᄒᆫ디셔 보놋다 ㊇ 興이 나거든 모로매 能히 駿馬롤 돌여 ㊈ ᄆᄎ매 모로매 使君灘애 바ᄅ 가리라 (初刊卷22, 12)

字解 〔杜二〕: 杜甫를 지칭함. 〔慢〕: 부질없이. 〔懶眠〕: 게으르게 좀, 꾸벅 꾸벅 조는 것. 〔沙草〕: 모래 위에 나는 풀. 〔風湍〕: 거센 물결. 〔鸚鵡賦〕: 後漢의 禰衡이 지은 글, 江夏太守인 黃祖의 長子 射(章陵太守)에게 어떤 賓客이 鸚鵡를 바치자 예형에게 이를 짓게 함. 『文選』에 실려 있음. 禰衡(字 正平)은 기상이 剛傲하고 文才가 있어 孔融이 조조에게 추천하였으나 조조에게 함부로 욕질하다가 유표에게 보내지고 다시 性急한 황조에게 보내졌으나 끝내 그 방자한 말버릇 때문에 黃祖에게 피살됐다. 그때 나이 스물여섯이었다(『後漢書』). 〔鵔鸃冠〕: 鵔鸃의 깃으로 장식한 冠, 鵔鸃는 꿩 비슷한 새로 수컷의 冠羽는 황금색을 띰. 일명 錦鷄, 赤雉. 漢 惠帝 때에 近侍들이 모두 준의의 깃을 단 관을 쓰고 조개로 장식한 띠를 띠었으며 분을 얼굴에 발랐으니 굉소년(高祖에게 총애 받은 미소년)과 적소년(혜제에게 총애 받은 미소년)의 무리를 따른 소행이었다(惠帝時 郎侍中皆冠鵔鸃 貝帶 傳脂粉 化閎籍之屬也, 『史記』「佞幸列傳」). 이는 임금에게 총애를 받기 위해 시작된 장식이다. 일명 惠文冠이라고도 함. 공이 「앵무부」를 즉시 지은 예형처럼 문장에 능하여 이것만 믿고 출세를 위해 준의관을 써서 임금의 총애를 구하려고 애쓰지 않음을 기롱한 것이다. 곧 출사를 권하는 뜻이다. 또 孔毅夫의 『續世說』에는 엄공과 두보가 절친하여 엄무가 찾아와도 能文만 믿고 冠을 쓰지 않아서 이를 기롱한 것으로 풀이하기도 한다. 〔腹中書籍〕: 학융(晉人, 字仕治)이 七夕날 햇빛에 누워 배 속의 책을 말린다는 고사(郝隆七月七日 出日中仰臥 人問其故 曰 我曬腹中書也, 『世說新語』「排調」).

〔曬〕：햇빛을 쬐어 말리다. 〔肘後醫方〕：겨드랑이에 끼고 다니는 醫書. 扁鵲의 『肘後方』三卷, 葛洪의 『肘後卒救方』六卷이 있으나 『肘後備急方』(『四庫全書』에 載)으로 지금도 殘存하고 있다. 〔會〕：必과 같음. 〔使君灘〕：四川省 萬縣의 동쪽에 있는 여울 이름. 楊亮이 益州刺史가 되어 이곳에 이르자 배가 뒤집혀 이곳을 使君灘이라 하다(江水 又東逕 羊腸虎臂灘 楊亮爲 益州 至此舟覆 懲其波瀾 蜀人至今 猶名之爲使君灘,『水經』「江水注」). 使君은 漢代에 太守를 府君이라 한 데 대하여 刺史를 말한다.

通釋

1. 당신의 재주라면 임금의 총애를 받고 있어야 할텐데 부질없이 강머리에 앉아 낚싯대나 잡고 있고, 모래 위 풀숲에 누워 꾸벅 꾸벅 졸며 거센 물결을 구경하고 있다.
2. 앵무부를 지은 예형처럼 글에 능하다고 너무 그것만 믿지 마라. 어찌 준의관을 쓰고 임금의 총애를 받으려고 애쓰지 않는가?
3. 당신은 배 속의 책을 말린다는 학융처럼 조용한 때 햇빛에 배를 쬐며 누웠거나, 아니면 의서를 겨드랑이 끼고 고요한 곳에서 펼쳐보며 지병을 고치려고 할 것이다.
4. 나는 흥이 일어나기만 하면 반드시 준마를 달려서, 마침내 당신이 있는 사군탄까지 곧바로 달려갈 것이다.

046. 嚴中丞枉駕見過

八	七	六	五	四	三	二	一	◎嚴中丞枉駕見過
何	寂	皂	扁	地	川	問	元	
人	寞	帽	舟	分	合	柳	戎	
道	江	應	不	南	東	尋	小	
有	天	兼	獨	北	西	花	隊	
少	雲	似	如	任	瞻	到	出	
微	霧	管	張	流	使	野	郊	
星	裏	寧	翰	萍	節	亭	坰	

－ 중승 엄무가 몸소 찾아오시다 －

㈠ 원융의 작은 부대가 교외로 나와서

㈡ 버들을 묻고 꽃을 찾아 들의 정자에 이르셨네

㈢ 냇물이 동서로 합하여 사절을 보겠고

㈣ 땅은 남북으로 나뉘어 부평 같음을 무던히 여기네

㈤ 편주는 홀로 장한 같을 뿐 아니라

㈥ 조모는 마땅히 관영 같음을 겸하였네

㈦ 적막한 강변 하늘의 운무 속에

㈧ 어느 누가 소미성이 있다고 말하리

諺解 ㊀ 元戎의 져근 隊卒이 郊坰으로 나오느니 ㊁ 버드를 무르며 고줄 츠자 미햇 亭子애 오시도다 ㊂ 내히 東西ㅣ 모드니 使節을 보리로다 ㊃ 싸히 南北을 눈화시니 흘러 든니는 말왐 곧호몰 므던히 너기노라 ㊄ 져근 비논 ㅎ올로 張翰 곧홀 쑨 아니라 ㊅ 거믄 곳가론 당당이 管寧 곧호미 兼ㅎ도다 ㊆ 寂寞혼 ㄱ룺 하눐 雲霧ㅅ 소개 ㊇ 어느 사르미 少微星이 잇다 니르던고 (初刊卷22, 6)

【注】 〔고줄(곳)〕 : 꽃을. 〔눈화시니(눈호다)〕 : 나누었으니. 〔말왐〕 : 말밤, 마름. 〔므던히〕 : 무던히, 함부로, 우습게. 〔곳가론(곳갈)〕 : 고깔은, 모자는.

解題 이 시는 공의 나이 51세 되던 代宗 寶應 元年(762년) 봄 成都 초당에서 嚴武의 방문을 받고 敬意를 표한 작품이다.

註釋

■ 〔中丞〕 : 御史中丞 嚴武. 〔枉駕〕 : 몸을 굽히어 수레를 몰고 옴, 남의 來訪을 敬稱하여 이름. 〔見過〕 : 見은 被動, 過는 들르다, 방문하다. 原注에 '嚴武가 東川節制使에서 西川節制使를 除授받아 兩川 모두 統御하라는 勅令을 받았다'(嚴自東川 除西川 勅令兩川都節制)라고 하였다.

㊀ 〔元戎〕 : 큰 兵車, 원은 크다는 뜻이고, 융은 병거의 뜻, 절도사 엄무의 幕府를 지칭함. '큰 병거 열대가 먼저 길을 열고 가네'(元戎十乘 以先啓行, 『詩經』 <小雅> 「六月」). 〔郊坰〕 : 『爾雅』

에 邑밖을 郊, 郊外를 坰이라 함. 엄무가 소부대를 이끌고 城內에서 郊外로 出動함.

㊂ 〔問柳尋花〕: 버들을 묻고 꽃을 찾는다는 뜻으로 봄의 경치를 玩賞하는 일을 말함. 〔野亭〕: 들의 정자 곧 草堂을 말함.

㊃ 〔川合東西〕: 玄宗이 蜀에 있을 때 東川, 西川을 합하여 兩川節度使로 嚴武를 맡겼다. 東川은 梓州, 西川은 成都를 다스렸다. 〔使節〕: 天子의 使臣이 지니는 符節, 천자의 使臣 곧 엄무를 비유.

㊄ 〔南北〕: 자신이 있는 蜀은 南, 천자가 계신 長安은 北에 해당됨. 〔任〕: (부평 같은 신세를) 무던히 여기다, 혹은 (부평 같은 신세에 몸을) 맡기다. 뜻에 따라 해석이 달라질 수 있음.

㊅ 〔張翰〕: 晉나라 吳郡 會稽 사람, 字는 季鷹, 齊王 밑에서 大司馬東曹掾에 임명되었으나 당시 세상이 혼란하여 화란이 곧 일어날 기미가 보이자 자기 고향 오군의 菰米, 蓴菜와 鱸魚膾를 생각하면서 말하기를 '인생이란 뜻에 맞는 것을 귀하게 여기는 것인데 내 어찌 고향을 떠나 수천리 밖에 와서 부질없이 명예와 작위를 구하리오' 하고는 수레를 재촉하여 낙양을 떠나 고향으로 돌아가버렸다(翰因見秋風起 乃思吳中 菰菜蓴羹鱸魚膾 曰人生貴得適志 何能羈宦數千里以要名爵乎 遂命駕而歸,『晉書』「張翰列傳」).

㊆ 〔皁帽〕: 검은 모자. 〔管寧〕: 三國의 魏나라 朱虛 사람, 字는 幼安, 漢末의 黃巾賊亂 때 遼東으로 피란하여 詩書를 강의하고 禮讓을 밝혀 많은 요동 사람들이 그의 덕에 감화되었음. 조정에서 太中太夫 등으로 누차 예우를 갖추어 징소하였으나 끝내 응하지 않았다. 집이 가난하여 항상 皁帽와 布裙 차림으로 있

었는데, 한 木榻만을 사용하여 37년 만에 무릎이 닿은 곳에 구멍이 뚫렸다고 한다(『高士傳』).

☒ 〔少微星〕: 處事星이라고도 하는데 仕官하지 않은 隱者에 비유됨. 이 별이 밝아지거나 노랗게 되면 재야의 처사들이 등용된다고 함.

通釋

1. 절도사 엄무가 막부에서 소수의 부대 병사들만 데리고 성을 떠나 교외로 나와서, 이곳 저곳 버들가지 핀 곳을 묻고 꽃을 찾아 봄을 완상해가며 마침내 야외에 있는 나의 초당에 이르렀다.

2. 오늘 나는 동천과 서천을 합하여 다스리는 천자의 사절을 뵈었는데, 그 분이 부절로 촉땅을 안정시켜 비록 땅은 남북으로 갈라져 부평초 같은 신세지만 여기 남방 촉땅에 머무를 수 있음도 무던하게 여긴다.

   ※ 그대가 천자의 사절로서 동서천 양천을 통괄함을 볼 수 있지만, 나는 전란으로 땅이 남북으로 갈리어 북쪽(장안)에 계시는 임금을 모시지 못하고 남쪽에서 부평초와 같은 유랑 생활을 하고 있다(鈴木).

3. 일엽 편주를 타고 홀로 고향으로 돌아가고 싶은 마음은 순채와 농어회를 잊지 못해 벼슬조차 버리고 고향으로 돌아가 버린 장한의 마음과 같을 뿐 아니라, 아울러 난을 피해 속세와 떨어져 외진 곳에 살고 있음은 마치 황건적의 난을 피해 요동 땅으로 가 조모를 쓰고 평생을 검소하게 지낸 관영과도 흡사하다.

4. 참으로 고요 적막한 금강가 하늘의 자욱한 구름과 안개 속에,
어느 누가 은자의 상징인 소미성이 있다고 말할 것인가. 강가
에 그런 처사가 있음을 아무도 모르는데 오직 엄무 그대만이
알고서 나를 찾아 준 것이다.

047. 野人送朱櫻

八	七	六	五	四	三	二	一	◎野人送朱櫻
此	金	退	憶	萬	數	野	西	
日	盤	朝	昨	顆	回	人	蜀	
嘗	玉	擎	賜	勻	細	相	櫻	
新	筯	出	霑	圓	寫	贈	桃	
任	無	大	門	訝	愁	滿	也	
轉	消	明	下	許	仍	筠	自	
蓬	息	宮	省	同	破	籠	紅	

— 시골 사람이 앵두를 보내오다 —

㊀ 서촉의 앵두도 절로 발갛게 익어

㊁ 야인이 서로 줘 대바구니에 가득하네

㊂ 몇 차례 세심히 부우면서도 그래도 으깨질까 걱정하고

㊃ 만 알이 고루 둥글어 이처럼 같을까 의아해 하네

㊄ 옛날을 생각하니 문하성에서 하사받고

㊅ 조회에서 물러나 대명궁에서 받들어 나왔네

㊆ 금쟁반 옥수저의 소식 없으니

㊇ 이 날 햇것을 맛보며 돌아다님을 무던히 여기네

諺解 ㊀ 西蜀앳 이스라지 쏘 제 블그니 ㊁ 미햇 사ᄅ미 서르 주니 대 籠애 ᄀ독 ᄒ도다 ㊂ 두ᅀᅥ 디위롤 ᄀᄂ리 브ᅀᅥ 지즈로 혈가 시름ᄒ노니 ㊃ 一萬 나치 골오 두려우니 뎌러히 ᄀᆮ호몰 疑心ᄒ노라 ㊄ ᄉ랑혼딘 녜 門下省애셔 주어시든 霑恩ᄒ야 ㊅ 朝會롤 믈러 大明宮으로셔 바다 나오다라 ㊆ 金盤과 玉져왜 消息이 업스니 ㊇ 이 나래 새롤 맛보고 다봇 올마든니 돗호몰 므더니 너기노라(初刊卷15, 23)

【注】 〔이스라지(이스랏)〕 : 산앵두. 〔블그니(븕다)〕 : 븕으니. 〔미햇(미ᄒ)〕 : 들. 〔디위〕 : 번. 〔ᄀᄂ리〕 : 가늘게. 〔지즈로〕 : 因하여. 〔나치(낯)〕 : 낱(箇). 〔골오〕 : 고루. 〔두려우니(두렵다)〕 : 둥그니. 〔뎌러히〕 : 저렇게. 〔ᄉ랑혼딘〕 : 생각하건대. 〔져왜(져)〕 : 저가, 수저가. 〔다봇〕 : 다북쑥. 〔므더니〕 : 무던히, 소홀히.

解題 이 시는 공의 나이 51세인 寶應 元年(762년) 봄 成都에서 시골 사람에게 櫻桃를 받고 임금을 생각하는 이른바 '一飯不忘君'의 시이다.

註釋

◼ 〔**朱櫻**〕 : 빨간 앵두, 櫻桃.

㊀ 〔**西蜀**〕 : 서쪽에 있는 촉나라. 〔**櫻桃**〕 : 앵두, 봄 과일 중 맨 처음 생산됨. 〔**也**〕 : 亦의 뜻, 임금 계신 장안뿐만 아니라 외진 서촉 지방에도. 〔**自紅**〕 : 저절로 붉어지다, 저절로 익는다는 것

도 역시 장안과 마찬가지라는 뜻이다.

㈡〔野人〕: 시골에 사는 사람.〔相贈〕: 서로 너도 나도 서로 나누어 줌.〔筠籠〕: 竹器, 대로 만든 바구니.

㈢〔細寫〕: 조심스럽게 쏟아 부음, 寫는 瀉, 傾出 즉 쏟음.〔仍破〕: 仍은 그래도, 여전히, 破는 앵두가 너무 잘 익어 서로 부딪혀 으깨짐.

㈣〔萬顆〕: 수많은 앵두알, 顆는 낱알, 낱개의 뜻.〔勻圓〕: 골고루 둥글둥글함.〔許〕: 이같이(如此), 이처럼.

㈤〔憶昨〕: 옛날 長安에서 左拾遺로 있을 때를 생각함.〔賜霑〕: 임금이 하사하시어 그 은택을 입음. 唐 李綽의『歲時記』에 보면 ‘사월 일일 내원에서 앵두를 받치면 종묘에 올리고 난 뒤 명신들의 위계에 따라서 차등을 두어 각기 하사하였다(唐李綽 歲時記 四月一日內園 薦櫻桃 寢廟薦訖 頒賜各有差)라고 함.〔門下省〕: 宣政殿 동쪽에 있으며 左拾遺가 소속해 있음, 공은 乾元 元年에 左拾에 있었음.

㈥〔退朝〕: 朝會에서 물러남.〔擎出〕: 공손히 받들고 나옴.〔大明宮〕: 禁苑의 동쪽에 있음.

㈦〔金盤〕: 황금으로 만든 큰 그릇.〔玉箸〕: 옥으로 만든 젓가락, 둘 다 宴會나 신하에게 앵두를 하사할 때 사용하던 器物이다.〔無消息〕: ① 전란으로 말미암아 소식이 없음. ② 숙종의 崩御로 그런 연회의 소식이 없음, 肅宗은 寶應元年 四月 十八日 崩御함.

㈧〔嘗新〕: 새로 나온 것을 맛봄. 앵두를 맛보며 임금을 잊지 못함.〔任〕: 무던히 여김.〔轉蓬〕: 떠돌아다니는 다북쑥, 流浪의

생활을 말함.

通釋

1. 외진 서측 지방의 앵두도 임금 계신 장안과 마찬가지로 때가 되면 저절로 발갛게 익어 탐스럽다. 마침 인심 좋은 시골 사람들이 너도 나도 앵두를 줘 대바구니에 가득하게 되었다.

2. 앵두가 너무 잘 익어 그들이 줄 때마다 몇 차례나 조심조심 정성들여 부으면서도 혹시나 서로 부딪쳐 으깨질까 염려하고, 또 많은 앵두가 골고루 둥글어 어쩌면 이처럼 같을 수 있을까 희아해 하며 바라보고 있다.

3. 옛날 좌습유로 있을 때 봄의 첫과일인 앵두를 문하성에서 하사받던 일과, 조회 마치고 물러나면서 대명궁에서 받들어 문으로 들고 나오던 일을 생각해보니 감회가 새롭게 느껴진다.

4. 그날은 대궐에서 근신들과 함께 임금이 하사하신 금쟁반과 옥수저로 연회를 함께 즐겼는데 지금은 전란으로 말미암아 그런 연회의 소식은 들을 길이 없다. 그래서 앵두가 나온 이 날을 맞아 새로 나온 앵두를 맛보며 임금을 그리워하고, 다북쑥같이 이리저리 떠돌아다니는 자신의 신세도 아무렇지도 않은 듯 무던히 여기고 있다.

048. 嚴公仲夏枉駕草堂兼携酒饌得寒字

◎ 嚴公仲夏枉駕草堂兼携酒饌得寒字

一 竹裏行廚洗玉盤
二 花邊立馬簇金鞍
三 非關使者徵求急
四 自識將軍禮數寬
五 百年地僻柴門迥
六 五月江深草閣寒
七 看弄漁舟移白日
八 老農何有罄交懽

– 엄공이 한여름에 몸소 초당에 술과 음식을 같이 가지고 찾아
 왔기에 '寒'자를 얻어 지음 –

一 대 숲속 다니는 주방에서 옥 쟁반을 씻고
二 꽃밭 가에 말을 세우니 금 안장이 모였네
三 사자가 불러 구함을 급히 함과 관계없으니
四 스스로 장군의 예법이 너그러움을 알겠노라
五 평생토록 땅이 외지니 사립문이 아득하고
六 오월에 강이 깊으니 초당이 차가웁다
七 고깃배 타고 노님을 보노라니 해가 옮아가고
八 늙은 농부는 무엇이 있어 서로 즐김을 다할꼬?

諺解 ㉠ 대 숩 소개 녀왓는 브쉬븨셔 玉盤올 싯느니 ㉡ 곳 ᄀ쉭 므롤 셰니 金 기르매 모댓도다 ㉢ 使者ㅣ 블러 어두믈 쌜리 호매 關係티 아니ᄒ니 ㉣ 將軍의 禮數ㅣ 어위요믈 내 아노라 ㉤ 百年에 ᄯ히 幽僻ᄒ니 柴門이 아ᅀ라ᄒ고 ㉥ 五月에 ᄀᄅ미 기프니 草閣이 서늘ᄒ도다 ㉦ 고기잡는 비 놀요믈 보노라 ᄒ야 白日이 올마가ᄃ록 ᄒ시란ᄃᆡ만뎡 ㉧ 늘근 녀름짓는 노ᄆᆫ 므슷 거시 이셔 서르 즐교믈 다ᄒ리오 (初刊卷22, 7)

【注】 〔숩소개〕: 숲 속에. 〔녀왓는(녀다)〕: 가던, 다니던. 〔브쉬븨셔(브쉽)〕: 부엌에서. 〔셰니(셰다)〕: 세우니. 〔기르매(기르마)〕: 길마에, 안장에. 〔모댓도다(몯다)〕: 모이어 있도다. 〔어두믈(얻다)〕: 얻음을. 〔어위요믈(어위다)〕: 너그러움을. 〔아ᅀ라ᄒ고〕: 아득하고. 〔놀요믈(놀이다)〕: 놀림을, 희롱함을. 〔녀름짓는(녀름짓다)〕: 농사짓는. 〔므슷〕: 무슨. 〔거시〕: 것이.

解題 공의 나이 51세인 代宗 寶應 元年(762년) 음력 5월 成都 草堂에서 술과 안주를 가지고 몸소 찾아온 절도사 엄무를 맞아 그 감회를 읊은 시이다. 이 시의 前四句는 측기식 後四句는 평기식으로 되어 있다. 같은 형식으로는 「撥悶」, 「奉寄章十侍御」이 있고, 반대로 「宣政殿退朝晚出左掖」, 「有客」은 前四句는 平起式, 後四句는 仄起式의 形式을 취하고 있다. 이를 변체라 하는데 소동파가 이러한 형식을 상용하였다고 한다(胡苕溪云 老杜此詩七言律詩之變體也 東坡常用此體作詩, 『詩林廣記』).

註釋

▣ 〔嚴公〕: 節度使 嚴武. 〔仲夏〕: 한여름인 음력 5월. 〔枉駕〕: 枉臨, 몸을 굽히어 말을 타고 옴, 남의 來訪에 대한 敬稱. 〔得寒字〕: 韻字로 寒字를 얻다. 主客이 서로 주고받은 韻字임.

㊀ 〔竹裏〕: 초당에 있는 대나무 숲속. 〔行廚〕: 들에 임시로 차린 주방, 出行時 도중에 음식을 삶기 위해 임시로 차린 주방을 말함. 여기서는 엄무가 직접 가져온 酒饌이 많아 마치 주방과 같아 이를 이름. 마고가 채경의 집에 내려왔다 …… 들어와 방평(王遠의 字)에게 절을 하니 방평이 이를 위해 일어섰다. 좌정하고 각각 행주로 나아가니 모두 금쟁반에 옥술잔이었다(麻姑降於蔡經家……入拜方平 方平爲之起立 坐定各進行廚 皆金盤玉杯,『神仙傳』「麻姑」). 〔玉盤〕: 옥쟁반.

㊁ 〔立馬〕: 말을 세우다. 馬는 從者의 騎馬. 〔簇金鞍〕: 황금 안장을 모으다. 모인 안장에서 금빛이 반짝임, 簇은 모일 주. 騎馬가 많기에 이름.

㊂ 〔非關〕: 관계치 아니함, 무관함. 〔使者〕: 조정에서 隱士를 부르기 위해 보낸 使者. 여기서는 엄무를 말한다. 〔徵求〕: ① 賢者를 찾아 구함, 尋求. 조정에서 처사를 찾아 구하기 위해 사자를 보냄. 곧 엄무의 방문은 처사(自身)를 구하기 위해 다급하게 찾아온 사자와는 관계없다는 뜻이다. 이 句를 '사자를 시켜 급히 부르지 않고 직접 오다'라고 해석한 예도 한다(簡). 『輯註』에서는 顔闔의 故事를 사용한 것으로 본다. 『莊子』「雜篇 讓王」에 '魯나라 임금이 顔闔이 道를 터득한 사람이라는 소문을 듣고 사신과 폐물을 보냈다. 마침 몸소 소에게 먹이를 주

고 있던 안합은 잘못 듣고 찾아 온 것이라며 다시 확인하라고 보낸 뒤 숨어버렸다'는 이야기가 나온다. ② 徵收, '已訴徵求貧到骨'(杜甫,「又呈吳郎」).

四 〔自識〕: 스스로 알다. 自는 자신. 〔將軍〕: 엄무가 절도사이기에 말함. 〔禮數〕: 주객이 서로 만나보는 예절, 계급에 따라 달리하는 예의의 등급. 천자가 제후를 임명함에 있어 명분이나 작위가 같지 않을 경우에는 예물에도 차이를 두어야 한다(王命諸侯 名位不同 禮亦異數(『左傳』 莊公十八年).

〔寬〕: 寬厚함, 너그럽고 두터움. 너그럽다는 것은 엄장군이 계급이 높은데도 예의의 등급을 너그럽게 하여 나같은 아랫사람에게조차 주효를 준비해 찾아왔음을 말한다. 염파가 인상여에게 '장군의 관후함이 여기까지 이른 줄 알지 못하였소'라고 하였다(不知將軍寬之至此也,『史記』「廉頗藺相如列傳」).

五 〔百年〕: 평생, 一生, 終身. 〔地僻〕: 땅이 궁벽함. 〔柴門〕: 사립문. 〔逈〕: 아득하고 멂. 성안에서 멀어 찾아오는 이조차 드물다.

六 〔五月〕: 제목의 盛夏와 같음. 〔江〕: 錦江을 이름. 〔草閣〕: 草堂을 말함.

七 〔看弄漁舟〕: 고깃배 타고 낚시하며 노니는 것을 봄. 엄무가 금강에서 낚시하는 모습은 「八哀詩(三) 贈左僕射鄭國公嚴公武」에 '時觀錦水釣'와 「奉酬嚴公寄題野亭之作」에 '幽棲眞釣錦江魚'와 「中丞嚴公雨中垂寄見憶一絶奉答二絶」에 '强擬晴天理釣絲' 등에서 찾아볼 수 있다. 여기서 '바라본다'는 것은 같이 행동하였다는 뜻. 〔移白日〕: 해가 옮겨감, 해가 지도록의 뜻임, 盡白日,

盡終日과 같음.

囚 〔**老農**〕 : 늙은 농부 곧 자신의 비유. 〔**何有**〕 : 무엇이 있으랴?
즉 음식을 마련해 온 손님에게 보답하고 싶지만 나는 집이 가
난해서 대접할 만한 술과 안주가 없다는 뜻으로 일종의 謙辭
이다. 〔**磬**〕 : 다할 경. 〔**交懽**〕 : 서로 즐김.

通釋

1. 음력 오월의 한여름에 초당 주변 대나무 숲 속 서늘한 곳에서
엄공이 몸소 많은 음식을 장만해 찾아오니 이른바 '다니는 주
방'에서 안주 담긴 옥 쟁반을 씻어가며 한 잔 하고 있다. 엄공
과 그 부하들이 타고 온 騎馬들을 꽃밭 가에 세워두니 안장의
황금빛이 서로 모여 번쩍번쩍 빛나고 있다.

2. 엄공이 이렇게 초당으로 몸을 낮추어 오신 것은 그가 조정의
사자가 되어 처사를 구하기 위해 황급히 찾아온 것과는 아무
런 관계가 없다. 왜냐하면 그 전에도 엄공은 가끔씩 놀러 왔기
때문이다. 그러나 아랫사람인 나를 이렇게 방문해주었으니 엄
장군의 예절의 등급이 얼마나 너그러운지 내 스스로 알만하다.

3. 내가 평생토록 살아온 땅이 성밖의 궁벽하고 외진 곳이라 우리
집 사립문은 아득히 먼 곳에 있다. 그러므로 한여름 오월에도
강물은 깊고, 초당은 서늘한 기운마저 느끼게 한다.

4. 이러한 곳에 귀하신 엄공께서 오셔서 고기잡는 배를 함께 타고
낚시하며 노닒을 해가 지도록 보고 즐겼건만, 이 늙은 농부는
가난해서 아무런 주효도 준비한 것이 없으니 무엇을 가지고
서로 즐김을 다할꼬?

049. 秋盡

◎秋盡

八	七	六	五	四	三	二	一
懷	不	劒	雪	江	籬	茅	秋
抱	辭	門	嶺	上	邊	齋	盡
何	萬	猶	獨	徒	老	寄	東
時	里	阻	看	逢	却	在	行
得	長	北	西	袁	陶	少	且
好	爲	人	日	紹	潛	城	未
開	客	來	落	杯	菊	隈	廻

- 가을이 다 가는데 -

一 가을이 다하거늘 동쪽으로 가 또 돌아오지 못하니
二 띠 집을 소성의 물굽이에 붙어 있네
三 울타리 가에는 도잠의 국화가 시들어가고
四 강 위에서 부질없이 원소의 잔을 만나네
五 설령에서 서쪽 해짐을 홀로 바라보니
六 검문에는 북쪽 사람 옴이 오히려 격조하네
七 만리 밖에서 길이 나그네 됨을 마지 아니 하니
八 마음을 어느 때 능히 좋게 열려는가

諺解 ㊁ ᄀ술히 다ᄋ거늘 東녀그로 녀와 ᄯ도 도라가디 몯ᄒ오니 ㊂ 새 지블 小城ㅅ ᄠᆡ메 브텨 뒷노라 ㊃ 욼 ᄀ싀는 陶潛의 菊花ㅣ 늘겟ᄂ니 ㊄ ᄀᄅᆞᆷ 우희 호ᇰ잣 袁紹의 盞올 맛냇노라 ㊄ 雪嶺에 西ㅅ녀긔 히 듀믈 ᄒ올로 보노니 ㊅ 劍門엔 北녁 사ᄅᆞ민 오미 오히려 阻隔ᄒ도다 ㊆ 萬里예 長常 나그내 ᄃᆞ외요믈 마디 몯ᄒ노니 ㊇ ᄆᆞᄋᆞ믈 어느 ᄠᆡ 시러곰 툐히 열려뇨 (初刊卷 10, 39)

【注】 〔다ᄋ거늘(다ᄋ다)〕: 다하거늘. 〔녀와(녀다)〕: 가. 〔새〕: 풀. 〔ᄠᆡ메(ᄠᆡᆷ)〕: 틈에. 〔브텨(븥다)〕: 붙어. 〔뒷노라(뒷다)〕: 두어 있노라, 두었노라. 〔맛냇노라(맛나다)〕: 만났노라. 히〔듀믈〕: 해 짐을, 마디 몯ᄒ노니(마디〔몯ᄒ다〕): 부득이 하니, 사양하지 못하니.

解題 공의 나이 51세인 代宗 寶應 元年(762년) 초겨울 梓州에서 蜀州 成都의 草堂을 생각하며 지은 작품이다.

註釋

㊀ 〔東行〕: 동쪽으로 가다. 梓州(一名 東川)가 蜀州 동쪽에 있으므로 東行이라 함. 寶應 元年 七月 嚴武가 召還되어 공이 餞送하러 綿州까지 갔다가 얼마 안 있어 劍南西川兵馬使 徐知道의 亂을 만나 재주로 피란간 것이다.

㊁ 〔茅齋〕: 띠풀집, 浣花溪 草堂을 말함. 〔少城〕: 一名 小城, 成都에는 大城이 있는데, 그 서쪽에 少城이 있다. 이것은 張儀가

蜀을 평정한 후 축조한 것이라 함. 〔隈〕: 물 가, 水曲, 물 가
의 굽어 들어간 곳.

三 〔**陶潛菊**〕: 陶潛(365~427)의 字는 淵明, 元亮, 諡號는 靖節先
生, 그는 重陽節인데도 술이 없어 담장 옆 풀숲에 앉아서 국화
를 한 움큼 꺾어 들고 앉아 있었다. 얼마 뒤 바라보니 흰 옷을
입은 사람이 오는 것이 보였다. 태수 왕홍이 술을 보내온 것이
었다. 마시고 취하여 집으로 돌아왔다(九月九日無酒 坐籬邊叢
中 摘菊盈把而坐 久之望見白衣人至 太守王弘送酒也 飲醉而歸,
『蒙求』「淵明把菊」). 그의 '採菊東籬下 悠然見南山(「飮酒」)'라는
詩句에서도 볼 수 있듯이 국화를 몹시 사랑하였다.

四 〔**袁紹杯**〕: 원소의 술잔. 袁紹(?~202)는 後漢 末期의 문인으로
자는 本初이다. 舊註에서는 대부분 '河朔飮'의 예를 들고 있는데,
輯註에서는 『後漢書』의 기록을 인용하고 있다. 劉宋과 袁紹가
河朔(黃河 북쪽)에 있을 때 삼복 더위에 날이 저물도록 술을 마
시면서 한 때의 더위를 피하였는데 이를 河朔飮이라고 부른다
(劉宋袁紹在河朔 三伏之際 盡日酣飮以避一時之暑 號爲河朔飮,
『戰略』). 때에 대장군 원소가 기주를 차지하고 정현을 초빙하고
빈객을 많이 모았다. 정현이 가장 늦게 이르자 이끌고는 상좌에
오르게 하였다. 그의 신장은 팔척이요 주량이 열 말이었다. 잘생
긴 눈썹과 밝은 눈에 용의가 온화하고 훌륭하였다(時大將軍袁紹
總兵冀州 遣使要玄 大會賓客 玄最後至 乃延升上坐 身長八尺 飮
酒一斛 秀眉明目 容儀溫偉,『後漢書』, 「鄭玄列傳」). 『全唐詩』에
는 공이 정현에 스스로 비긴 것이라고 하였다(袁紹大會賓客 鄭
玄後至 傾倒一座 甫以玄自比也). 鄭玄(127~200)은 後漢 말기의

대표적 儒學者로 訓詁學 및 經學의 始祖로 알려진 인물이다.
冀州에서 폭넓은 지식으로 모든 사람들의 경탄을 자아내게 하
였으나, 袁紹가 추천한 左中郎將의 벼슬자리 오르는 것을 끝까
지 거부하였다.

五 〔雪嶺〕: 雪山, 成都 서쪽에 있음. 一名 西山. 〔獨看〕: 홀로 바
라봄. 집에 없기에 이른 말.

六 〔劍門〕: 劍門縣에 梁山이 있는데 一名 劍山이라고도 함. 蜀에
서부터 漢中으로 들어가려면 모두 이 縣을 지나가야 하므로
門이라고 이름 붙였다. 吐藩 오랑캐 때문에 병사들이 劍門을
방어하고 있었으므로 오히려 북쪽 사람들이 통행하기 힘들었
다. 輯註에서는 徐知道가 劍閣을 占據하고 있어 교통이 어렵다
고 함. 〔阻〕: 막다, 隔阻하다, 오랫동안 소식이 막힘.

七 〔不辭〕: 사양하지 않음. 마다하지 않음. 그동안 수없이 떠돌아
다닌 몸이니 만리의 객이 된다 한들 굳이 사양치 않음.

八 〔好開〕: 시원하게 열림.

通釋

1. 성도에서 동쪽인 재주로 왔다가 가을이 다 지나가도록 또다시
집으로 돌아가지 못한 신세가 되었다. 머리를 돌려 바라보니
내가 살아온 완화계 茅屋은 성도성 서쪽 소성 물굽이에 붙어
있다.

2. 이곳 재주의 동쪽 울타리 주변엔 벌써 가을이 다 지나간 터라
도연명이 그렇게 좋아하던 국화꽃도 시들어가고 있고, 나는
돌아가지도 못하고 강가에서 부질없이 정현이 원소의 술잔을

만난 것처럼 억지로 술이나 마시고 있다.

3. 오가는 사람 없는 설령에서 홀로 서산에 해떨어지는 것을 바라보노라니, 검문에는 오랑캐를 막느라 병사들이 지키고 있어 북쪽에서 오는 사람이 격조하여 고향 쪽의 소식을 알 길이 없다.

4. 그동안 떠돌아다니느라 수많은 고생을 하였는데, 다시 한번 만리 밖에서 오랜 나그네가 된다 한들 굳이 마다 하겠냐마는, 다만 한스러운 것은 어느 때에 좋은 세상 만나서 이 답답한 가슴을 시원하게 풀 수 있으려나. 마냥 슬프다.

050. 野望

八	七	六	五	四	三	二	一	◎野望
極	射	飢	獨	水	山	仲	金	
目	洪	烏	鶴	散	連	冬	華	
傷	春	似	不	巴	越	風	山	
神	酒	欲	知	渝	巂	日	南	
誰	寒	向	何	下	蟠	始	涪	
爲	仍	人	事	五	三	凄	水	
携	綠	啼	舞	溪	蜀	凄	西	

－ 들에서 바라보다 －

一 금화산의 남쪽과 부강의 서쪽에는
二 중동에 바람과 해가 비로소 싸늘하네
三 산은 월수 고을에 이어 삼촉에 서려있고
四 물은 파투에서 흩어져 오계로 내려가네
五 외로운 학은 무슨 일로 춤추는지 알 수 없고
六 주린 까마귀는 사람을 향하여 울려는 듯하네
七 사홍현의 봄술은 추위에도 여전히 푸르건만
八 눈을 다해 바라보며 상심한들 뉘 위해 가져오리

諺解 ㉠ 金華山ㅅ 北과 涪水ㅅ 西ㅅ 녀긔 ㉡ 仲冬애 브롬과 히왜 비릇 서늘ᄒ도다 ㉢ 뫼ᄒᆫ 越巂ㅅ ᄀ올해 니ᅀᅥ 三蜀애 서롓고 ㉣ 므른 巴渝에 흐러 五溪로 ᄂ려가놋다 ㉤ ᄒ오ᅀᅡᆺ 鶴ᄋᆫ 아디 몯ᄒ리로다 므슷 일로 춤츠ᄂ니오 ㉥ 주으린 가마괴ᄂᆫ 사ᄅᆞ몰 向ᄒ야 울오져 ᄒᄂᆫ 듯도다 ㉦ 射洪縣엣 봀수리 서늘코 프르건마론 ㉧ 누늘 ᄀ장 ᄇ라며 精神을 슬흔들 뉘 爲ᄒ야 가져오리오 (初刊卷14, 31)

【注】 〔비릇〕: 비로소, 처음으로. 〔ᄀ올해(ᄀ올ᄒ)〕: 고을에. 〔니ᅀᅥ(닛다)〕: 이어. 〔ᄂ려가놋다〕: 내려가는도다. 〔ᄒ오ᅀᅡᆺ〕: 홀로. 〔주으린(주으리다)〕: 주린, 굶주린. 〔ᄀ장〕: 끝(까지). 〔슬흔들〕: 슬퍼한들.

解題 이 시는 공의 나이 51세인 寶應 元年(762년) 十一月 射洪縣에서 들을 眺望하며 상심에 빠졌으나 위로해줄 사람이 없음을 자탄하고 있는 내용이다.

註釋

㉠ 〔金華山〕: 梓州 射洪縣에 있는 산 이름. 諺解本과 一部本에는 南이 北으로 되어 있으나 平仄譜대로라면 南이 옳다. 〔涪水〕: 涪江, 梓州 射洪縣에 있는 강 이름. 둘 다 공이 眺望하는 장소이다.

㉡ 〔仲冬〕: 음력 11월. 〔風日〕: 바람과 해. 〔始凄凄〕: 이 지방이 겨울에도 그다지 춥지 않으므로 비로소 추워졌다라고 하였음.

三 〔越嶲〕 : 四川 西南外夷의 地方. 〔蟠〕 : 서리다. 산의 형세가
길고 굽은 것을 묘사한 말, 주변을 둘러싼 형세. 〔三蜀〕 : 四川
지방의 蜀郡, 廣漢郡, 犍爲郡을 말함, 월수나 삼촉 둘 다 眺望
하는 장소로부터 남서쪽에 있다.

四 〔巴渝〕 : 巴州와 渝州, 四川省 東南部에 있음. 〔五溪〕 : 물 이
름. 武陵에 있는 雄溪, 橫溪, 力溪, 潕溪, 酉溪를 말함.

五 〔獨鶴〕 : 자신의 나그네 신세를 비유.

六 〔飢烏〕 : 자신의 빈곤함을 비유. 둘 다 들녘에서 바라볼 수 있
는 모습이다.

七 〔射洪〕 : 四川省의 縣 이름, 이 곳은 梓潼水와 涪江이 합류하
여 마치 화살을 쏜 것같이 흐른다고 해서 '射'라 하고, 촉 지방
의 사람들이 강 어귀를 '洪'이라고 부르므로 射洪이라 함. 〔春
酒〕 : 봄이 되어 잘 익은 술. 〔寒仍綠〕 : 차가와도 그대로 푸르
다. 술은 따뜻한 봄에 가장 잘 익어 그 빛이 녹색을 띠게 되는
데, 사홍 지방은 추위가 늦게 찾아와 음력 11월이 되어야 비로
소 추워지므로 술도 이때까지 푸른빛을 잃지 않고 있는 것이다.

八 〔極目〕 : 눈을 다해 바라보다, 시계에 들어오는 대로 사방을
두루 바라본다는 뜻. 一作 目極. 〔傷神〕 : 傷心, 마음을 상함.

〔通釋〕

1. 금화산의 남쪽과 부강의 서쪽 들녘에서 바라보건대, 이 지방은
추위가 늦게 찾아와 음력 11월이 되어서야 비로소 바람과 햇
살이 싸늘해진다.

2. 금화산은 월수와 삼촉 지방 등 여러 지방을 이어서 장엄하게

둘러져 있고, 부강은 파주와 투주에서 여러 갈래로 갈라져서
오계로 끊임없이 흘러 내려간다.

3. 저 멀리 학은 무슨 일로 홀로 춤을 추고 있는지 알 수 없고,
또 굶주린 까마귀는 배가 고파 사람을 향하여 우짖으려고 하
고 있다. 이러한 모습이 한 눈에 조망되어 작자의 傷心을 불러
일으키고 있다.

4. 사홍은 추위가 늦게 찾아오는 지방이라 중동인데도 여전히 따
뜻하여 술이 봄날 빛깔같이 녹색을 띠어 상심한 이의 구미를
당기게 한다. 그러나 저 멀리 들녘을 눈이 다하는 데까지 바라
보며 시름겨워 하고 있는 나에게 아무도 술 한 잔 권하는 이
없다. 그래서 누가 날 위해 술을 가져와 위로해줄 것인가 하고
자탄하고 있다. 자신의 회포를 풀 수 없음을 애달파하고 있다.

051. 聞官軍收河南河北

◎ 聞官軍收河南河北

八	七	六	五	四	三	二	一
便•	即•	靑。	白•	漫•	却•	初。	劒•
下•	從。	春。	首•	卷•	看。	聞。	外•
襄。	巴。	作•	放•	詩。	妻。	涕•	忽•
陽。	峽•	伴•	歌。	書。	子•	淚•	傳。
向•	穿。	好•	須。	喜•	愁。	滿•	收。
洛•	巫。	還。	縱•	欲•	何。	衣。	薊•
陽。	峽•	鄉。	酒•	狂。	在•	裳。	北•

― 관군이 하남과 하북을 수복하였다는 소식을 듣고 ―

一 검각 밖에서 홀연히 계북 거둠을 전해오니

二 처음 듣고는 눈물이 옷에 가득히 흘렸네

三 처자를 돌아보니 근심이 어디에 있는고

四 부질없이 시서를 말아 기뻐 미칠 듯하노라

五 흰 머리에 맘껏 노래하고 모름지기 술을 실컷 마시리니

六 봄날을 벗 삼아 좋게 고향으로 돌아가리라

七 곧장 파협을 좇아 무협을 뚫고 지나가면

八 문득 양양으로 내려와 낙양을 향하리라

諺解 ㊀ 劒閣 밧긔 믄득 薊北 아오몰 傳호니 ㊂ 처엄 듣고 눉므
를 衣裳애 ▽▽기 흘료라 ㊃ 도르혀 妻子를 보리어니 시르미
어더 이시리오 ㊃ 쇽절업시 詩書를 卷秩호야셔 깃거 미칠 둣
호라 ㊄ 셴 머리예 놀애 블러 모로매 수를 ▽장 머구리니 ㊅
靑春을 벗사마 됴히 本鄕애 도라가리라 ㊆ 곧 巴峽을 조차셔
巫峽을 들워 ㊇ 믄득 襄陽으로 ㄴ려 洛陽을 向호리라 (重刊卷
3, 23)

【注】 〔믄득〕: 문득. 〔아오몰(앗다)〕: 빼앗음을. 〔눉므를(눉므
를)〕: 눈물을. 〔도르혀〕: 도리어. 〔깃거(깃그다)〕: 기뻐. 〔모
로매〕: 모름지기. 〔▽장〕: 마음껏. 〔들워(듧다)〕: 뚫어.

解題 이 시는 공의 나이 52세 代宗 廣德元年(763년) 봄 梓州에서
歸鄕을 상상하며 지은 시인건만 끝내 그 꿈을 이루지 못하고
7년 후인 770년 長江 기슭의 岳陽에서 客死하였다.

註釋

▣ 〔收河南河北〕: 아비 史思明을 죽이고 그 자리를 차지한 史朝
義는 관군의 대거 공략(10월)에 쫓기다 이듬해 廣德 元年(763
년) 1월 자살하자 그의 부하인 李懷仙이 그를 斬해서 항복하
고, 薛嵩은 相, 衛, 洛, 荊州를, 張志忠은 趙, 定, 深, 恒, 易의
五州를 가지고 항복해 옴으로써 河北南 州郡은 모두 평정되었
다. 이로써 8년이나 지속되던 安史의 亂은 평정되고, 그 朗報
가 梓州에 사는 공에게 전달된 것은 그해 늦은 봄이었던 것이

다.

㊁ 〔劒外〕: 劒門關 以南을 지칭, 劒門關은 고대 陝西省 漢中 지
역으로부터 西蜀땅으로 들어오는 교통요로에 위치한 험산준령
임, 여기서는 蜀땅을 말함. 〔薊北〕: 河北省의 북부 지방인 幽
州와 薊州 일대로 당시 安史 叛軍의 根據地. 이 시는 地名이
많이 들어간(여섯 곳) 작품으로 유명하다.

㊂ 〔涕淚〕: 눈물을 흘림.

㊃ 〔却〕: 머리를 돌림.

㊄ 〔漫卷〕: 아무렇게나 둘둘 말아놓음. 漫은 함부로, 아무렇게나.
卷은 말다, 덮다, 捲의 뜻. 〔詩書〕: 詩文을 쓴 冊, 詩書(冊)를
둘둘 말음.

㊄ 〔白首〕: 一作 白日. 〔放歌〕: 마음껏 노래함. 〔縱酒〕: 실컷 술
을 마심.

㊅ 〔靑春〕: 푸른 봄, 무르익은 봄철, 春光. 〔作伴〕: 동무로 삼음,
作侶. 무르익은 봄날을 벗삼아 고향으로 간다는 말.

㊆ 〔卽從〕: 곧바로 좇아, '便下'와 같이 급히 고향에 돌아가고자
하는 마음을 표현한 단어임. 〔巴峽〕: 巴縣(現 四川省 重慶) 일
대의 長江 峽谷을 가리킴. 〔巫峽〕: 長江 三峽(瞿塘峽, 巫峽, 西
陵峽) 가운데 가장 긴 峽谷. 巫峽은 험하고 좁으므로 '穿'이라
고 하였다.

㊇ 〔襄陽〕: 胡北省 襄陽縣. 襄水가 順流이므로 '下'라고 하였다.
〔洛陽〕: 河南省 洛陽縣. 公의 原注에 '나의 전원은 동경에 있
다, 余田園在東京'라 하였다. 여기서 東京은 洛陽을 가리키는데
西京(長安)에 대하여 일컫는 말.

通釋

1. 검각산 밖 측 지방에서 관군이 계북까지 수복하였다는 반가운
   소식을 뜻밖에 전해 듣고서는, 처음 그 소식을 듣자마다 너무
   나 기쁜 나머지 자신도 모르게 콧물, 눈물이 흘러 옷을 헝건히
   적실 정도이다.
2. 처자를 돌아다보니 지난날의 근심은 어디에 갔는지 말끔히 사
   라지고 없다. 이제 고향에 돌아갈 수 있다는 기쁨에 읽던 책을
   아무렇게나 둘둘 말아 싸놓고서는 미칠 듯이 기뻐한다.
3. 머리가 다 센 늙은 몸이긴 하지만 추책없이 마음껏 노래도 부
   르고 술도 실컷 마시며 이 날을 즐기고, 이제 곧 좋은 봄날을
   벗 삼아서 고향으로 돌아갈 것이다.
4. 고향으로 속히 돌아가고 싶은 생각에 마음은 벌써 곧바로 파협
   을 따라서 무협을 뚫고 내려가서, 이내 양양으로 내려가 고향
   인 낙양으로 향하고 있다. 이처럼 마음은 벌써 고향에 가 있지
   만 공은 지병으로 인하여 그 꿈을 실현하지 못하고 만다.

052. 送路六侍御入朝

◎ 送路六侍御入朝

八	七	六	五	四	三	二	一
觸	劍	生	不	忽	更	中	童
忤	南	憎	分	漫	爲	間	稚
愁	春	柳	桃	相	後	消	情
人	色	絮	花	逢	會	息	親
到	還	白	紅	是	知	兩	四
酒	無	於	勝	別	何	茫	十
邊	賴	綿	錦	筵	地	然	年

— 路 시어사의 입조를 보내며 —

一 어릴 때의 뜻 친함이 마흔 해러니

二 그 사이에 소식은 둘 다 아득하여라

三 다시 후에 만나게 됨은 어느 곳인지 몰랐으나

四 문득 서로 만나니 이가 이별하는 자리로다

五 복사꽃이 붉음이 비단보다 나음을 성내지 않고

六 버들개지 솜보다 흼을 가장 밉게 여기네

七 검남의 봄 빛은 도리어 무뢰하니

八 시름하는 사람을 건드리고 거슬리며 술 가에 오네

諺解 ㈠ 아힛 쁴 뜯 親호미 마순 히니 ㈡ 그 스싀옛 消息은 둘히 다 아ᄉ라ᄒ더라 ㈢ 다시 後에 會集호ᄆ 아노라 어느 싸코 ㈣ 믄드시 서르 맛보니 이 여희ᄂ 돗기로다 ㈤ 복셨 고지 블고미 錦이라와 더오ᄆᆯ 내 分엣것 삼디 몯ᄒ고 ㈥ 버듨 개야지 소오미라와 ᄒ요ᄆᆯ ᄀ장 믜노라 ㈦ 劍南앳 봄 비치 도로혀 依賴홀 줄 업도소니 ㈧ 시름ᄒᄂ 사ᄅ몰 다딜어 거슬뼈 숤ᄀᆡ 오놋다 (初刊卷23, 23)

【注】 〔쁴(쁴)〕 : 때의. 〔마ᄋ〕 : 마흔. 〔아ᄉ라ᄒ더라(아ᄉ라ᄒ다)〕 : 아득하더라. 〔믄드시〕 : 문득, 갑자기. 〔맛보니(맛보다)〕 : 만나니. 〔여희ᄂ(여희다)〕 : 이별하는. 〔돗기로다(돗ᄀ)〕 : 돗자리로다. 〔고지(곳)〕 : 꽃에. 〔블고미(븕다)〕 : 붉음이. 〔—이라와〕 : —보다. 〔더오ᄆᆯ(더으다)〕 : 더함을. 〔ᄒ요ᄆᆯ(ᄒ다)〕 : 흼을. 〔믜노라(믜다)〕 : 미워하노라. 〔도로혀〕 : 도리어. 〔다딜어(다디르다)〕 : 범하여, 들이받아. 〔거슬뼈(거슬쁘다)〕 : 거슬려.

解題 이 시는 공의 나이 52세인 廣德 元年(763년) 봄 梓州에서 오랜만에 만난 친구를 보내며 이별을 아쉬워하며 지은 것이다.

註釋

■ 〔**路六**〕 : 路는 姓, 六은 관직이나 형제의 차례. 누구인지는 알 수 없음. 〔**侍御**〕 : 官名, 侍御史. 〔**入朝**〕 : 조정에 들어감.

㈠ 〔**童稚**〕 : 어릴 때. 〔**情親**〕 : 정을 맺어 친밀함, 서로 사이가 좋음, 친함.

㊂〔**中間消息**〕: 어릴 때부터 늙은 시절까지 서로의 소식을 말함. 〔**兩**〕: 둘 다. 〔**茫然**〕: 아득한 모양.

㊂〔**知何地**〕: 어느 곳인지를 알지 못함, 知는 不知의 뜻.

㊃〔**漫**〕: 생각치도 못함, 만나리라 예상치 못하고 만남.

㊄〔**不分**〕: 여러 가지로 해석된다. ① 分은 方言으로 怒의 뜻, 分(仄聲)은 噴과 같으니 곧 '未噴其怒'를 뜻함(『稗官雜記』). 生憎에 대한 對로 봄, 分이 忿으로 쓰이는 것은 晉人의 常語라 함. 杜詩 가운데 이러한 方言, 里諺을 詩句 중에 사용하여 點化된 예는 많다. '棗熟從人打　葵荒欲自鋤(「秋野五首(一)」)', '一夜水高二尺强　數日不可更禁當(「春水生二絕(二)」)', '負鹽出井此溪女　打鼓發船何郡郞(「十二月一日三首(二)」)', '吾宗老孫子　質朴古人風(「吾宗」)', '客睡何曾著　秋天不肯明(「客夜」)' 등이 있다(『纂註』, 孫季昭). ② 내 분수의 것으로 삼지 못하고, '分內之分'의 分(『諺解』). ③ 不能分別, 분별하지 못하고, 자기 분수도 모르고의 뜻(『分類』). 漢의 이부인이 병들었다가 일어나 남원에 갔는데 도화가 성하게 피었으나 기뻐하지 않자 무제가 그 까닭을 물으니 "분별할 줄 모르는 복숭아꽃이 비단과 같아 사람을 어지럽게 하고 눈을 병들게 한다"고 하니 무제가 그 말에 감동하여 드디어 그 꽃을 제거하여 나라의 웃음거리가 되었다(李夫人 病起南園桃花盛開 李不悅 武帝問其故 李曰 不分桃花如錦 惱人病眼 帝感其言 遂去其花爲一國笑, 『分類』). ④ 不合, 곧 합당치 않은 것으로 봄(『鏡銓』).

㊅〔**生憎**〕: 生은 無意味의 助字. 〔**柳絮**〕: 버들개지.

㊆〔**劍南**〕: 劍閣의 남쪽, 梓州 地方이 이에 해당. 〔**無賴**〕: 放蕩

하여 依賴할 수 없음. 無賴漢.

㊅ 〔愁人〕: 근심하는 사람. 自身을 말함. 〔觸忤〕: 건드리고 거슬리게 함, 마음에 거슬림. 〔到酒邊〕: (봄빛이 무뢰하여) 술 마시는 주변까지 쳐들어 옴.

通釋

1. 그대와 어릴 때 정분을 맺고 친하게 지낸 것이 벌써 사십년 전의 일이 되었다. 그 사이 어떻게 지내왔는지 서로의 소식은 둘다 까맣게 모르고 있었다.

2. 우리가 다시 나중에 언제 어디서 만나게 될지 아무도 모르는 일이었다. 그런데 이번에 갑자기 생각지도 않게 문득 서로 만났게 되었는데 이 기쁨의 자리가 바로 이별의 자리가 되어버려 아쉬움을 금할 수가 없다.

3. 만나자 말자 헤어져야 하는 아쉬운 마음에 비단보다 붉고 화려한 복사꽃을 봐도 오히려 성도 안 나고, 이리 저리 마음대로 날아다니는 솜털보다 하얀 버들개지는 아주 밉기까지 하다. 이별의 아쉬움이 너무나 커 봄날의 아름다운 풍경도 눈에 들어오지 않고, 시름하는 시인에게 아름다운 자연의 景物도 사랑스럽게 보이지 않는 것이다.

4. 검각의 남쪽인 재주 지방의 봄빛은 따사롭고 친근하기보다 도리어 버릇없는 무뢰한 같으니, 이별하는 술자리까지 쳐들어와 근심하는 사람의 심사를 건드려 더욱 사람을 근심하게 하고 있다. 따사로운 봄빛이 이별주를 마시고 있는 두 사람을 더욱 괴롭게 하고 있다는 뜻이다.

053. 涪城縣香積寺官閣

◎ 涪城縣香積寺官閣

㊀ 寺下春江深不流
㊁ 山腰官閣迥添愁
㊂ 含風翠壁孤雲細
㊃ 背日丹楓萬木稠
㊄ 小院回廊春寂寂
㊅ 浴鳧飛鷺晚悠悠
㊆ 諸天合在藤蘿外
㊇ 昏黑應須到上頭

- 부성현의 향적사 관각에서 -

㊀ 절 아래 봄 강은 깊어서 흐르지 않으니
㊁ 산 허리의 관각은 아득하여 근심을 더하네
㊂ 바람을 머금은 푸른 절벽엔 외로운 구름 가늘고
㊃ 해를 등진 단풍나무엔 많은 나무 빽빽하네
㊄ 작은 집과 회랑은 봄에 고요하고
㊅ 목욕하는 물오리와 나는 해오라기는 저녁에 한가롭네
㊆ 제천은 등나무 밖에 모여 있으니
㊇ 저물녘 어두워져서야 모름지기 정상에 이르리

諺解 ㈠ 뎔 아랫 봀 ㄱ르미 기퍼 흐르디 아니 ㅎㄴ니 ㈡ 묏 허리옛 그윗 지븐 아ᄋ라ᄒᆞ야 시르믈 더으노다 ㈢ ᄇᆞᄅ몰 머겟ᄂ는 프른 石壁에 외로온 구루미 ㄱ눌오 ㈣ 히롤 졧ᄂ는 블근 시든 萬木이 하도다 ㈤ 져근 院과 횟돈 行廊은 보미 寂寂ᄒᆞ고 ㈥ 沐浴ᄒᆞᄂ는 올히와 ᄂ는 하야로비는 나조희 悠悠ᄒᆞ도다 ㈦ 여러 하눌히 藤蘿ㅅ 밧긔 모댓ᄂ니 ㈧ 나조희 어둡거아 당당이 모로매 웃 그테가리로다 (重刊卷9, 38)

【注】 〔뎔〕: 절. 〔그윗(그위)〕: 관청의. 〔아ᄋ라ᄒᆞ야〕: 아득하여. 〔더으노다(더으다)〕: 더하는구나. 〔-노다〕: -는구나. 〔머겟ᄂ는(머금다)〕: 머금은. 〔졧ᄂ는(지어잇ᄂ는)〕: 등지고 있는. 〔시든(싀)〕: 단풍나무는. 〔횟돈〕: 휘둘은, 삥둘른. 〔나조희〕: 저녁에. 〔모댓ᄂ니(모댓다)〕: 모여 있으니. 〔-거아〕: -어서야. 〔웃(우)〕: 위의. 〔그테(긑)〕: 끝에, 頂上.

解題 이 시는 공의 나이 52세인 代宗 廣德 元年(763년) 봄 梓州 涪城縣의 香積寺 官閣에서 주변 경관을 眺望하고 그 느낌을 읊은 것이다.

註釋

■ 〔涪城縣〕: 梓州에 속하는 고을 이름. 梓州 西北쪽 五十五里. 〔香積寺〕: 涪城縣 東南 三里에 있는 香積山 所在의 절 이름, 아래로 涪江이 흐른다. 〔官閣〕: 관에서 지은 이층 누각으로 관원을 맞이하기 위해 산중턱에 설치해 놓은 장소를 말한다.

一 〔深不流〕: 강물이 너무 깊어서 흐르지 않는 듯이 보임.

二 〔山腰〕: 산 허리, 산중턱. 〔逈〕: 멀다, 여기서는 관각이 높고 아득한 모양, 관각에서 읊은 시이므로 관각까지 갈 길이 멀다는 뜻은 아님. 혹자는 관각이 멀어 저기까지 언제 올라갈 수 있을까 걱정이 더해진다고 봄(鈴木). 〔添愁〕: 적막감으로 시인의 근심을 더함, 너무 멀어 쉽게 다다를 수 없기에 근심을 더한다고 보기도 함.

三 〔含風翠壁〕: 翠壁含風의 뜻, 翠壁은 푸른빛을 띤 절벽.

四 〔背日丹楓〕: 丹楓背日의 뜻. 봄에는 단풍이 들지 않은데 석양이 비치므로 나무가 붉게 보이는 것이다. 〔稠〕: 稠密함, 빽빽함. 仇注에 '가벼운 바람이 불어 구름이 흩어지니 점점 가늘어지는 것이고, 해가 떨어져 단풍나무에 비추니 더욱 빽빽해지는 것이다'(輕風散雲則漸細 落日映楓則更稠)라 하였다.

五 〔小院〕: 관각의 작은 집. 〔回廊〕: 본체의 양옆으로 있는 기다란 집채.

六 〔鳧〕: 물오리.

七 〔諸天〕: 모든 하늘, 佛家에서 말하는 三界諸天, 三界 즉 欲界의 六欲天, 色界의 四禪天에 十八天, 無色界의 四處에 四天 등 二十八天이 있다. 여기서는 頂上에 있는 佛殿 곧 香積寺를 지칭함.

〔合〕: 모여 있다. 마땅하다(應該)의 뜻으로 보기도 하는데(簡), 해석에 따라 '~에 모여 있다', 혹은 '틀림없이 ~에 있다'로 봄. 등나무 밖에 모여 있다는 것은 얼금얼금한 등나무 넝쿨 사이로 절이 보인다는 뜻임. 〔藤蘿〕: 등나무 넝쿨.

囚 〔**昏黑應須到上頭**〕: 隋나라 때 常琮이 隋 煬帝를 모시고 寶山으로 놀러 갔었다. 양제가 언제쯤 산위의 절에 도달할 수 있겠는가라고 묻자, 상종이 어두워져서야 마땅히 정상에 도달할 수 있을 것이라고 대답하니, 좌우에 있던 사람들이 失笑를 금치 못하였는데, 이에 양제가 순박한 군자라고 하였다(常琮侍煬帝 遊寶山 帝曰幾時到上方 琮曰昏暗應須到上頭 左右失笑 帝曰淳古君子也,『古今事文類聚』). 〔**上頭**〕: 山의 頂上.

通釋

1. 절 아래 흐르는 봄날의 부강은 너무나 깊어서 마치 흐르지 않는 듯 고요하니, 향적산 중턱에 서있는 높고 아득한 관각에서 주변 경관을 바라다보니, 적막감에 휩싸여 보는 이의 근심을 더하게 한다.

2. 바람이 조금 부는 푸른 절벽에는 외로운 구름이 가늘게 감겨져 있고, 저녁 햇살에 비쳐 붉게 보이는 단풍나무는 어둑어둑해 많은 나무가 빽빽한 듯이 느껴진다.

3. 관각의 작은 집과 삥 두른 행랑은 봄빛에 고요하고, 목욕하는 물오리와 날아다니는 해오라기는 석양빛에 한가롭기만 하다.

4. 향적사는 등나무 사이로 언뜻언뜻 비치는 저 바깥 산 꼭대기에 있으니, 관각에서 산 정상까지 가려면 틀림없이 어둑어둑한 저녁 무렵에나 이를 수 있을 것이다.

054. 又送

◎ 又送

一 雙○峰○寂●寂●對●春○臺○
二 萬●竹●靑○靑○照●客●盃○
三 細●草●留○連○侵○坐●軟●
四 殘○花○悵●望●近●人○開○
五 同○舟○昨●日●何○由○得●
六 並●馬●今○朝○未●擬●回○
七 直●到●綿○州○始●分○手●
八 江○頭○樹●裏●共●誰○來○

― 다시 보내며 ―

一 두 봉우리가 고요히 봄 누대에 대하여 있고
二 일만 대는 푸르러 나그네 술잔에 비치었네
三 가는 풀에 머물러 있으니 자리에 침범하여 부드럽고
四 쇠잔한 꽃을 슬피 바라보니 사람에게 가까이 피었도다
五 어제 함께 타던 배를 무엇을 말미암아 얻을꼬
六 오늘 아침 나란히 말 타니 돌아가고 싶지 않다네
七 곧 면주에 가서 비로소 손을 나누리니
八 강 머리 나무 속에 누구와 함께 올꼬

諺解 ㊀ 두 峯이 괴외히 넑 臺룰 對ㅎ얫고 ㊂ 萬竹이 퍼러ㅎ야 소니 酒杯예 비취엣도다 ㊂ ㄱ는 프레 머므로니 안존디 侵犯ㅎ야 보드랍고 ㊃ 衰殘호 고줄 슬허 ㅂ라니 사ㄹ미게 갓가와 펫도다 ㊄ 어젯 날 비예 혼디 이쇼몰 어느 말미로 어드료 ㊅ 오낧 아ᄎ미 ㅁ롤 ㄱ와 타셔 도라오고져 너기디 아니ㅎ노라 ㊆ 곧 綿州예 가 비릇 여희리로소니 ㊇ ㄱ룺 귿 나못 소개 눌와 다믓 오려뇨 (初刊卷23, 26)

【注】 〔괴외히〕: 고요히. 〔퍼러ㅎ야(퍼러ㅎ다)〕: 퍼래서, 푸르러. 〔소니〕: 손님의. 〔안존디〕: 앉았는데. 〔슬허〕: 슬피. 〔ㅂ라니(ㅂ라다)〕: 바라보니. 〔말미로〕: 말미로, 연유로. 〔ㄱ와(골와?골오다)〕: 나란히 함께. 〔너기다(너기다)〕: 여기지. 〔생각하지.〕곧: 곧장, 곧바로. 〔비릇〕: 비로소. 〔-리로소니〕: -ㄹ지니, -ㄹ 것이니. 〔귿〕: 끝. 〔나못(나모)〕: 나무의. 〔눌와〕: 누구와. 〔다믓〕: 함께, 더불어.

解題 이 시는 공의 나이 52세인 代宗 廣德 元年(763년) 봄 梓州 郪縣에 있을 때, 신원외와 함께 잠시 綿州에 왔다가 이별하면서 차마 보내지 못하는 심정을 읊은 것이다. 이 시는 작법이 졸렬하여 공의 시가 아닌 가짜작이라고 한다(朱瀚曰 此詩一二 死句 三四無脉 五六枯拙 七八不韻 故知其爲贋作也, 『詳註』).

註釋

■ 〔又送〕: 이미 앞의 송별시가 있기에 又送이라 한 것임. 原注

에 '혜의사원에 있으면서 일찍이 한 絶句를 보냄(在惠義寺園曾送一絶句)'이라고 되어 있다. 이외 惠義寺와 관련된 공의 시가 4편 더 있다. 惠義寺는 梓州 郪縣 북쪽 長平山에 있다. 員外는 정원 이외의 관리를 뜻함.

一 〔雙峰〕: 두 봉우리. 一本 霍峰, 霍은 쌍 척. 〔寂寂〕: 고요한 모양.

二 〔萬竹〕: 많은 대나무. 공의 시에 '白帝城西萬竹蟠'(「引水」), '步屧萬竹疏'(「草堂」)가 있다.

三 〔留連〕: 오래 머물러 있음. 차마 떠나지 못하여 머뭇거리는 모양. 盤桓. 留는 지체하다. 〔侵坐〕: 자리를 침범함.

四 〔殘花〕: 시든 꽃. 〔悵望〕: 슬프게 바라봄.

五 〔何由得〕: 무엇을 말미암아 얻을까? 두 번 다시 얻기가 어렵다는 말.

六 〔未擬回〕: 돌아감을 헤아리지 못함. 말을 타고 나란히 가면서 혼자서 재주로 돌아가고 싶지 않다는 뜻.

七 〔綿州〕: 地名, 成都府 東北 쪽에 있다. 〔分手〕: 손을 나눔. 소매를 나눔(分袂). 이별함. 分은 '나누다'는 뜻일 때는 平聲(文韻), '名分, 職分, 分數'일 때는 去聲(問韻)이다. 分이 높아야 하는데 낮으니까 始가 높아진 것이다. 따라서 이 句는 蒙上簾에 해당된다.

八 〔共誰來〕: 누구와 함께 올까? 갈 때는 같이 말을 타고 갔지만 돌아올 때는 혼자 와야 하니까 이른 말이다.

通釋

1. 혜원사 주변의 두 산봉우리가 고요히 송별연을 하고 있는 봄 누각에 마주 서있고, 푸르고 푸른 많은 대나무는 나그네의 이별하는 술잔에 어리어 비친다.

2. 자리를 침범하는 부드러운 가는 풀 위에 오랫동안 머물며 놀고, 사람 가까이 저만치 피어있는 쇠잔한 꽃을 슬픈 듯이 바라본다. 헤어지지 못해 계속 머무르는 것이고 이별이 아쉬워 슬픈 것이다.

3. 어제 그대와 함께 배를 타고 놀았는데 이제 그대가 떠나가면 무슨 핑계로 다시 그런 기회를 얻을꼬? 다시는 얻기 어려울 것이다. 오늘 아침 그대와 같이 말을 타고 가면서 계속 멀리까지 좇아 간 것은 혼자 돌아가고 싶지가 않아서였다.

4. 이제 곧 면주에 이르러 비로소 잡았던 손을 놓고 그대와 아쉬운 이별을 하게 되는데, 홀로 남은 나는 누구와 함께 재주의 강가 나무 숲 속으로 돌아와 노닐꼬?

055. 送王十五判官扶侍還黔中得開字

◎ 送王十五判官扶侍還黔中得開字

㈠ 大家東征逐子回
㈡ 風生洲渚錦帆開
㈢ 青青竹笋迎船出
㈣ 白白江魚入饌來
㈤ 離別不堪無限意
㈥ 艱危深仕濟時才
㈦ 黔陽信使應稀少
㈧ 莫怪頻頻勸酒盃

- 왕판관이 어머니를 모시고 검중으로 돌아가는 것을 배웅하며
  개자를 얻다 -

㈠ 대고가 동쪽으로 감에 아들을 좇아 돌아가니
㈡ 바람이 이는 물가에 비단 돛을 펼쳤네
㈢ 푸르른 죽순은 배를 맞아 돋아나고
㈣ 희디흰 강 물고기는 반찬으로 들어오네
㈤ 이별함에 끝없는 뜻을 감당치 못하나
㈥ 어려울 때 시절을 건질 재주를 깊이 믿네
㈦ 검양에는 소식 전할 이도 마땅히 드물 테니
㈧ 자꾸만 술잔을 권한다고 이상히 여기지 말게

諺解 ㊀ 大家ㅣ 東으로 가매 아ᄃᆞᆯ 조차 도라가ᄂᆞ니 ㊁ ᄇᆞ롬 나ᄂᆞᆫ 믌 ᄀᆞᅀᅵ 錦으로 혼 빗돗ᄀᆞᆯ 여놋다 ㊂ 프른 竹筍ᄋᆞᆫ 비ᄅᆞᆯ 마자 돋고 ㊃ 해얀 ᄀᆞᄅᆞ맷 고기ᄂᆞᆫ 차바내 드러오놋다 ㊄ 여희요매 그지 업슨 ᄠᅳ들 이긔디 몯ᄒᆞ리로소니 ㊅ 어려운 제 時節 거느리칠 지조ᄅᆞᆯ 기피 依仗ᄒᆞ놋다 ㊆ 黔陽앤 音信 가진 사ᄅᆞ미 당당이 져그리니 ㊇ ᄌᆞ조 酒盃勸호ᄆᆞᆯ 怪異히 너기디 말라 (初刊卷23, 31)

【注】 〔빗돗ᄀᆞᆯ(빗돗ㄱ)〕: 돛을. 〔마자(맞다)〕: 맞이하여. 〔차바내(차반)〕: 반찬에. 〔여희요매(여희다)〕: 이별함에. 〔거느치리칠(거느리치다)〕: 건져낼, 구제할. 〔지조ᄅᆞᆯ〕: 재주를. 〔ᄌᆞ조〕: 자주. 〔너기디(너기다)〕: 여기지.

解題 이 시는 공의 나이 52세인 代宗 廣德 元年(763년) 여름 梓州에서 왕판관과 이별하며 그의 효심과 재주를 찬미한 것이다.

註釋

■ 〔王十五判官〕: 判官 王某, 누군지 알 수 없음. 判官은 唐代에 節度使, 觀察使 등의 屬官(하급관리)로서 行政을 맡아 分掌하였던 벼슬아치이다. 공의 시 가운데 「船下夔州郭宿雨濕不得上岸別王十二判官」, 「送王十六判官」가 있다. 〔扶侍〕: 곁에서 모심. 부축하여 모심. 여기서는 大家로 미루어 모친을 모시고 감. '유평의 동생 중이 적에게 피살되자 평이 그 어머니를 모시고 달아나 도망하였다'(平弟仲爲賊所殺 平扶侍其母奔走逃難,『後漢

書』「劉平傳」). 〔**黔中**〕: 지명, 郡 이름, 지금의 貴州省 東北部, 詩에 나오는 黔陽. 〔**得開字**〕: 운자로 開字를 얻다. 開字을 韻으로 서로 주고 받음. 上平聲 十 灰韻에 속함.

□ 〔**大家**〕: 대고, 여자의 존칭. 후한 때 부풍 조세숙의 처는 같은 군에 사는 반표 딸로 이름은 소, 자는 혜희, 나이 십사세에 시집을 가서 화제가 수차례 불러 궁에 들어와 황후와 귀인로 하여금 사사케 하니 대고라 불리었다. 오라비 반고가 『한서』를 편찬하다가 마치지 못하고 죽자 대고가 이를 이었고, 당시 마융 같은 학자도 그녀에게 수업하였다(扶風 曹世叔妻者 同郡班彪之女也 名昭 字惠姬 年十四 娉世叔 和帝數召入宮 令皇后貴人師事焉 號曰大家 兄固修漢書 不終而死 大家續之 時馬融受業於大家,『文選』善注). 여기서는 판관의 모친을 비유한 것이다. 家의 음은 고. 〔**東征**〕: 동쪽으로 가다. 조대고의 아들 穀이 陳留의 수령이 되자 조대고도 따라 갔는데 「동정부」를 지어 낙양에서 진류까지의 여행 과정을 서술하였다. 曹大家의 「東征賦」는 『文選』에 실려 있는데, 첫머리에 '영초 칠년에 내가 아들을 따라 동쪽으로 갔다(惟永初之有七兮 余隨子乎東征)'라고 나온다. 〔**逐子回**〕: 자식을 따라 돌아가다. 逐은 一作 隨, 將으로 되어 있다.

□ 〔**錦帆開**〕: 비단 돛을 내걸고 배가 나감.

□ 〔**竹笋**〕: 맹종의 어머니는 죽순을 좋아하였는데 겨울에 이르러 죽순이 나지 않자 맹종이 대숲에 들어가 슬피 탄식을 하니 죽순이 돋아나 어머니에게 공양하였는데, 모두가 지극한 효도에 하늘이 감동한 것이다(楚國先賢傳曰 宗母嗜筍 冬節將至 時

筍尙未生　宗入竹林哀嘆　而筍爲之出　得以供母　皆以爲至孝之所致感,『三國志』＜吳志＞孫皓傳注」).〔**迎船出**〕:(죽순이)배를맞이하여싹이돋아남,곧왕판관의지극한효도를말함.

四　〔**江魚**〕: 강의물고기, 姜詩夫婦의至孝故事, 광한의강시처는같은군에사는방성의딸이다. 강시가어머니를지극한효도로모시자아내도봉양함이더욱도타웠다. 어머니가강물마시기를좋아하니강시가집에서 6, 7리를나와서물을길렀다. 그처는항상물을거슬러서길러왔다. 운운. 생선회를좋아하는데또한혼자서드시지못하는지라부부가항상정성껏회를공양하고이웃어미를불러서함께먹었다. 집곁에갑자기샘물이솟아나왔는데맛이마치강물과같았고, 매일아침에갑자기한쌍의잉어가나와항상시어머니와이웃어미의반찬으로공양하였다(廣漢姜詩妻者　同郡龐盛之女也　詩事母至孝　妻奉順尤篤　母好飮江水　江去舍六七里　妻常泝流而汲　云云　姑嗜魚鱠　又不能獨食　夫婦常力作供鱠　呼隣母共之　舍側忽有湧泉　味如江水　每旦輒出雙鯉魚　常以供二母之膳,『後漢書』「烈女傳」,『蒙求』「姜詩躍鯉」). 또王祥의「雙鯉躍出」도있다. 계모가일찍이생선을먹고싶어하였는데, 때는한겨울이라얼음이얼어왕상이옷을벗고얼음을깨고그것을구하려고하니얼음이갑자기스스로풀리면서두마리의잉어가뛰어나왔다(母嘗欲生魚　時天寒氷凍　祥解衣將剖氷求之　氷忽自解　雙鯉躍出,『晉書』「王祥傳」).

五　〔**無限意**〕: 기약이없음, 한없는이별의고충을말함.

六　〔**艱危**〕: 어렵고우태로움, 그시기.〔**深仗**〕: 깊이의뢰함.〔**濟時才**〕: 濟世之才, 어려운시절(세상)을구제할만한뛰어난재

주, 또는 역량.

㊆ 〔**黔陽**〕: 地名, 黔中郡. 〔**信使**〕: 편지를 가지고 가는 심부름꾼.

㊇ 〔**頻頻**〕: 자주, 자꾸.

通釋

1. 옛날 조대고가 아들을 따라 동쪽으로 간 것처럼 왕판관의 어머
  니도 아들을 따라서 동쪽으로 돌아간다. 물가에 바람이 일자
  비단 돛이 활짝 펼쳐져 출범할 차비를 한다.

2. 배를 맞이하여 타고 가면서도 맹종처럼 푸른 죽순이 돋아나고,
  또 강시처럼 하얀 강 속의 물고기가 반찬으로 들어온다. 왕판
  관이 어머니를 정성으로 모시는 지극한 효행을 칭찬한 것이다.

3. 이번에 헤어지면 언제 다시 만날지도 몰라 이별의 한없는 고충
  을 감당하기 어렵지만, 그래도 어렵고 위태로운 시절에 세상을
  구제할 만한 당신의 재주를 깊이 믿으므로 부름 받아 가는 당
  신을 계속 이곳에 붙잡아둘 수도 없다.

4. 검양 땅은 워낙 멀어 소식 전해줄 만한 심부름꾼도 마땅히 드
  물 터라 서로의 안부조차 묻기 힘들 것이다. 그러므로 자꾸 술
  을 권하며 이별의 안타까움을 달래고 있는 내 심정을 조금도
  이상하게 여기지 말았으면 한다.

056. 章梓州橘亭餞成都竇少尹得凉字

◎ 章梓州橘亭餞成都竇少尹得凉字

一 秋日野亭千橘香
二 玉杯錦席高雲凉
三 主人送客何所作
四 行酒賦詩殊未央
五 衰老應爲難離別
六 賢聲此去有輝光
七 預傳藉藉新京兆
八 青史無勞數趙張

- 장재주가 귤밭 정자에서 성도의 두소윤을 전별하며 양자 운을 내다 -

一 가을날 들의 정자에 많은 귤이 향기로우니
二 옥 잔과 비단 방석에 높은 구름 서늘하네
三 주인이 손을 보내는데 무슨 일을 하나
四 술을 치고 시를 읊조리며 좀처럼 그치지 않네
五 늙고 쇠함에 마땅히 이별하기도 어려운데
六 어진 명성은 여길 떠나도 빛남이 있으리
七 자자한 신임 경조를 미리 전해 들으니
八 청사에서 조장을 헤아리느라 수고하지 않네

諺解 一 ᄀᆞ숤날 및 亭子애 즈믄 橘이 곳다오니 二 玉잔과 錦돗긔 노폰 구루미 서늘ᄒᆞ도다 三 主人이 손 보내요매 므슷 이를 ᄒᆞᄂᆞ뇨 四 수를 녜며 글 지수믈 ᄀᆞ장 다ᄋᆞ디 아니ᄒᆞ놋다 五 늘구메 당당이 여희욤호미 어려우니 六 어딘 소리는 이 가매 빗나미 이시리로다 七 藉藉ᄒᆞᆫ 새 京兆를 미리 傳ᄒᆞᄂᆞ니 八 프른 史記예 趙張 혜요믈 잇비 아니ᄒᆞ리로다 (初刊卷23, 19)

【注】 〔및(믜)〕: 들의. 〔즈믄〕: 천. 〔곳다오니(곳답다)〕: 꽃다우니, 향기로우니. 〔돗긔(돗ㄱ)〕: 돗자리에. 〔므슷〕: 무슨. 〔녜며(녜다)〕: 가며, 행하며. 〔ᄀᆞ장〕: 다, 모두. 〔다ᄋᆞ디(다ᄋᆞ다)〕: 다하지. 〔여희욤호미(여희다)〕: 이별함이. 〔혜요믈(혜다)〕: 헤아림을, 생각을. 〔잇비(잇브다)〕: 고단하게.

解題 이 시는 공의 나이 52세인 代宗 廣德 元年(763년) 가을 梓州에서 章梓州를 모시고 竇少尹을 보내며 그의 재주를 찬미한 것이다.

註釋

■ 〔**章梓州**〕: 梓州刺史인 章彝를 가리킴. 〔**野亭**〕: 들의 정자, 여기서는 귤밭 속의 정자. 〔**餞**〕: 餞別하다. 잔치를 베풀어 전송함. 〔**竇少尹**〕: 두씨는 누군지 확실하지 않음, 少尹은 벼슬 이름. 〔**得凉字**〕: 凉字(平聲 陽韻)를 韻字로 함.

一 〔**千橘**〕: 수많은 귤.

二 〔**高雲凉**〕: 구름은 높고 서늘함.

三 〔主人〕: 章氏를 지칭. 〔作〕: 하다, 爲, 做의 뜻. 公의 自註에 '音佐'라 하였다. 作의 音은 자(혹은 주). '方橋如此作'(韓愈, 「方橋」).

四 〔行酒〕: 잔에 술을 쳐서 손에게 드림, 술을 침. 〔殊〕: 특별히, 좀처럼. 〔未央〕: 끝나지 않음, 央은 盡의 뜻.

五 〔衰老〕: 老衰함, 자신을 말함. 〔爲難離別〕: '難爲離別'이라야 제대로 해석이 됨(鈴木). 離(平聲 支韻)가 여기서는 去聲(寘韻, 떠나가다)으로 쓰임.

六 〔賢聲〕: 어질다는 평판. 〔輝光〕: 빛남, 찬란한 빛.

七 〔預傳〕: 미리 전해 들음. 〔藉藉〕: 명성이 여러 사람의 입에 오르내림. 紛紛함. 〔新京兆〕: 새로 부임한 京兆尹. 竇가 이미 南京(成都의 옛이름) 少尹이 되었으니 入朝하여 머지않아 三輔 京兆에 오르게 될 것임을 앞서 예견한 것이다.

八 〔靑史〕: 史書, 史籍을 말함. 종이가 발명되기 이전에는 푸른 대껍질을 불에 쬐어 기름기를 빼고 史實을 여기에 기록한 데서 유래. 〔數〕: 헤아리다(計), 조사하다. 〔趙張〕: 前漢의 趙廣 漢과 張敞이 차례로 京兆尹을 하였는데 成都를 또한 南京이라 稱하였기에 여기서 京尹의 일로 이를 美化한 것이다. 趙廣漢의 字는 子都, 蠡吾人, 漢 宣帝 때 京兆尹, 간교하고 숨겨진 사실 을 밝혀내는데 귀신과 같았고 이름이 匈奴에게까지 알려졌다. 후에 貴戚들로 인해 처형될 때 수많은 백성들이 대궐을 지키 고 號泣하며 대신 죽기를 간청하였다. 張敞의 字는 子高, 平陽 人, 漢 宣帝 때 京兆尹, 장안 시내에는 도적이 특히 많았다. 그 는 정치를 잘 해서 범죄의 실상을 잘 다스리고 모두 형벌에

따라 처리하였다. 그 즈음에는 죄인이 있으면 태고를 울려서 죄를 시민들에게 알리는 것이 통례였는데, 사람들은 그의 단속을 두려워하여 법을 어기는 사람이 없었기 때문에 태고가 울리는 일도 드물어졌고 시내의 도적들도 없어졌다.

通釋

1. 가을날 들에 있는 귤밭 정자에는 수많은 귤들이 상큼한 향기를 발하고 있고, 옥으로 만든 술잔을 주고받으며 비단 방석에 앉았으니 가을 하늘에 구름은 높고 기운은 서늘하다.

2. 주인인 장씨는 오늘의 손님인 두소윤을 전송하기 위해 하는 일이 무엇인가? 이별을 아쉬워하며 손님에게 술을 따르고 시를 읊조리는 일을 좀처럼 그치려고 하지 않는다.

3. 이 몸은 늙고 쇠약하여 마땅히 이별하기도 어려워 여길 떠나기가 싫은데, 그대 두소윤의 어진 명성은 여기를 떠나서도 빛을 발휘함이 있을 것이니 입조하면 반드시 영전하게 될 것이다.

4. 지금은 아니지만 머지않아 새로운 경조윤이 온다는 소문이 자자함을 미리 전해 들으니, 그대의 훌륭한 치적으로 말미암아 이제는 굳이 史籍에서 조광한과 장창같은 인물이 있는지 헤아릴 수고를 할 필요가 없을 것이다. 그대는 오히려 그들보다 더 훌륭한 인물이기 때문이다.

057. 九日

◎ 九日

一 去年登高郡縣北
二 今日重在涪江濱
三 苦遭白髮不相放
四 羞見黃花無數新
五 世亂鬱鬱久爲客
六 路難悠悠常傍人
七 酒闌却憶十年事
八 腸斷驪山淸路塵

― 중양절에 ―

一 지난 해에는 처현 북쪽에 등고하고
二 오늘 날은 부강가에 다시 있노라
三 센 머리가 서로 놓지 아니함을 심히 만나니
四 황국화가 수없이 새로이 핌을 부끄럽게 보노라
五 시세 어지러워 답답하게 오랜 나그네 되었으나
六 길이 험난하여 유유히 늘 사람을 곁따라 다니노라
七 술이 무르익자 십년의 일을 도리어 생각하니
八 여산의 맑은 길의 먼지에 애를 끊노라

諺解 ⓵ 니건 히예 郡縣ㅅ 北녀기 登高호니 ⓶ 오늜 나래 涪江ㅅ
ㄱㅿ애 다시 이슈라 ⓷ 셴머리 서르 노티 아니호몰 심히 맛나니
⓸ 누른 고지 數업시 새로이 퍼슈믈 붓그려 보노라 ⓹ 時世
어즈러운 제 鬱鬱히 오래 나그내 드외야슈니 ⓺ 길히 어려워
悠悠히 長常 사르몰 바라 든니노라 ⓻ 수리 너르럿거늘 열힛
이롤 도르혀 스랑ᄒ노니 ⓼ 驪山ㅅ 몰ᄀ 깊 드트레 애롤 긋노
라 (初刊卷11, 32)

【注】 〔니건(니다)〕: 간, 지나간. 〔ㄱㅿ애(ㄱ)〕: 가에. 〔바라(바
라다)〕: 의지하여, 곁따라. 〔너르럿거늘(너를다)〕: 爛漫하거늘.
〔드틀〕: 티끌.

解題 이 시는 공의 나이 52세인 代宗 廣德 元年(763년)에 가을
梓州에 있을 때 重陽節을 맞아 故鄕으로 돌아가지 못하는 안
타까움을 읊은 것이다.

註釋

■ 〔**九日**〕: 九月九日은 重陽節, 重九節이라 한다. 九가 陽數이기
에 陽數가 겹쳤다는 뜻으로 重陽이라 함.

⓵ 〔**去年**〕: 昨年. 지난해. 〔**登高**〕: 높은 곳에 올라감. 重陽節에
빨간 주머니에 茱萸를 넣고 高山에 올라가 厄을 떠는 일. 〔**郡
縣**〕: 梓州에 속하며 지금의 四川省 三台縣 남쪽.

⓶ 〔**重**〕: 또다시. 〔**涪江**〕: 강이름. 동남쪽으로 흘러 射江과 合流
하는데 射江은 梓州에 있다. 〔**濱**〕: 물가 빈.

三〔**苦遭**〕: 심히 만남. 만날 조. 괴로울 정도로 백발이 서로 내버려두지 않음을 만남. 〔**不相放**〕: 서로 놓지 않음. 放은 내버려둠. 용서하다(饒). 흰머리가 검은 머리를 내버려두지 않음.

四〔**黃花**〕: 黃菊花. 重陽節에 국화꽃이 활짝 피며, 이때 국화주를 담가 먹는다.

五〔**世亂**〕: 時世가 어지러움, 時世는 그때의 세상. 〔**鬱鬱**〕: 답답한 모양. 마음이 상쾌하지 않고 가슴이 답답함.

六〔**悠悠**〕: 침착하고 여유있는 모양. 〔**傍人**〕: 남을 따름. 남에게 의지함. 남의 신세를 짐.

七〔**酒闌**〕: 술이 무르익음. 취기가 절정에 달함. 闌은 한창 란. 〔**十年事**〕: 십년 전의 일. 天寶 十四年(755년) 겨울 공이 長安에서 奉先縣으로 가다 驪山을 지나게 되었다. 이때 지은 시가 「自京赴奉先縣詠懷五百字」인데, 그때 마침 현종은 화청궁에 행행하였다가 안녹산의 반란을 맞았다. 이 일을 두고 말한 것이다.

八〔**腸斷**〕: 斷腸. 애를 끓임. 십년 전의 일을 생각해보니 애간장이 녹는다는 뜻. 〔**驪山**〕: 지금의 陝西省 臨潼縣 산 위에는 華淸宮이 있고, 안에는 溫泉이 있어 10월만 되면 玄宗과 楊貴妃가 이곳에 와 避寒하였다. 〔**淸路**〕: 天子의 거둥에 앞서 道路를 깨끗이 掃除함. 淸道. 淸路에는 먼지가 없는데 塵이 들어간 것은 韻字 때문이다.

通釋

1. 지난해 중양절에는 처현 북쪽에 높이 올라 액막이를 하였는데,

이번 중양절도 타향인 부강 물가 근처에서 또다시 登高하고
있다.

2. 괴로울 정도로 백발은 서로 내버려두지 않고 자꾸 세어만 가는
데, 세월만 또 흘러간다. 그래서 지난해 피었던 노란 국화가
올해도 무수히 피어나는 것을 보고 있자니 대하기도 부끄럽다.
늙어가는 인간의 모습과 해마다 피어나는 황국을 대비시켜 백
발을 슬퍼하고 있다.

3. 시세 어지러운 때를 당해 나그네 생활을 한지 너무 오래되어
가슴이 답답할 정도이다. 또 험난한 세상살이에 항상 남의 신
세를 지면서도 침착하게 지내려고 애써왔다. 그러나 그 비참한
심정이야 오죽하겠냐?

4. 취기가 무르익어 문득 지난 십년 전의 일을 돌이켜 생각해보
니, 여산 맑은 길의 먼지를 뒤집어쓰며 화청궁에 遊幸가셨다가
안녹산의 반란을 맞으신 임금 생각에 창자가 끊어지는 듯한
슬픔이 문득 밀려온다.

058. 滕王亭子二首

◎ 滕王亭子二首

八	七	六	五	四	三	二	一
來	人	嫩	淸	仙	春	萬	君
遊	到	藥	江	家	日	丈	王
此	于	濃	錦	犬	鶯	丹	臺
地	今	花	石	吠	啼	梯	榭
不	歌	滿	傷	白	脩	尙	枕
知	出	目	心	雲	竹	可	巴
還	牧	斑	麗	間	裏	攀	山

- 등왕의 정자 두 수 -

㊀ 군왕의 정자는 파산을 베고 있으니

㊁ 만 길인 붉은 다리를 오히려 올라갈만하네

㊂ 봄날에 꾀꼬리는 긴 대숲 안에서 울고

㊃ 선가의 개는 흰 구름 사이에서 짖네

㊄ 맑은 강의 비단 돌은 마음을 상하도록 아름답고

㊅ 어린 꽃술의 짙은 꽃은 눈에 가득 아롱지네

㊆ 사람들은 지금까지 나와 다스리던 일을 노래하길

㊇ 이 땅에 와서 노닐며 돌아갈 줄 모르네

諺解 ㊀ 君王ㅅ 臺榭ㅣ 巴山올 벼엿ㄴ니 ㊁ 萬丈인 블근 ᄃ리롤 오히려 可히 더위자ᄇ리로다 ㊂ 봄 나래 긴 댓 수플 안해서 곳고리 울오 ㊃ 神仙의 지븨 힌 구룸 싀예셔 가히 즛놋다 ㊄ 몰곤 ᄀ롬과 프른 돌히 佳麗호매 ᄆᅀ몰 슬후니 ㊅ 보ᄃ라온 곳부리와 둗거운 고즌 어르누근 거시 누네 ᄀ둑ᄒ얏도다 ㊆ 사ᄅ미 이제 니르리 出牧ᄒ던 이롤 놀애 브르ᄂ니 ㊇ 이 짜해 와 노라셔 도라가몰 아디 몯ᄒ니라 (初刊卷14, 35)

【注】 〔벼엿ᄂ니(벼다. 〔볘다)〕: 베었으니. 〔더위자ᄇ리로다 (더위잡다)〕: 의지하였도다, 부축하였도다. 〔가히〕: 개가. 〔즛놋다(즛다)〕: 짓는구나. 〔−놋다〕: −는구나. 〔슬후니(슳다)〕: 슬퍼하니. 〔둗거운(둗겁다)〕: 두꺼운, 짙은. 〔어르누근(어르눅다)〕: 얼룩얼룩한, 무늬진. 〔놀애〕: 노래.

解題 이 시는 代宗 廣德 2년(764년) 봄 杜甫의 나이 53세 때 閬州에서 지은 것으로 滕王 亭子를 바라보며 感懷를 읊은 것이다. 나머지 한 수는 五言律詩이다.

註釋

◼ 〔**滕王**〕: 唐高祖 李淵의 22번째의 아들인 李元嬰이 滕王에 封爵됨. 滕王亭子는 高宗 調露 年間(679~680)에 滕王이 閬州刺史로 있을 때 지은 것으로 玉臺觀 內에 있다. 閬州는 원래 隆州였는데 玄宗의 諱(隆基)를 피해 고친 것이다. 原注에 '정자는 옥대관 내에 있는데 등왕이 일찍이 이 고을의 刺史로 있었다

(亭在玉臺觀內　王曾典此州)'라　하였다.　玉臺觀은「玉臺觀二首」
參照.

㈠〔君王〕：滕王을　지칭.　君은　敬稱으로　쓰였다.　〔臺榭〕：望樓,
흙을　높이　쌓아서　사방을　觀望할　수　있게　만든　곳을　臺라　하
고,　臺위에　나무가　있고　방이　없는　곳을　榭라고　함.　〔巴山〕：
大巴山　또는　巴嶺이라고도　하며　陝西　西鄕縣　서남쪽에　있다.

㈡〔萬丈〕：①　정자의　높이가　만길이　됨.　②　돌층계가　만길이　됨.
〔丹梯〕：赤色의　돌층계,　산에　있는　磴道(돌계단　길),　신선들이
사는　곳에　있는　층층　계단이란　뜻으로　높은　산중의　돌층계를
비유한　것.　閬中에는　仙聖이　모여서　노닌　자취가　많은데,　성
동쪽에　天目山이　있으니　곧　葛洪이　수련하던　곳으로　文山　張
道陵이　圖符錄을　준　곳이다.　萬丈　丹梯는　이것을　가리킨다"(閬
中多仙聖遊集之跡　城東有天目山　乃葛洪修煉之所　文山張道陵授
圖符錄處　萬丈丹梯指此,『唐書』地理志).　이　구는　두　가지로　해
석된다.　①　정자의　높이가　만길이나　되어　붉은　사다리를　놓아
야　올라　갈　수　있다.　②　그곳은　지금도　만　길이나　되는　돌층계
를　밟고서　기어　올라갈　수　있다(鈴木).

㈢〔脩竹〕：키가　큰　대나무.　길게　자란　대나무.

㈣〔仙家犬吠白雲間〕：淮南王　劉安은　八公이라는　신선으로부터
불로장생의　仙丹을　제조하는　기술을　전수　받아　고생한　끝에
마침내　그는　골육지친　300여명과　함께　대낮에　승천하게　되는
데,　개와　닭들도　약　그릇에　묻은　선약을　핥아먹고,　역시　함께
날아　올라갔다(淮南王安　好神仙之道　海內方士　從其游者多矣　一
旦有八公詣之……使王服之　骨肉近三百餘人　同日昇天　雞犬舐藥

器者 亦同飛去, 『神仙傳』「淮南王」). 이 이야기를 暗用한 것이다.

㊄ 〔錦石〕: 비단무늬의 돌. 一作 碧石.

㊅ 〔嫩蘂〕: 어린 꽃술. 싱그러운 꽃술. 〔斑〕: 一作 班.

㊆ 〔人〕: 州人. 고을 사람들. 〔歌〕: 노래 내용을 七字로 보기도 하고, 出牧 以下의 九字로 보기도 한다.

㊆ 〔出牧〕: 牧民官으로 나와 다스림. 尾聯은 召伯의 德을 기린 『詩經』「甘棠」章을 연상케 함.

通釋

1. 滕王이 세운 정자는 험하디 험한 巴山을 베개로 삼은 듯 높은 곳에 위치하여, 지금도 만길이나 되는 붉은 색의 돌층계를 밟고서 겨우 기어 올라갈 수 있다.

2. 봄날을 맞아 꾀꼬리는 길게 쭉 뻗은 대나무 숲에서 울고 있고, 선가로 생각되는 곳에서는 개가 구름 가운데서 짖고 있다.

3. 주인은 가고 없으나 정자 앞에 유유히 흐르는 맑은 강의 비단무늬 돌은 여전히 아름다워 오히려 보는 이의 마음을 상심케 하고, 어린 꽃술을 지닌 빛깔 짙은 꽃은 하도 알록달록하여 보는 이의 눈에 가득 찰 정도이다.

4. 그리고 고을 사람들은 등왕이 죽고 난 지금까지도 이곳에 나와 다스리던 일을 칭송하며 노래하기를, "이 땅 옥대산에 놀러와 아름다운 경치에 흠뻑 취해 항상 돌아갈 줄 모른다네".

「滕王亭子」　－ 등왕 정자 －

寂寞春山路　적막한 봄날의 산길을
君王不復行　군왕은 다시 가지 못하네.
古墻猶竹色　옛 담장은 여전히 대나무 빛이고
虛閣自松聲　빈 누각에는 절로 솔 소리 나네.
鳥雀荒村暮　둥지 찾은 참새와 함께 황량한 마을은 저물고
雲霞過客情　노을에 지나가는 객의 심정 쓸쓸한데
尙思歌吹入　예전의 노래 피리소리 어우러지듯
千騎把霓旌　천군만마 깃발을 휘날리는 듯 하네

059. 玉臺觀二首

◎玉臺觀二首

中天積翠玉臺遙
上帝高居絳節朝
遂有馮夷來擊鼓
始知嬴女善吹簫
江光隱見黿鼉窟
石勢參差烏鵲橋
更肯紅顏生羽翰
便應黃髮老漁樵

- 옥대관에서 두 수 -

一 하늘 가운데 녹음 짙은 곳에 옥대가 아득하니

二 상제가 높이 살아 붉은 옥절로 조회하네

三 드디어 풍이가 와서 북을 침이 있으니

四 비로소 영녀가 퉁소 잘 붊을 알겠네

五 강물의 빛은 원타의 굴이 보일락 말락하고

六 돌의 모양은 오작교처럼 들쭉날쭉하네

七 다시 기꺼이 붉은 얼굴에 깃과 날개가 난다면

八 곧 마땅히 누른 머리로 어초하며 늙으리라

諺解 ㈠ 하ᄂᆞᆯ 가온디 티와다 답사흔 프른 디 玉臺 아ᄋᆞ라ᄒᆞ니 ㈡ 上帝ㅣ 노피 살어든 불근 符節로 朝會ᄒᆞᄂᆞ다 ㈢ 지즈로 馮夷ㅣ 와 붑 튜미 잇ᄂᆞ니 ㈣ 비르수 嬴女ㅣ 피리 잘 부로믈 알와라 ㈤ ᄀᆞ룺 비츤 黿鼉의 굼긔 그윽ᄒᆞ락 나ᄃ락ᄒᆞ고 ㈥ 돌희 양ᄌᆞ는 烏鵲이 ᄃ리예 參差ᄒᆞ얏도다 ㈦ 또 블근 ᄂᆞ치 짓과 ᄂᆞ래왜 나미 이시면 ㈧ 곧 당당이 누른 머리로 漁樵호매 늘그리라 (重刊卷9, 40)

【注】 〔티와다(티왇다)〕 : 치받아, 치솟아. 〔답사흔(답샇다)〕 : 첩첩히 쌓인. 〔디〕 : 데, 곳. 〔아ᄋᆞ라ᄒᆞ니(아ᄋᆞ라ᄒᆞ다)〕 : 아득하니. 〔—어든〕 : —거든. 〔지즈로〕 : 인하여, 연유하여. 〔붑〕 : 북. 〔튜미(티다)〕 : (북을) 침이. 〔비르수〕 : 비로소. 〔굼긔(구무)〕 : 구멍이. 〔나ᄃ락ᄒᆞ고(나다)〕 : 드러나는 듯하고. 〔돌희(돌ㅎ)〕 : 돌의. 〔양ᄌᆞ는〕 : 모양은. 〔ᄂᆞ치(낯)〕 : 낯에. 〔짓〕 : 깃. 〔ᄂᆞ래왜〕 : 날개에. 〔당당이〕 : 마땅히.

解題 이 시는 공의 나이 52세인 대종 광덕 2년(764년) 봄 閬州에서 지은 시로 玉臺觀을 바라보며 仙境을 讚美한 것이다. 두 수 중 한 수는 五言律詩이다.

註釋

■ 〔玉臺觀〕 : 玉臺山에 있는 절로 滕王이 세웠다. 공의 原注에 '滕王造'라 하였다. 『方興勝覽』에 '閬州城의 북쪽으로 7리에 있으며 당나라의 滕王이 일찍이 놀았고 그의 정자와 묘소가 있

는 곳'이라는 기록이 있다. 觀內의 臺를 玉臺라고 함. 원래 玉臺는 道家에서 上帝가 사는 곳을 말하는데, 이를 본떠 만든 것이다. 觀은 道觀, 道士가 사는 집.

㊀ 〔中天〕: 하늘 중간에 이를 만한 높이의 뜻. 〔積翠〕: 쌓인 푸른 빛, 짙은 녹색, 소나무와 잣나무가 쫙 퍼져 있는 것.

㊁ 〔上帝〕: 도가에서 말하는 옥황상제. 〔絳節朝〕: 絳은 붉다, 節은 符節, 대장이 조회할 때 쓰는 깃발, 여기서는 여러 신선들이 붉은 부절을 가지고 상제께 조회하러 옴.

㊂ 〔馮夷〕: 水神의 이름 즉 河伯神, 풍이는 華陰人으로 八月上庚日에 물을 건너다 빠져 죽으니 天帝가 河伯에 임명하였다(馮夷 華陰人 八月上庚日 渡河溺水死 天帝署爲河伯,『抱樸子』「釋鬼篇」). 풍이가 북을 치고 여왜가 맑은 노래를 한다(馮夷擊鼓 女媧淸歌, 曹植「洛神賦」). 〔擊鼓〕: 북을 치다.

㊃ 〔嬴女〕: 蕭史는 秦 穆公 때의 사람으로 통소를 잘 불어 능히 孔雀과 白鶴을 불러올 수 있었다. 穆公에게 弄玉이란 딸이 있었는데 그를 좋아하였으므로 마침내 그에게 시집보내었다. 날마다 농옥에게 통소를 불어 봉황의 울음소리 내는 것을 가르쳐주어 몇 년을 그렇게 살자 울음소리가 봉황과 비슷하게 되었고 봉황이 그 집에 머물렀다. 목공이 그들을 위하여 봉황대를 지어 주자 부부가 그 위에 살며 몇 년 동안 내려오지 않더니 하루 아침에는 봉황을 따라 날아가버렸다(蕭史者 秦穆公時人 善吹簫能致孔雀白鶴 穆公有女字弄玉好之 公遂以妻焉 日敎弄玉吹簫作鳳凰 居數年吹似鳳凰聲 鳳凰止其屋 公爲作鳳凰 夫婦止其上不下數年 一旦隨鳳凰飛去,『烈女傳』). 嬴은 진나라의

성씨이다.

㊄ 〔隱見〕： 숨었다 나타났다 함, 보였다 안 보였다 함, 隱現, 隱
顯. 〔黿鼉〕： 자라와 악어.

㊅ 〔參差〕： 가지런하지 못하고 들쑥날쑥한 모양. 〔烏鵲橋〕： 직녀
가 은하수를 건너가도록 까치가 놓았다는 다리(烏鵲塡河成橋而
渡織女, 『淮南子』).

㊆ 〔更肯〕 다시 ～를 기꺼이 여김. 一作 更有. 〔紅顔〕： 붉은 윤이
나는 얼굴 곧 美少年의 얼굴. 〔翰〕： 날개, 一作 翼, '生羽翰'은
飛仙이 된다는 뜻.

㊇ 〔黃髮〕： 누렇게 변한 머리, 노인을 말함. 〔漁樵〕： 고기잡이와
나무하는 일, 또는 그 사람. 漁夫와 樵夫.

通釋

1. 하늘 중간에 닿을 듯이 높고 송백이 우거져 녹음이 짙은 곳에
   옥대관이 아득히 바라보인다. 이 높은 곳에 상제가 살고 있어
   여러 신선들이 붉은 부절을 가지고 와 조회하러 온다. 옥대의
   높음을 비유하였다.

2. 많은 도사들이 오게 되니 그중에 마침내 하백신 풍이가 와서
   북을 치고, 진나라 농옥같은 선녀가 퉁소를 잘 부는 것도 여기
   에 와서 비로소 알 수 있다. 觀中道士들이 음악을 연주하는 것
   을 비유하였다.

3. 옥대관 위에서 멀리 바라다보면 강물에 일렁이는 물빛은 자라
   와 악어가 노니는 굴이 보였다가 안보였다가 하고, 돌의 형상
   은 오작이 만들어 놓은 다리처럼 들쑥날쑥하다. 황홀하고 기괴

한 선경의 모습을 묘사한 것이다.

4. 나도 만약에 이 땅의 신선처럼 다시 홍안의 미소년이 되고 날
 개가 돋아나 마음껏 날아다닐 수 있다면, 곧 마땅히 젊은 나이
 는 아니지만 여기에 와 고기나 잡고 나무나 하면서 늙어갈 것
 이다.

 ※ 나는 어떻게 하면 다시 홍안 미소년이 되고 날개가 돋아날
 수 있을까? 앞에서 말한 대로 되지 않으면 곧 나는 마땅히 이
 곳에 와 황발로 어초하며 마칠 것이다. 홍안은 어려우니 어초
 로 늙을 뿐이라는 뜻이다(簡).

060. 奉寄章十侍御

◎奉寄章十侍御

八	七	六	五	四	三	二	一
勿	朝	河	湘	訓	指	金	淮
云	覲	內	西	鍊	麾	章	海
江	從	猶	不	强	能	紫	惟
漢	容	宜	得	兵	事	綬	揚
有	問	借	歸	動	回	照	一
垂	幽	寇	關	鬼	天	靑	俊
綸	側	恂	羽	神	地	春	人

㈠ 회수와 바다 사이 양주에 한 준걸한 사람 있으니

㈡ 금색 인장과 자색 인수 푸른 봄에 비치었네

㈢ 지휘하는 능한 일은 천지도 돌리고

㈣ 훈련하는 강한 병사는 귀신도 움직이겠네

㈤ 상서에서 관우는 돌아감을 얻지 못하니

㈥ 하내엔 구순을 빌림이 오히려 마땅하네

㈦ 임금을 뵙고 조용히 유측한 사람 묻거든

㈧ 강한에 낚시줄 드리운 이 있다고 말하지 말라

諺解 ㊀ 准水와 바ㄹ왓 揚州에 혼 俊傑혼 사ㄹ미로소니 ㊂ 金印과 블근 긴히 프른 보미 비취엿도다 ㊃ 指揮ㅎ는 能혼 이론 하늘콰 짜콰도 두르혀리로소니 ㊄ ㄱㄹ치는 센 兵은 鬼神도 뮈우리로다 ㊅ 湘西에셔 關羽는 도라가몰 得디 몯ㅎ니 ㊆ 河內옌 寇恂을 비로미 오히려 맛당ㅎ도다 ㊇ 님금 뵈슥와 즈늑즈느기 幽側혼 사ㄹ몰 묻거시든 ㊈ 江漢애 낫줄 드리워 고기 낛ㄴ니 잇더라 니ㄹ디 말라 (初刊卷21, 12)

【注】 〔바ㄹ왓(바ㄹ)〕 : 바다의. 〔긴히〕 : 끈이. 〔두르혀리로소니(두르혀다)〕 : 돌이키니. 〔一리로소니〕 : 一ㄹ지니, 一ㄹ것이니. 〔뮈우리로다(뮈우다)〕 : 움직이리라. 〔비로미(빌다)〕 : 빌림이. 〔뵈슥와〕 : 뵈어. 〔즈늑즈느기〕 : 조용히. 〔니ㄹ디(니ㄹ다)〕 : 이르지.

解題 이 시는 공의 나이 53세인 代宗 廣德 二年(764년) 봄 閬州에서 지은 것으로 장이의 재주를 찬미하며 자신의 추천을 우회적으로 표현한 작품이다.

註釋

■ 〔章十侍御〕 : 侍御史 章彝를 가리킴. 그는 양주 사람이다. 그와 관련된 공의 시가 다수 보인다. 「桃竹杖引贈章留後」, 「章梓州水亭」, 「章梓州橘亭餞成都竇少尹得凉字」 등이다. 〔**東川留後**〕 : 東川節度使의 留守役. 공의 原注에 '때에 처음 재주자사 동천유후를 그만두고, 장차 조정에 오르다(時初罷梓州刺史東川

留後 將赴朝廷)'라고 되어 있다. 이 기록은 史書의 기록과 조금 다르다. 즉『舊唐書』「嚴武列傳」에는 '엄무가 재차 촉을 진압하고 혹독한 정치를 자행하였다. 재주자사 장이가 처음 엄무의 판관이 되었는데 이 무렵 엄무의 뜻에 약간 어긋나서 성도에 왔을 때 이를 매로 쳐죽였다(武再鎭蜀 恣行猛政 梓州刺史章彝初爲武判官 及是少不副意 赴成都杖殺之)'라고 하여 서로 기록이 어긋난다. 이미 죽었는데 조정에 나갔다고 되어 있기 때문이다. 이에 대해『杜詩鏡銓』에서는 '살펴건대 이 일은 아마 마땅히 조정에 들어와 임금을 알현하고 돌아온 후의 일일 것이다. 장이가 출발할 때 엄무는 아직 촉에 오지 않았다. 엄무가 와서 장이는 엄무의 판관이 되었다. 마땅히 지난 일에 속한다.(按此事或當在入覲回來之後 彝起身時 武尙未至蜀也 至彝爲武判官 當屬前事)'고 하였다. 朱注에는 '아마 가기 전에 그를 죽였을 것이다(謂或及其未行而殺之)'라고 되어 있다. 또『新唐書』「杜甫列傳」에는 엄무가 성도에 다시 부임하기 전에 '하루는 두보와 재주자사인 장이를 죽이려고 문에 부하들을 모아놓고 엄무가 막 나서려는데 두건이 세 번이나 발에 걸렸다. 측근들이 그 모친에게 알리자 모친이 뛰어가 극력 말려서 장이만 죽였다'(一日欲殺甫及梓州刺史章彝 集吏於門 武將出 冠鉤于簾三 左右白其母 奔救得止 獨殺彝)라고 나온다. 朱注에 의하면 이는『雲溪友議』에서 나온 이야기로 信憑性이 없다고 한다.

㊀〔**淮海惟揚**〕: 江蘇省 揚州府의 땅. 회수와 바다 사이가 양주이다(淮海維揚州,『書經』「禹貢」). 惟와 維는 通하며 뜻이 없는 語助辭. 章彝가 揚州人이다.〔**俊人**〕: 재주와 지혜가 남들보다

뛰어난 사람.

㊁ 〔**金章**〕: 허리에 차는 금빛 도장, '某官之章'이라 새김. 〔**紫綬**〕: 붉은 인끈, 도장을 매다는 끈. 金章紫綬은 高官의 服飾으로 여기서는 刺史의 職策을 의미한다. 〔**青春**〕: 푸른 봄 혹은 年少한 사람으로 보기도 한다. 젊은 나이에 梓州刺史가 되었다는 뜻으로 본 것이다.

㊂ 〔**指麾能事**〕: 군대를 지휘하는 능력, 一作 指揮, 能事는 해낼 수 있는 기술, 특별히 뛰어난 기술. 〔**回天地**〕: 하늘과 땅의 형세를 돌림, 回旋. 天地의 禍亂을 돌이킴.

㊃ 〔**動鬼神**〕: 군사를 훈련시키는 위엄이 귀신이라도 움직일 수 있다는 뜻임. 3,4구는 章이 段子璋의 亂을 平靜하는데 공을 세운 것을 극찬한 것으로 봄(『註解』). 肅宗 上元 二年 夏四月 梓州刺史 段子璋은 東川節度使 李奐이 그를 교체할 것을 임금에게 上奏하자 이에 불만을 품고 반란을 일으켜 李奐은 敗北하여 成都까지 달아났다. 段은 스스로 梁王이라 칭하고 劍州를 함락하였다가 西川節度使 崔光遠과 李奐이 함께 공격하여 그를 斬하였다(『通鑑綱目』).

㊄ 〔**湘西**〕: 三國時代 荊州 지방, 여기서는 梓州에 비유. (한왕이) 관우의 패배를 갚기를 생각하고, 상서의 땅을 거둠을 꾀하다(志報關羽之敗 圖收湘西之地, 陸機「辨亡論」). 〔**不得歸**〕: (조정으로) 돌아가지 못하다. 〔**關羽**〕: 字는 雲長, 先主 劉備가 남쪽의 여러 군을 거두어 關羽에게 襄陽太守 盪寇將軍을 除授하여 江北에 주둔케 하고, 유비가 서쪽으로 益州를 평정한 후에는 관우에게 荊州의 일을 감독케 하였다. 荊州를 지키다 吳의

장수 陸遜과의 싸움에서 敗戰, 사로잡혀 一生을 마쳤다.

㈅ 〔河內〕：漢代의 郡名으로 여기서는 梓州에 비유. 〔**寇恂**〕：後漢 사람, 字는 子翼, 光武가 河內를 거두어 寇恂을 太守로 삼았다가 후에 穎川, 汝南으로 옮겼다. 영천에 도적이 많이 일어나자 임금이 "영천은 서울에 아주 가까우므로 즉시 평정해야 하는데 경이 이를 평정할 수 있다"라고 하며 즉시 수레를 타고 남쪽으로 갔다. 구순도 따라서 영천에 이르니 도적들이 모두 항복하였다. 고을에 태수로 임명받지 못하자 백성들이 길을 막으며 "원컨대 폐하께서는 다시 구순을 일년만 빌려 주십시오" 하여 머무르게 되었다(『蒙求』, 「寇恂借一」). 그런데 구순의 재주를 빌린 것은 穎川이지 河內가 아니다. 그러므로 이는 作者의 誤用으로 보인다. 물론 이를 고사의 活用 내지 借用으로 변호하는 이도 있다. 즉 '하내는 도적이 없으므로 오히려 구순을 빌림이 마땅하다'는 것이다(淸, 陳廷敬). 관우와 구순의 일을 들어 梓州는 章彝같은 뛰어난 사람을 필요로 하는데 이를 그만두고 조정으로 들어오게 한 것은 마땅하지 않음을 비유한 것이다. 관우의 일은 그가 留後로 부임하였을 때를 말하고, 구순의 일은 그가 刺史로 부임하였을 때의 일을 비유한 것으로 用事의 적절함이 돋보인다(『鏡銓』).

㈐ 〔**朝覲**〕：신하가 入朝하여 天子를 謁見함. 朝見, 자세히 말하면 제후가 천자를 알현하는 것을 朝라 하고, 천자가 제후를 보는 것을 覲이라 한다. 〔**從容**〕：조용하고 부드러운 모습. 〔**幽側**〕：山野에 파묻혀 사는 賢人. 側은 仄과 同. 자신을 말함.

㈑ 〔**江漢**〕：涪江과 西漢水 流域. 巴閬의 땅. 〔**有垂綸**〕：낚시줄을

드리우다, 곧 낚시를 하다. 綸은 낚싯줄. 낚시하는 자는 시인
자신의 비유. 有 一作老. 이 구는 은근히 章彝의 吹噓를 바라
면서 反語的으로 표현한 것이다.

<u>通釋</u>

1. 회수와 바다 사이에 있는 양주에 재주가 뛰어난 한 사람이 있
   으니 그가 바로 당신이다. 자사의 허리에 차고 있는 금빛 나는
   도장과 이를 매는 자주색 인끈은 푸른 봄날의 햇빛에 반짝이
   고 있다. 刺史의 재주와 服裝의 高貴함을 보여주고 있다.
2. 그대의 군사를 지휘하는 능숙한 솜씨는 비록 천지라도 돌이킬
   수 있을 정도로 대단하고, 또 병사를 강하게 훈련시키는 그대
   의 위엄은 귀신조차 움직이기에 충분하다.
3. 상서를 지키느라 관우가 조정으로 돌아가지 못한 것은 형주에
   관우가 꼭 필요하였기 때문인 것처럼 그대도 이 재주에 없어
   서는 안 될 인물이니 동천유수역을 계속 맡아줬으면 좋겠고,
   또 하내는 구순의 선정을 빌림이 오히려 마땅하듯이 재주자사
   로서의 그대 역량이 여전히 필요하니 이를 그만두고 조정으로
   들어간다는 것은 참으로 안타까운 일이다.
4. 그래도 조정에 들어가 천자를 알현할 때 초야에 묻혀있는 현자
   가 있는지를 조용히 하문하시면, 강한에서 낚싯줄을 드리우고
   때를 기다리고 있는 자가 있다고 말하지 말라. 은근히 자기를
   추천해주기를 바라는 뜻을 반어적으로 표현한 것이다.

061. 將赴荊南別李劍州

◎ 將赴荊南別李劍州

八	七	六	五	四	三	二	一
春	戎	天	路	焉	但	寥	使
風	馬	入	經	知	見	落	君
回	相	滄	灩	李	文	三	高
首	逢	浪	澦	廣	翁	年	義
仲	更	一	雙	未	能	坐	驅
宣	何	釣	蓬	封	化	劍	今
樓	日	舟	鬢	侯	俗	州	古

— 장차 형남에 오르며 이검주와 이별하다 —

㊀ 사군의 높은 뜻은 고금을 달리고

㊁ 요락하여 삼년을 검주에 앉았네

㊂ 다만 문옹이 능히 풍속 교화함을 보았으나

㊃ 어찌 이광이 제후에 봉해지지 못함을 알리오

㊄ 길이 염여퇴를 지나니 두 다북쑥같은 귀밑머리요

㊅ 하늘이 창랑에 드니 한 고기 낚는 배로다

㊆ 융마로 서로 만남은 또 어느 날일꼬

㊇ 봄바람에 중선루에서 머리 돌려 바라보노라

諺解 ㊀ 使君의 노픈 義는 이제와 녜와룰 모누니 ㊂ 寥落히 세
히룰 劍州예 안잿도다 ㊁ 文翁이 能히 時俗 敎化호몰 오직 보
디웨 ㊃ 李廣의 諸侯封 히이디 몯호몰 어느 알리오 ㊄ 길히
灩澦로 디나가매 두 다봇ᄀᆞᆮᄒᆞᆫ 귀미티오 ㊅ 하눌히 滄浪애 드
럿ᄂᆞᆫ디 ᄒᆞᆫ 고기낛ᄂᆞᆫ 비로다 ㊆ 사호매 서르 맛나몬 ᄯᅩ 어느
날오 ㊇ 봆 ᄇᆞᄅᆞ매 仲宣의 樓에셔 머리 도ᄅᆞ혀 ᄇᆞ라노라 (初刊
卷21, 16)

【注】 〔히이디(히이디)〕: 시키지, 하게 하지. 〔–디웨〕: –지,
지마는. 〔다봇ᄀᆞᆮᄒᆞᆫ〕: 다북쑥같은. 〔귀미티오(귀밑)〕: 귀밑(머
리)이오. 〔도ᄅᆞ혀〕: 돌이켜. 〔ᄇᆞ라노라(ᄇᆞ라다)〕: 바라보노라.

解題 공의 나이 53세인 代宗 廣德 2년(764년) 봄 閬州에서 荊南
으로 오르기 전 劍州刺史 李某와 離別하며 지은 것으로 재주
있는 李刺史의 寥落을 안타깝게 여기고 荊南에 오른 후의 마
음가짐을 미리 읊은 것이다.

註釋

■ 〔**荊南**〕: 胡北省 荊州府 江陵縣. 〔**李劍州**〕: 劍州刺史 李某, 누
구인지는 확실치 않음, 一作 李劍州弟, 劍州는 閬州 西北쪽 지
금의 四川省의 劍閣 梓潼縣 等地를 말함. 공은 寶應 元年에서
廣德 이년 삼월까지 면·재·랑주의 三州에 놀았고, 재·랑주에
있으면서 자주 무협을 나와 형초에 노닐고자 하였다. 고로 이
시를 지었는데 엄무가 재차 성도에 부임한다고 하기에 다시

가서 그에게 의탁하였다(公寶應元年 至廣德二年三月 遊縣梓閬 其在梓閬 屢欲出峽 遊荊楚 故作此詩 以嚴武再鎭成都 復往依之, 『纂註』). 엄무가 와서 결국 공은 형초에 가지 않았다.

㈀〔使君〕: 使君은 漢때 太守를 府君이라 일컬었는데 대하여 唐代에는 刺史 혹은 이에 준하는 地位에 있는 사람을 가리킴. 〔高義〕: 높은 德義, 높은 뜻. 〔驅今古〕: 古今의 사람들과 나란히 달릴 만하다. 義氣가 족히 今古를 凌駕함.

㈁〔寥落〕: 零落, 몰락한 모습, 李가 榮轉하지 못하고 삼년 동안 검주자사로 있음을 지칭함. 〔三年〕: 刺史의 任期 期限.

㈂〔文翁〕: 盧江舒 사람으로 어려서 학문을 좋아하고 春秋에 능통하였다. 景帝末 蜀郡太守가 되어 仁政을 베풀고 敎化를 일으켰는데, 촉 땅이 궁벽하고 외져 오랑캐의 풍습이 있음을 알고서 각 郡縣의 낮은 관리들 중에서 총명하고 재주있는 이들을 선발하여 그 중에서 張叔 등 10여명을 몸소 격려한 뒤 京師에 보내어 박사에게 수업토록 하였다. 여러 해가 지난 뒤 모두 학업을 성취하여 돌아왔다. 그는 또한 成都에 學官을 설치해 놓고 각 현의 자제들을 불러다가 學官의 제자로 삼았다. 이에 촉 땅에서 그가 죽자 그곳 관리들과 백성들은 사당을 세워 명절 때마다 제사를 끊이지 않고 지냈다. 오늘날 巴蜀에 선비들이 많은 것은 실로 그의 교화에 힘입은 때문이다.(前漢文翁盧江舒 人 少好學通春秋 景帝末爲蜀郡守 仁愛好敎化見蜀地僻陋 有蠻 夷風 欲誘進之 乃選郡縣小吏開敏有材者 親自飭厲遣詣京師 受 業博士 數歲蜀生皆成就還歸以爲右職 官有至郡守刺史者 又修起 學官于成都市中 招下縣子弟 爲學官弟子 爲除更繇 高者以補郡

縣吏　次爲孝弟力田　毎行縣　益從學官諸生明經飭行者與俱　使傳
敎令出入閨閤　吏民見而榮之　爭欲爲學官弟子　富人至出錢以求之
由是大化蜀地　學于京師者比齊魯焉　武帝乃令天下郡國皆立學校
自文翁始　文翁終于蜀　吏民爲立祠堂　歲時祭祀不絕　至今巴蜀好
文雅　文翁之化也,『蒙求』「文翁興學」).

四〔李廣〕: 漢나라 隴西 成紀 사람, 흉노를 칠십 차례나 물리쳐
그들은 '飛將軍'이라 하며 그를 피할 정도였다. 활을 잘 쏘았는
데 하루는 사냥을 갔다가 초원의 돌을 호랑이로 알고 쏘았더
니 명중하여 그 화살촉이 돌 속에 박혔다고 한다. 文帝와 景帝
를 섬기며 공을 많이 세웠으나 爵邑을 얻지 못하고 벼슬이 고
작 九卿에 지나지 않았으며, 오히려 그의 아래에 있던 軍吏들
과 사졸들이 侯爵을 冊封받기까지 하였다. 어느날 예언자인 王
朔에게 이를 이야기하자 "장군이 스스로 생각해 볼 때 혹시 남
에게 원한을 살 만한 일이 없었는가?" "내 隴西郡 太守로 있을
때 오랑캐들이 모반하기에 이를 괘씸히 여겨 항복한 8백여 명
을 몰래 속여 한꺼번에 죽인 적이 있소. 이 일을 지금 크게 후
회하고 있는데 단지 이 일 한 가지 뿐이오." 이에 왕삭은 "항
복한 사람들을 죽이는 것보다도 더 큰 화는 없소. 이 일이야말
로 장군이 열후에 책봉받지 못한 원인이오"라고 말하였다. 그
러나 그는 순박하고 너그러워 군사들이 잘 따랐고, 그가 죽자
백성들은 충심으로 그를 위해 슬피 울었고, 史官은 "복숭아나
오얏은 말을 하지 않지만 그 밑에는 저절로 길이 생긴다(桃李
不言 下自成蹊)"라고 贊하였다(『蒙求』「李廣成蹊」). 李廣은 同
姓의 刺史에 비유된 것이다.

㊄〔灧澦〕：灧澦堆, 구당협의 상류에 큰 암석이 있는 곳, 楚와 蜀의 門戶임, 堆는 石의 뜻. 이 골짜기를 나와야 초로 감. 〔雙蓬鬢〕：양쪽 귀밑머리가 다북쑥 같이 헝클어짐, 蓬髮이 됨.

㊅〔天入滄浪〕：滄浪의 天地로 들어가다. 滄浪은 물 이름, 파총산으로부터 양수를 인도하여 동쪽으로 흘러 한수를 이루고 다시 동쪽으로 나가 창랑지수를 이룬다(嶓冢 導漾 東流爲漢 又東爲滄浪之水, 『書經』 「禹貢」). 정초가 말하기를 "한수가 동쪽으로 남장의 형산을 지나면서 창랑수가 된다"(鄭樵曰 漢水東過南漳 荊山 爲滄浪水)라 하였다. 이 때 공이 灧澦堆를 나와 楚로 南下하고자 하였기에 屈原의 「漁父辭」에 나오는 '滄浪水'의 의미와도 같아 벼슬에 다시 뜻이 없음을 보여준 것이다.

㊆〔戎馬〕：싸움터의 말 곧 전쟁을 말함.

㊇〔仲宣樓〕：三國時代 魏나라 王粲은 字가 仲宣이고, 山陽 高平 사람으로 司徒의 부름을 받고 黃門侍郎에 제수되었으나 西京이 시끄러워 벼슬에 나아가지 않고 荊州로 가 劉表에게 의지하였다. 당시 그가 江陵의 城樓에 올라 懷鄕의 情을 읊은 「登樓賦」(『文選』)를 지었으므로 그 누각을 仲宣樓라 부르게 된 것이다. 지금의 胡北省 當陽縣 東南쪽에 있다.

〔通釋〕

1. 검주자사인 이공의 높은 뜻은 고금을 통틀어 뛰어난 인물들과 나란히 달릴만하다. 그러나 그대는 발탁되지 못하고 쓸쓸히 이 궁벽한 검주 땅에서 삼년이나 자사 노릇이나 하고 앉았으니 참으로 안타까운 일이다.

2. 다만 여기서도 문옹이 능히 촉땅의 풍속을 교화시킨 것처럼 당신의 선정 베품을 볼 수 있었으나, 어찌 알리오? 이광이 재주를 지녔건만 끝내 제후에 봉해지지 못한 것과 마찬가지로 그대 역시 요락하여 검주 땅 외진 곳에 일개 자사로 머물고 있음을.

3. 내가 형남으로 가기 위해서는 험난한 염여퇴의 길을 지나가야 하는데, 이곳을 통과하고 나면 아마 양쪽 귀밑머리는 쑥대밭처럼 다 헝클어질 것이다. 그러나 형남에 도착하여 창랑의 하늘에 들어가면 굴원이 만난 어부처럼 한 척의 배를 띄워 고기나 낚으며 살 생각이다.

    ※ 나는 이제부터 양쪽 귀밑머리가 다북쑥 같은 늙은이로 노구를 이끌고 염여퇴를 지나서, 일엽편주를 타고 창랑의 하늘로 들어가려 한다(鈴木).

    上句는 공이 형남으로 갈 때에 지나야 할 곳을, 下句는 그곳에 이르렀을 때의 마음가짐을 읊고 있다. 공은 결국 초에 가지 못하였기 때문에 이 두 구는 아직 가지 않은 곳을 지나야 할 곳으로 미리 짐작해 읊은 것이다.

4. 이제 헤어지면 시도 때도 없는 이 전쟁 속에서 서로 만날 날이 다시 언제가 될지 알 수 없는 일이다. 내가 형주에 도착하면 중선루에 올라가 봄바람을 맞으며 이쪽으로 머리를 돌려보며 당신을 그리워할 것이다.

062. 奉寄別馬巴州

八	七	六	五	四	三	二	一	◎ 奉寄別馬巴州
興•	知°	難°	獨•	南°	扁°	功°	勳°	
在•	君°	隨•	把•	國•	舟°	曹°	業•	
驪°	未•	鳥•	漁°	浮°	繫•	非°	終°	
駒°	愛•	翼•	竿°	雲°	纜•	復•	歸°	
白•	春°	一•	終°	水•	沙°	漢°	馬•	
玉•	湖°	相°	遠•	上•	邊°	蕭°	伏•	
珂°	色•	過°	去•	多°	久•	何°	波°	

— 마파주와 이별을 하며 받들어 부침 —

一 훈업은 마침내 마복파에게 돌아가니

二 공조는 다시 한의 소하가 아니라네

三 작은 배의 줄을 맴이 모래 가에서 오래하니

四 남국에 뜬 구름이 물 위에 많도다

五 홀로 낚싯대를 잡고 마침내 멀리 가니

六 새 날개를 따라서 한 번 서로 지나가기 어렵네

七 그대는 봄 호수의 빛을 사랑하지 아니함을 아니

八 흥심이 가라말 타고 백옥가를 울림에 있도다

諺解 ㊀ 勳業은 ᄆᆞᄎᆞ매 馬伏波의게 가리로소니 ㊂ 功曹ᄂᆞᆫ ᄯᅩ 漢
ㅅ 蕭何ㅣ 아니로라 ㊃ 져근 빗주를 몰앳 ᄀᆞᅀᅵ 미요미 오라니
㊅ 南國에 ᄠᅳᆫ 구루미 믈 우희 하도다 ㊄ ᄒᆞ올로 낛대를 자바
ᄆᆞᄎᆞ매 머리 가리니 ㊅ 새ᄂᆞᆯ개를 조차 ᄒᆞᆫ번 서르 디나가미 어
렵도다 ㊆ 그듸의 봄 ᄀᆞᆳ 비츨 ᄉᆞ랑티 아니호ᄆᆞᆯ 아노니 ㊇
興心이 驪駒 브르고 白玉珂를 울요매 잇도다 (初刊卷21, 17)

【注】 〔몰앳〕: 모래의. 〔ᄀᆞᅀᅵ〕: 가에. 〔오라니(오라다)〕: 오
래니. 〔ᄒᆞ올로〕: 홀로. 〔ᄆᆞᄎᆞ매〕: 마침내. 〔머리〕: 멀리. 〔그
듸의〕: 그대의. 〔ᄀᆞᆳ〕: 강의.

解題 이 시는 공의 나이 53세인 代宗 廣德 2년(764년) 봄 梓州에
서 지은 것으로 벼슬을 그만두고 장차 유람할 뜻을 비추고 있
는 작품이다.

註釋
■ 〔**馬巴州**〕: 파주의 刺史 馬氏. 파주는 保寧府에 있다. 〔**京兆功
曹**〕: 京兆府(漢의 郡名으로 西安府에 있다)의 功曹參軍, 당시
공은 공조참군에 임명되었지만 부임하지 않고 벼슬을 버리고
장차 동쪽으로 유람하고자 이별의 시를 마파주에게 전한 것이
다. 原注에 '당시 두보는 경조공조에 제수되어 동천에 있었다
(時甫 除京兆功曹 在東川)'라고 하였다. 東川은 동천절도사가
있는 곳 곧 梓州를 말함.
㊀ 〔**勳業**〕: 功勳과 業績, 功績을 말함. 〔**馬伏波**〕: 後漢의 馬援은

茂陵人으로 字가 文淵, 어려서 큰 뜻을 지녔으며 兵法에 뛰어
나 光武帝 때 伏波將軍에 封해져 交阯를 征伐하였다(『後漢書』
卷,「馬援列傳」). 伏波는 배로 江海를 건널 때 물결을 잠재운다
는 뜻이다. 여기서는 同姓의 馬巴州에 비유된 것이다.

㊂〔功曹非復〕: 공조는 다시 ~ 아니다. 공조는 自身. 나는 다시
한의 공조로 천하를 통일하였던 소하와 같은 인물이 되지 못
한다는 뜻. 이 구는 공이 京兆功曹이므로 스스로 謙辭하여 말
한 것이다. 〔蕭何〕: 漢 高祖의 謀臣으로 고조를 도와 천하를
통일하고 鄼侯가 되었다. 한의 모든 律令은 주로 그가 제정한
것이다. 문장이 뛰어나 沛縣의 主吏掾이 되었다(蕭何 沛人也
以文毋害 爲沛主吏掾,『漢書』「蕭何列傳」).『漢書』「高帝紀」에
는 ‘蕭何爲主吏’라고 나오고 孟康의 注에 ‘主吏, 功曹也’라 하여
소하가 공조 벼슬을 하였음을 알 수 있다. 그런데 그의 智謀로
천하를 통일하였으므로 보통 훌륭한 관리를 비유할 때 소하를
운운한다. 孫策이 우번을 공조로 삼고 “내 출정하게 되면 부로
돌아오지 못할 것이니 경이 다시 공조로서 나의 소하가 되어
회계 땅을 지켜 주시오”(曰 孤有征討事 未得還府 卿復以功曹爲
吾蕭何守會稽耳)(『三國志』「吳書·虞翻傳」 注 江表傳)라고 한
것이 있는데, 이 句는 이러한 고사를 轉用한 것이다.

㊂〔繫纜〕: 닻줄을 매다, 떠날 채비를 한다는 뜻.〔久〕: 오래 전
부터 떠나고자 함.

㊃〔南國〕: 공이 南下해서 가려는 荊楚 지방.

㊄〔漁竿〕: 낚싯대. ‘南國浮雲水上多 獨把漁竿終遠去’와 「奉待嚴
大夫」의 ‘欲辭巴徼啼鶯合 遠下荊門去鷁催’에서 공의 南下하고자

하는 뜻이 드러난다.

㈥ 〔相過〕: 서로 들리다. 서로 방문함. 過는 訪의 뜻.

㈦ 〔春湖色〕: 봄 호수의 아름다운 景色, 여기서 호수는 洞庭湖. 이 구는 마파주가 강호에 뜻이 없음을 말한 것이다.

㈧ 〔驪駒〕: 가라말. 송별할 때 부르는 노래, 逸詩의 篇名, 내용은 "가라말이 문밖에 있으니 마부도 함께 있고, 가라말이 길에 있으니 마부가 멍에를 얹는다"((江公)心嫉式 謂歌吹諸生曰 歌驪駒式曰 聞之於師 客歌驪駒,「注」服虔曰 逸詩篇名也 見大戴禮 客欲去歌之 文穎曰 其辭云 '驪駒在門 僕夫具存 驪駒在路 僕夫整駕' 也,『漢書』「王式列傳」). 〔白玉珂〕: 백옥으로 만든 말 굴레, 珂는 貝類로 말 굴레를 만드는 자개. 말이 걸을 때 사각사각 소리가 난다. 이 구는 마파주의 뜻이 길 떠날 때 부르는 「驪駒」를 노래하고 가라말 타고 백옥가를 울리며 파주를 떠나 천자에게 돌아가 임무를 다하려는 데 있다고 본 것이다.『諺解』에는 '言巴州 不欲遊江湖ᄒ고 其興이 在於乘驪駒響玉珂而朝覲天子也ㅣ라'고 하였다.

<u>通釋</u>

1. 빛나는 공훈과 업적은 마침내 마복파같이 훌륭한 당신에게 귀속되어야 하므로 부디 마원같은 위업을 이루길 바라고, 나는 공조에 임명되었으나 다시 한나라 소하와 같은 공을 이룰 인물이 못되니 공조에 부임하려하지 않는다.

2. 그러기에 일찌감치 이곳 동천을 떠나 멀리 형남으로 떠나려는 마음에 모래사장 근처에 일엽편주의 닻줄을 매어 둔지 이미

오래되었다. 남국 형초 땅은 넓은 강물 위에 떠다니는 구름이
유달리 많은 아름다운 곳으로 가히 볼만하기에 이렇게 떠나려
는 것이다.

3. 내가 마침내 이렇게 멀리 형남으로 가서 홀로 낚싯대나 드리우
고 지내노라면, 새의 날개를 따라 훨훨 날아다니지 않는 이상
다시 한 번 서로 만나기가 어려울 것 같다. 이번에 헤어지면
다시 만나지 못하는 것이 유감이란 뜻이다.

4. 재주 있는 그대는 나처럼 아름다운 동정호의 봄빛이나 좋아하
는데 뜻이 있지 않음을 알고 있으니, 그대의 흥은 「여구」를 부
르며 가라말 타고 백옥가를 울리며 이곳 파주를 떠나 천자에
게 돌아가 나랏일에 힘쓰는 데 있다. 나의 뜻은 雲水에 있으므
로 공조로 불러도 부임하지 않는 것이고, 그대의 흥은 송별가
를 부르고 말을 타고 이곳을 떠나 입조하여 마침내 복파 장군
같은 훈적을 이룸에 있는 것이다.

063. 奉待嚴大夫

- 엄대부를 기다리며 -

㊀ 다른 땅에 또 친구가 옴을 기뻐하니

㊁ 요충지엔 또한 모름지기 세상 건질 재주라야 한다

㊂ 항상 비장들이 종일 기다림을 의아하게 여겼는고

㊃ 깃발이 한 해 건너 돌아올 줄을 알지 못하였네

㊄ 파주 가에 꾀꼬리 모여 우는 때에 떠나서

㊅ 멀리 형문으로 내려가 가는 배를 재촉코자 하네

㊆ 몸은 늙고 시절이 위태로울 적 만나고자 생각하니

㊇ 평생의 회포를 누구를 향해 터놓으리오

諺解 ㊀ 다른 싸해 쏘 故人이 오몰 깃노니 ㊁ 重훈 兵鎭엔 도로 時世 거느릴 지조롤 기들워 뿔디니라 ㊂ 長常偏裨ㅣ 날 뭇드록 기들오몰 怪異히 너기고 ㊃ 旌節이 회롤 즈슴처 도라올 고돌 아디 몯호라 ㊄ 巴州ㅅ フ[illegible] 우는 곳고리 모닷는 디롤 말오 ㊅ 荊門ᄋ로 머리 ᄂ려가 가는 비롤 뵈아고져 ᄒ노라 ㊆ 모미 늙고 時節이 바드라온 저긔 ᄂ출 맛보고져 ᄉ랑ᄒ노니 ㊇ 一生앳 ᄆᆞᅀᆞ몰 누를 向ᄒ야 열리오(初刊卷21, 07)

【注】 〔깃노니(깃다)〕: 기뻐하니. 〔거느릴(거느리다)〕: 건질, 구제할. 〔기들워(기들우다)〕: 기다려. 〔뭇드록(뭇다)〕: 마치도록. 〔즈슴처(즈슴츠다)〕: 격하여, 사이를 두고. 〔모닷는(몯다)〕: 모여 있는. 〔말오(말다)〕: 말고, 그만두고, 사양하고. 〔뵈아고져(뵈아다)〕: 재촉하고자. 〔바드라온(바드랍다)〕: 위태로운. 〔저긔(적)〕: 적에, 때에.

解題 이 시는 공의 나이 53세인 代宗 廣德 2년(764년) 봄 閬州에서 엄무가 성도에 다시 鎭撫하러 온다는 소식을 듣고 기다리는 설렘을 읊은 것이다.

註釋

■ 〔嚴大夫〕: 節度使 嚴武를 가리킴, 大夫라 함은 그가 御史大夫를 兼하였기에 지칭함, 그는 代宗 廣德 2년(764년) 2월 劒南東川節度使가 되어 세 번째 촉에 왔기에 공은 이 시로 환영하고 3월에 성도로 이사하였다. 엄무는 면주자사, 검남동천절도사

겸 어사중승으로 나왔다가 입조하여 태자빈객이 되었다. 상황
이 검남 양천을 합하여 하나로 하라는 직첩을 내려 엄무는 성
도윤 겸 어사대부 통검남절도사에 제수되었다(武出爲緜州刺史
劍南東川節度使　兼御史中丞　入爲太子賓客　上皇誥以劍南兩川合
爲一道　拜武成都尹兼御史大夫　充劍南節度使,『舊唐書』「嚴武列
傳」).

㊀〔殊方〕: 다른 지방, 異方, 他方, 여기서는 蜀地를 말함.〔故人〕
: 옛친구, 엄무를 가리킴.

㊁〔重鎭〕: 중요한 要害地, 鎭은 要害地, 그런데 엄무가 촉에 再
鎭(실은 세 번째임)하였으므로 거듭 민심을 鎭撫하기 위해 부
임하였다는 의미로 볼 수 있다. 이 때 鎭은 鎭撫하다, 곧 난리
를 평정하고 백성을 편안하게 함, 민심을 진정시켜 慰撫한다는
뜻을 지니고 있다. 촉은 중요한 요해지일 뿐만 아니라 민심을
안정시켜야 하는 곳이므로 두 가지 의미를 다 지닌다고 볼 수
있다.〔濟世才〕: 세상을 구제할만한 재주.

㊂〔偏裨〕: 一方의 將帥, 小將, 裨將, 小隊長 혹은 諸將校. 엄무의
옛부하를 말함..

㊃〔旌節〕: 節度使를 상징하는 깃발.〔隔年回〕: 한 해 건너 돌아
오다. 엄무는 寶應 元年(762년) 가을에 갑자기 召還되어 入朝
하였다가 2년 뒤 廣德 二年(764년) 봄에 다시 성도에 부임한
것이다. 숙종 부자의 연이은 별세로(762년 4월, 14일만에 崩御)
7월에 長安으로 소환, 山陵橋道使로 임명되어 현종, 숙종의 능
수축을 감독하였기 때문이다.

㊄〔欲辭〕: 欲은 六句까지 걸린다. 辭는 떠나다 혹은 작별 인사

하고 떠남. 〔巴徼〕 : 巴州의 境界地域, 徼는 변방, 변방의 경계, 나무 울타리를 치거나 돌을 쌓거나 도랑을 빙 둘러서 경계를 만든다. 중국 서남쪽에 이것을 설치하였다. 〔啼鸎合〕 : 꾀꼬리가 짝을 찾기 위해 우는 것으로 봐서 이 때가 봄이 한창 무르익은 仲春임을 알 수 있다. 合은 相合하여 여기 저기 사방에서 울어댐, 꾀꼬리 相合하여 사방에서 울어대는 봄이 한창 무르익은 때에 이 파촉 지역을 떠나고자 함. 頸聯은 두 가지 의미로 해석된다. ① 파촉을 떠나 초의 형주로 가려 하였지만 마침내 가지 못하는 이유는 평생에 나를 알아주는 유일한 당신을 만나서 흉금을 털어놓고 싶어서이다. 4구는 본래 촉을 떠나 초로 가고자 하였으나 다만 엄무가 오는 것을 기다려 한번 보고자 해서 아직 떠나지 못할 따름이다(四句謂本欲去蜀之楚 但以欲待武至一會 故尙未去耳,『鏡銓』). 내가 갈 길은 파투의 땅을 나가고자 하니 바로 꾀꼬리 정겹게 울 때이다. 이에 파협을 나와 멀리 형문으로 내려감에 빠른 배를 타는 것이 나을 것이다. 그러나 아직 머뭇거리며 성도를 떠나지 못하는 것은 몸도 늙고 시절도 위태로울 즈음이라 친구를 만나본 이후에 떠나고자 생각하는 것이다(言我之行欲出巴渝境上 正爲鸎啼相合之時 於是出峽遠下荊門 乘快舟之便也 然猶遲遲未去成都者 身老之年 時危之際 思與故人會面而後行,『虞註』). ② 엄무가 온다는 소식을 듣고 파협을 떠나 초의 형문까지 내려가 맞이함(公聞嚴武至 欲辭蜀之巴峽下楚之荊門以迓之也,『纂註』,『諺解』).

六 〔下荊門〕 : 荊門은 荊州에 있는 산 이름, 형주로 내려간다는 뜻. 〔去鷁催〕 : 鷁은 水鳥로 백로와 비슷하며 몸집이 크고 날

개는 흰데, 바람을 잘 견디는 성질이 있다 하여 그 모양을 뱃머리에 조각하거나 그렸다. 주로 배의 의미로 많이 쓴다. 여기서도 上句의 鶯에 對하여 鷁鳥를 썼으나 그 의미는 배다. 去鷁은 배가 떠남을 말함, 催는 재촉한다는 뜻인데 ① 형주로 빨리 떠나고자 하는 심정에서 재촉함, ② 엄무를 빨리 만나고 싶은 마음에 배를 빨리 가자고 督勵하는 것으로 볼 수 있다.

七 〔時危〕 : 전쟁 등으로 시절이 위태로움. 〔會面〕 : 서로 만남, 相逢.

八 〔一生〕 : 일생 동안, 平生. 〔襟抱〕 : 마음 속, 마음에 품은 생각. 〔向誰開〕 : 누구를 향해 열리오, 당신 밖에는 가슴을 열 만한 사람이 없다는 뜻임. 『諺解』에 '言他人이 不如武之知己也라' 하였다.

通釋

1. 이 외진 낯선 땅에 다시 옛친구가 수령이 되어 오게 됨을 기쁘게 생각한다. 촉과 같이 중요한 요충지에는 역시 그대와 같은 세상을 구제할 만한 재주를 가진 자가 필요하다.

2. 당신의 옛부하인 비장들이 항상 당신이 다시 돌아오기를 바라며 온종일 기다리고 있는 것을 의아하게 생각하였다. 그만큼 부하들에게 존경을 받고 있다는 뜻이다. 그런데 한 해 건너서 절도사의 깃발을 휘날리며 다시 돌아오리라고는 아무도 미처 알지 못하였다. 생각지도 않은 일이기에 기쁘다는 뜻이다.

3. 나는 원래 꾀꼬리 사방에서 모여 우는 좋은 봄날 이 파주 지역을 떠나서, 멀리 형주로 내려가기 위해 배가 빨리 떠나도록 재

촉하고자 하였다. 배까지 마련해두고 이미 떠날 준비를 마쳤음
을 말한 것이다.

※ 그대가 온다기에 꾀꼬리 사방에서 모여 우는 좋은 봄날 이
파주 지역을 떠나서, 멀리 형문산까지 내려가 가는 배를 재촉
하며 그대를 맞이하러 가고자 한다(『纂註』).

4. 그러나 이 몸은 이제 늙었고, 시절도 어지러운 이때에 당신이
온다기에 옛친구가 수령이 되어 다시 온다기에 만날 생각으로
떠나지 못하는 것이다. 세상에 나를 알아주는 이는 당신 밖에
없는데 당신 말고 누구에게 이 평생의 품은 회포를 속 시원히
털어놓을 수 있겠는가?

064. 將赴成都草堂途中有作先寄嚴鄭公五首(一)

◎ 將赴成都草堂途中有作先寄嚴鄭公五首(一)

㊀ 得歸茅屋赴成都
㊁ 眞爲文翁再剖符
㊂ 但使閭閻還揖讓
㊃ 敢論松竹久荒蕪
㊄ 魚知丙穴由來美
㊅ 酒憶郫筒不用酤
㊆ 五馬舊曾諳小徑
㊇ 幾回書札待潛夫

― 장차 성도 초당으로 오르다가 도중에 지은 것이 있어 엄정공에게 먼저 부치다. 다섯 수(1) ―

㊀ 띠집으로 돌아옴을 얻어 성도로 오름은
㊁ 진실로 문옹이 다시 부절을 나누어 왔기 때문이라
㊂ 다만 여염으로 하여금 또다시 읍양하게 한다면
㊃ 구태여 소나무 대나무가 오래 황폐해짐을 논하리
㊄ 고기는 병혈로 예로부터 아름다움을 알고
㊅ 술은 비통으로 사지 않아도 됨을 기억하노라
㊆ 다섯 말은 옛날부터 일찍이 작은 길을 아니
㊇ 몇 번이나 서찰 보내 은거한 사람을 기다린다네

諺解 ㈠ 새 지븨 도라오믈 得ᄒᆞ야 成都로 가믄 ㈢ 眞實로 文翁이 다시 符節을 빼혀 가져오믈 爲ᄒᆞ애니라 ㈢ 오직 閭閻으로 히여 도로 揖讓ᄒᆞᆯ션뎡 ㈣ 구틔여 솔와 대왜 오래 거츠러슈믈 議論ᄒᆞ리아 ㈤ 고기란 丙穴에 녜로브터오매 아ᄅᆞᆷ다온 둘 아노니 ㈥ 술란 郫筒으로 ᄡᅥ 사디 아니홀 주를 ᄉᆞ랑ᄒᆞ노라 ㈦ 다ᄉᆞᆺ ᄆᆞ리 녜 일즉 져근 길흘 아ᄂᆞ니 ㈧ 몃 디위를 글월 보내야 潛隱ᄒᆞᆫ 노믈 기들오거시니오 (初刊卷21, 02)

【注】〔새〕: 풀. 〔빼혀(빼다)〕: 깨여, 부수어. 〔爲ᄒᆞ애니라〕: 때문이니라. 〔도로〕: 도리어. 〔홀션뎡〕: 하실지언정. 〔거츠러슈믈(거츨다)〕: 거칠어짐을. 〔둘〕: 것을. 〔기들오거시니오(기들오다)〕: 기다린 것시오.

解題 이 시는 공의 나이 53세인 代宗 廣德2年(764년) 봄 閬州에서 成都로 돌아오는 도중에 지어 嚴鄭公에게 보낸 것으로 成都 草堂에 돌아가면 嚴武가 찾아올 기쁨을 미리 예상하여 읊었다. 2월에 엄무가 세 번째로 촉에 부임한 소식을 듣고 梓州 閬州에 머물던 공이 3월 성도 초당으로 이사를 하기로 한 것이다.

註釋

■ 〔嚴鄭公〕: 鄭國公에 봉해진 嚴武를 가리킨다. 엄무는 寶應 元年(762년) 京兆尹으로 二聖山陵橋道使에 임명되어 현종, 숙종의 陵 修築을 감독하고 鄭國公에 봉해졌다. 그리고 黃門侍郎이

되었다가 다시 廣德 二年(764년) 劍南節度使가 되어 吐藩 七萬
名을 當狗城에서 쳐부수고 鹽川을 거두어 檢校吏部尙書가 되
었다. 永泰 元年(765년) 四月에 疾病으로 卒하니 나이 사십이
었다. 尙書左僕射에 追贈되었다(『新唐書』「嚴武列傳」).

㊀〔赴成都〕: 성도에 오르다. 엄무가 처음 촉에 부임 하였을 때
이에 의지하였다가 엄무가 능 수축 일로 조정에 불려가고 高
適이 成都尹일 때 촉에 난리가 일어나(徐知道 叛亂) 공은 피란
하여 재주와 낭주에 가 있다가 엄무가 다시 부임하자 성도 초
당으로 돌아오게 된 것이다. 〔茅屋〕: 띠로 지붕을 이는 집, 여
기서는 자신의 草堂을 지칭함.

㊁〔眞〕: 참으로, 一作 直, 直의 뜻은 特, 오직. 〔文翁〕: 漢 景帝
때 蜀郡 太守로서 그 地方의 敎化에 힘쓴 인물, 여기서는 蜀의
成都尹인 嚴武를 비유한 말.「將赴荊南別李劍州」참조.〔再剖
符〕: 다시 부절을 나누다. 다시 촉의 郡守 곧 成都尹으로 임
명되었다는 뜻, 再는 엄무가 촉에 再鎭함을 말함, 剖符은 符節
을 나누다. 漢 文帝 때 郡守에게 임금이 符節을 반으로 쪼개어
오른쪽 것은 京師에 두고 왼쪽 것은 郡守에게 주어 그 徵表로
삼았는데, 여기에는 銅虎符, 竹使符가 있다. 銅虎符는 구리로
범 형상으로 만든 兵符인데, 郡守가 군사를 징발하는 데 이를
썼다. 길이는 六寸이다. 竹使符는 대나무로 만든 符節로 역시
地方官에게 주었으며 길이는 五寸이다.

㊂〔閭閤〕: 閭는 里門, 閤은 里中門의 뜻으로 합쳐서 民間을 가
리킴. 여기서는 成都의 人民들을 가리킴.〔揖讓〕: 손과 주인의
相見하는 禮, 여기서는 두 가지로 해석된다. ① 읍양의 풍속,

엄무가 부임해서 이 지방 백성들에게 다시금 읍양의 풍속(禮義)이 행해지게 된다면, 곧 난리가 일어나기 이전처럼 순박한 풍속으로 다시 돌아가는 것(『虞註』). ② 난리에서 돌아온 것을 기뻐하고 성도의 이웃 사람들과 반갑게 서로 절하며(읍양) 잘 지내는 것(此甫喜復歸 得與隣里相愛也, 『纂註』).

四 〔敢論〕 : 구태여 논하리, 논하지 않겠다는 뜻. 〔久荒蕪〕 : ① 전쟁으로 비워둔 공의 초당이 오랫동안 황폐해짐. 엄무가 다시 옴으로써 여염의 백성들은 다시 지난 날의 예의 풍속으로 돌아갈 것이다. 그것은 학교를 일으켜 교화한 때문이다. 그래서 두보는 백성들이 다시금 이처럼 순박함으로 돌아가 준다면 초당을 오랫동안 떠나서 소나무와 국화가 거칠게 묵은들 또한 무엇을 한탄리오(『虞註』).『纂註』도 공의 초당으로 봄. ② 엄무의 私園이 황폐해짐. 다만 그 지방에서 공이 할 일은 謙讓하는 禮와 같은 風俗을 잘 敎化하는 公事이지 그동안 황폐해진 소나무, 대나무와 같은 私園을 돌보는 일은 아닐 것이다(簡).

五 〔丙穴〕 : 興州 順政縣에 丙山이 있고 여기에 굴이 있는데, 丙坐로 향해 있기 때문에 丙穴이라 한다. 매년 춘삼월에 고기가 나오는데 길이가 7,8촌에서 2,3자나 되는 고기가 병혈에서 뛰어오르는데 이를 嘉魚라 하며 맛이 매우 좋다고 함. 촉 지방에는 이러한 병혈이 順政縣 뿐만 아니라 大邑, 梁山, 明通 등 많은 곳에 있다. '嘉魚出於丙穴'(左思, 「蜀都賦」).

六 〔郫筒〕 : 술이름, 郫筒酒, 成都府 서쪽 오십리에 있는 郫縣에서 나는 큰 대나무로 통을 만들어 여기에 술을 담았는데 그 맛이 매우 좋다고 함. 『華陽風俗錄』에 '비현에 비통지가 있는데 못

가에 큰 대나무가 있어 고을 사람들이 그 마디를 도려서 봄에 술을 빚어 통 속에 부었다가 이틀밤을 묵히면 향기가 대나무 숲속 밖까지 이른다. 이를 끊어서 바치는데, 흔히 부르기를 비통주라 한다(郫縣有郫筒池　池旁有大竹　郡人刳其節　傾春釀於筒　信宿　馨達林外　斷之以獻　俗號　郫筒酒)'. 〔**不用酤**〕: 사지 않아도 됨, 왜냐하면 전에도 그랬듯이(「嚴公仲夏枉駕草堂兼携酒饌得寒字」 참조) 엄공이 行廚에 盛饌을 준비해서 날 찾아오기 때문이다.

[七] 〔**五馬**〕: 漢制에 太守는 駟馬를 끌었는데 朝臣이 出使하여 太守가 되면 一馬를 더하여 五馬가 된다. 여기서는 촉의 태수인 엄무를 가리킴. 〔**舊曾諳**〕: 옛날부터 일찍이 알다. 엄무는 지난번에도 酒饌을 가지고 공의 초당을 방문한 적이 있기 때문이다. 〔**小徑**〕: 작은 길, 샛길.

[八] 〔**潛夫**〕: 세상을 피해서 은둔해 있는 사람, 여기서는 자신을 비유함. 後漢의 王符가 隱居하며 세상에 容納되지 않는 데 發憤하여 당시의 弊政을 痛切히 논한 『潛夫論』 十卷을 지었다. 이 구절은 엄공이 벌써 몇 번이나 서찰을 보내어 빨리 돌아오기를 기다리고 있다는 뜻이다.

通釋

1. 그대가 촉을 떠난 후 난리가 일어나 나는 재주, 낭주로 떠났다가 이제야 다시 成都의 草堂으로 돌아올 수 있음은, 참으로 문옹에 비길만한 당신이 다시 천자로부터 부절을 나누어 이곳으로 부임하여 왔기 때문이다.

2. 다만 선정을 베풀어 여염의 백성들로 하여금 흉흉한 민심을 되찾고 다시 읍하고 사양하는 예절을 회복하게 한다면, 그동안 전쟁으로 오랫동안 비워둔 나의 초당에 소나무와 대나무가 황폐해져 있음이 위정자의 실정 때문임을 구태여 논하지 않을 것이다.

3. 성도로 돌아가면 丙穴에서 나는 嘉魚가 예로부터 맛이 좋은 것을 알고 있어 안주로 삼을만하고, 또 맛있는 郫筒酒는 전처럼 당신이 미리 준비해 가지고 날 기다리고 있을 것이니 굳이 돈 주고 사지 않아도 마실 수 있으리라 생각한다.

4. 다섯 마리 말을 끄는 태수 당신은 예전에 草堂으로 오는 샛길을 익히 알고 있다. 그동안 몇 번이나 서찰을 보내왔던가. 지난날 왕부같이 은거하고 있는 이 사람을 기다린다며. 정말 눈물겹도록 정겹게 느껴진다.

☞ **참고사항** (杜甫의 成都 草堂生活과 嚴武와의 關係)

숙종 건원 2년(759년) 12월 48세에 두보가 秦州 등지를 떠돌다 성도에 이른다.

2년 뒤(761년) 14세 연하인 엄무가 成都府尹 兼 御史大夫로서 劍南節度使로 부임해 왔고, 그가 떠난 후 두보와 詩友인 고적이 후임으로 오다. 그러나 두보는 梓州로 가 그곳 刺史인 章彝에게 몸을 붙인다.

엄무가 촉에 재부임한 때는 불과 반년 남짓하였는데 그것은 숙종 부자의 연이은 별세로(762년 4월, 14일만에) 7월에 장안으로 소환, 京兆尹으로 二聖山陵橋道使에 임명되어 현종, 숙종의 능수축을 감독하였기 때문이다. 이 무렵 두보는 梓州, 閬州에 2년간 머물렀다.

대종 광덕 2년(764년) 2월 엄무가 검남동서천절도사가 되어 세 번째 촉에 온다. 이 때 공은 「奉待嚴大夫」라는 시로 환영하고 3월에 성도로 이사한다. 엄무가 떠난 후 성도의 고적에게 의지하지 않고 재주에 머문 까닭은 안녹산 이후 고적와 두보가 서로 적대 관계에 있었기 때문이다. 즉 고적은 숙종편이고 이백과 두보는 현종에 가까웠다. 두보는 토번이 촉을 침입하였을 때 지은 「警急」, 「王命」, 「征夫」에서 고적의 무능함을 신랄하게 풍자하고 있다. 결국 고적의 무능으로 엄무가 세 번째로 촉에 오게 된 것이다. 엄무는 그해 7월 서쪽으로 토번을 원정 나가 9월 적군 7만여 명을 패배시키고 10월 當狗城과 鹽川城을 점령하고 漢州刺史 崔旰을 파견하여 西山으로 토번을 추격하여 수백리 땅을 확보, 마침내 곽자의의 주력부대와 호응하여 토번을 격퇴하기에 이른다.

嚴武가 세 번째 촉에 온 이후 그해 6월 두보를 조정에 천거하여 節度使 幕府의 參謀로 임명하고 檢交工部員外郞의 직책을 수여받게 함으로써 緋魚袋를 하사받도록 하였다. 막부로 반년 정도 있다가 永泰 원년(765년) 정월 사직하고 초당으로 돌아왔으나 엄무와의 관계는 계속 유지된나 그해 4월 엄무가 급사하고, 5월에 배를 구해 남하(嘉州, 忠州, 夔州) 하고 다시는 成都로 돌아오지 못하고 770년 湘江의 배 안에서 세상을 떠난다.

065. 將赴成都草堂途中有作先寄嚴鄭公五首(二)

◎ 將赴成都草堂途中有作先寄嚴鄭公五首(二)

一 處處淸江帶白蘋
二 故園猶得見殘春
三 雪山斥候無兵馬
四 錦里逢迎有主人
五 休怪兒童延俗客
六 不教鵝鴨惱比鄰
七 習池未覺風流盡
八 況復荊州賞更新

- 장차 성도 초당으로 오르다가 도중에 지은 것이 있어 엄정공
에게 먼저 부치다. 다섯 수(2) -

一 곳곳에 맑은 강은 흰 마름을 띠었으니
二 고향에서 오히려 능히 남은 봄을 보리라
三 설산에서 엿보고 살피니 병마는 없고
四 금리에서 맞이해줄 주인은 있으리
五 아이들이 속객 끌어들임을 괴이히 여기지 말고
六 기러기와 오리로 하여금 이웃을 어지럽히지 않으리
七 습지에 풍류가 다하였음을 아지 못하니
八 하물며 또 형주가 완상함이 다시 새로울 뿐이라

諺解 ㈡ 곧마다 프른 ᄀᆞᄅ미 힌 말와몰 씌찻ᄂᆞ니 ㈢ 故園에 오히려 시러곰 기튼 보물 보리로다 ㈣ 雪山애셔 盜賊 여ᅀᅥ보매 兵馬ᄂᆞᆫ 업고 ㈣ 錦里예셔 마지홀 主人은 잇도다 ㈤ 아히ᄃᆞᆯ히 俗客 혀 드료몰 怪異히 너기디 아니 ᄒᆞ곡 ㈥ 그력 올히로 ᄒᆞ여 갓가온 이우즐 어즈러이디 아니 ᄒᆞ리라 ㈦ 習池예 風流ㅣ 다 업수믈 아디 몯ᄒᆞ노니 ㈧ ᄒᆞ믈며 ᄯᅩ 荊州ㅣ 賞玩호미 가시야 새로외요미 ᄯᆞ녀(初刊卷21, 03)

【注】 〔곧마다〕：곳곳마다. 〔말와몰〕：마름을. 〔씌찻ᄂᆞ니〕：띠니, 띠고 차니. 〔기튼(기티다)〕：남은. 〔여ᅀᅥ보매(엿다＋보다)〕：엿봄에. 〔혀〕：데리고, 이끌고. 〔드료몰〕：들어옴을. 〔그력〕：기러기. 〔올히〕：오리. 〔어즈러이디〕：어지럽히지. 〔가시야〕：다시. 〔새로외요미〕：새로움이. 〔－ᄯᆞ녀〕：－ㄴ뿐이랴.

解題 초당에 돌아갈 것을 생각하여 미리 할 일을 말하고 엄무의 방문을 기대하며 읊은 시이다.

註釋

㈠ 〔清江〕：맑은 강, 錦江을 지칭. 〔帶〕：띠로 두름. 〔白蘋〕：흰 꽃이 피는 마름, 浮萍草.

㈢ 〔故園〕：故鄉, 원래 공의 고향은 洛陽이므로 여기서는 草堂이 있는 成都 浣花溪를 가리킴, 다른 시처럼 長安·洛陽을 가르키는 것과는 다르다. 賈島의 '卻望幷州是故鄉'의 예와 같다. 賈島

가 幷州에서 오래 살다가 떠날 때 읊은 「渡桑乾詩」에 '병주에 객사를 정한지 이미 십년, 돌아가고픈 마음에 밤낮으로 함양을 생각하지만, 지금처럼 또 상건의 물을 건너며, 도리어 병주를 가리키며 고향이라 하네(客舍幷州已十霜 歸心日夜憶咸陽 無端更渡桑乾水 卻望幷州是故鄉)', 여기서 제이의 고향이라고 할 만한 땅을 戀慕하는 마음을 '幷州之情'이라 한다. 〔殘春〕: 아직 끝나지 않은 남은 봄.

三 〔雪山〕: 蜀의 西山. 〔斥候〕: 敵軍의 形便을 엿봄, 斥은 엿보다, 候는 살피다, 지난해(763년) 겨울 吐蕃이 松·維·保 三州를 陷落하였는데 西川節度使 高適이 이를 구하지 못하였으므로 嚴武가 高適을 대신하도록 명령을 받았는데, 여기서는 祈望之詞로 嚴武가 吐蕃을 鎭壓하여 다시는 西山에 兵馬의 근심이 없기를 바란다는 뜻이다. 엄무는 그해 7월 원정을 시작해서 토벌함. 〔兵馬〕: 戰亂.

四 〔錦里〕: 錦江의 마을 浣花溪, 錦城. 〔主人〕: 촉의 주인인 嚴武, 一說에는 自身을 가리킴.

五 〔休怪〕: 괴이하게 여김, 怪는 괴이하다, 疑訝해 하다. 〔俗客〕: 풍류를 모르는 세간의 俗人들, 公의 詩에 '밥을 먹을 적에도 일찍이 속인과는 맞상을 안하였다(一飯未曾留俗客, 「解悶十二首」中 其五)'가 있다.

六 〔鵝鴨〕: 거위와 오리, 공이 일찍이 아우 占을 보내어 초당을 살펴보게 하였는데, "거위와 오리가 많이 컸을 것인데 혹시 가까운 이웃을 성가시게 할까 걱정된다. 사립문을 활짝 열어 놓지 마라. 혹시 속객을 끌어 들일까 염려된다"(公嘗遣弟占校草堂則 云鵝鴨宜

長數　恐其惱比隣　柴荊莫浪開　恐其延俗客也, 『分類』)라고　하였다.
〔比隣〕: 가까운 이웃. 比는 '이웃'의 뜻일 때 평성(支韻).

七 〔習池〕: 習家池, 習氏의 연못, 습씨는 荊州에서 대대로 내려오
는 地方豪族으로 아름다운 정원과 연못을 소유하고 있었는데
晉의 山簡(字 季倫)이 永嘉(晉 懷帝의 年號, 307~312年) 初期에
征南將軍이 되어 襄陽에 주둔하였는데 이 연못에 자주 놀러와
취하여 돌아가곤 하였다. 나중에 山簡은 이곳을 高陽池라고 命
名하였다. 여기서는 公의 草堂에 比喩되고 山簡은 嚴武에 比喩
되었다. 習池는 공의 시에 자주 나온다. '須成一醉習池迴'(「王十
七侍御掄許攜酒至草堂奉寄此詩便請邀高三十五使君同到」), '日有
習池醉'(「初冬」), '欲伴習池遊'(「玉腕騮」), '似向習家池'(「從驛次
草堂復至東屯茅屋二首(一)」), '不但習池歸酩酊'(「宇文晁之尙書之
子崔彧司業之孫重泛鄭監審前湖」). 〔未覺風流盡〕: 풍류가 다하
였다고 생각지 않음. 嚴武가 草堂을 방문 안한지 二年이나 되
었으므로 風流가 아직도 다하지 않고 남아 있음을 말한다.

四 〔況復荊州賞更新〕: 형주는 그곳 刺史를 하였던 山簡, 여기서
는 嚴武에 比喩, 전체 뜻은 하물며 예전에도 그랬듯이 다시 한
번 나의 草堂에 들러 함께 봄을 玩賞한다면 그 느낌이야말로
더욱 새로울 것이다.

通釋

1. 草堂이 있는 맑은 錦江에는 늦봄을 맞아 흰 마름풀이 곳곳에
띠를 둘러 있을 것이고, 당신의 부임으로 나는 안심하고 고향
(성도)으로 돌아가서 얼마 남지 않은 봄이나마 오히려 실컷 볼

수 있을 것 같다.

2. 그리고 하루 속히 설산에서 발호하고 있는 도적들의 형편을 엿
   봐서 이들을 토벌하여 전쟁이 없게 해줬으면 하고, 그리하여
   평화로운 금강 마을 완화촌에서 촉의 주인인 당신이 나를 반
   갑게 맞아줬으면 한다.

3. 내가 없는 동안에 동네 아이들이 초당으로 세간의 속인들을 끌
   어들인 것은 주인이 없는 탓이라 여겨 조금도 괴이히 여기지
   말고, 또 거위와 오리가 함부로 돌아다니며 이웃을 시끄럽게
   할까 염려되어 미리 동생을 보내 잘 단속시켜 놓았지만 그래
   도 내가 도착하면 다시는 성가시지 않게 할 것이다. 초당에 도
   착해서 할 일을 미리 말한 것이다.

4. 이 습지(초당)에는 아직도 이태전에 찾아온 그대의 풍류가 남
   아있어 풍류를 다하였다고는 생각지 않고 있는데, 하물며 풍류
   를 아는 荊州(엄무)가 다시 나의 초당을 방문해줘 남은 봄을
   함께 완상한다면 그 느낌이야말로 어찌 또 한번 새롭지 않겠
   느냐. 그렇게 되면 속객들의 발길은 저절로 끊어질 것이고, 또
   한 이웃에서도 장군과 친구인 나를 업신여기지는 못할 것이다.
   엄무가 자신의 초당을 방문해주길 바라는 뜻이다.

066. 將赴成都草堂途中有作先寄嚴鄭公五首(三)

◎ 將赴成都草堂途中有作先寄嚴鄭公五首㈢

㈠ 竹寒沙碧浣花溪。
㈡ 橘刺藤梢咫尺迷。
㈢ 過客徑須愁出入。
㈣ 居人不自解東西。
㈤ 書籤藥裏封蛛網。
㈥ 野店山橋送馬蹄。
㈦ 肯藉荒庭春草色。
㈧ 先判一飲醉如泥。

– 장차 성도 초당으로 오르다가 도중에 지은 것이 있어 엄정공
에게 먼저 부치다. 다섯 수(3) –

㈠ 대 서늘하여 모래조차 푸른 완화계에
㈡ 탱자 가시와 등나무 가지로 지척도 헤매네
㈢ 지나가는 객은 모름지기 드나듦을 걱정해야 하고
㈣ 사는 사람도 스스로 동서를 알지 못 하네
㈤ 서첩과 약 봉지엔 거미줄이 얽혀 있고
㈥ 들 주막과 산 다리는 말 발굽을 보낸다네
㈦ 거친 뜰의 봄 풀빛을 깔고 앉음을 허락하신다면
㈧ 한 번 마셔 진창으로 취하기를 먼저 하리라

諺解 一 대 서눌ᄒ고 몰애 프른 浣花溪예 二 橘木ㅅ 가시와 藤蘿
ㅅ 가지를 咫尺 시예 迷失ᄒᄂ니라 三 디나 갈 나그내는 곧
모로매 드나드로믈 시름ᄒ고 四 살 사름도 제 東西를 아디 몯
ᄒᄂ니라 五 書冊앳 사술와 藥 ᄡᆞ던 거믜줄이 얼것고 六 민햇
집과 뫼햇 ᄃ리는 믈바를 보내ᄂ니라 七 거츤 뜰헷 봀 픐 비
츨 지즐안조믈 肯許ᄒ시면 八 ᄒ번 먹고 醉호미 泥蟲ᄀ토믈
몬져 일우노라 (初刊卷21, 04)

【注】 〔가시〕: 가시. 〔사술〕: 댓가지, 대쪽. 〔드나드로믈(드나
ᄃᆞ다)〕: 드나듦을. 〔ᄡᆞ던(ᄡᆞ다)〕: 싼 데는, 봉지는. 〔얼것고(얼
기다)〕: 얽혀있고. 〔지즐 안조믈(지즐앉다)〕: 지즐러 앉음을,
깔고 앉음을.

解題 이 시는 공이 황폐해져 있을 초당의 모습을 상상하여 읊은
것이다.

註釋

一 〔**竹寒**〕: 대나무가 무성하여 그늘이 한기를 느끼게 함. 〔**沙碧**〕
: 모래는 원래 흰데 푸른 대나무에 비쳐서 푸른 빛을 띰. 〔**浣
花溪**〕: 成都城 서쪽 五里에 있으며 一名 百花潭이라 하고 여
기에 공의 草堂이 있다. 『梁益記』에 '완화계 물은 전강에서 나
오는데 사는 사람들 가운데 채전(빛깔고운 종이)을 제조하는
사람이 많은 까닭에 완화라고 부른다(溪水出湔江 居人多造綵牋

故號浣花)'라 함.

㊂ 〔橘刺藤梢〕: 귤나무 가시와 등나무 가지. 〔咫尺迷〕: 剪枝 하는 사람이 없어 지척 사이에서도 길을 잃어버릴 만큼 무성함.

㊂ 〔過客〕: 초당을 지나가는 사람. 〔徑須〕: 곧 모름지기, 당장에, 徑은 直과 같음. 〔愁出入〕: 출입을 근심하다, 어떻게 길을 지나갈지 근심을 해야 할 정도라는 뜻.

㊃ 〔居人〕: 거주하는 사람, 곧 자신을 말함. 〔不自解東西〕: 집주인인 자신도 동서가 어딘지 분간 못할 만큼 密竹임.

㊄ 〔書籤〕: 책의 제목을 써놓은 글씨. 〔藥裹〕: 약을 싼 봉지. 〔封蛛網〕: 거미줄로 뒤얽힘, 封은 붙다, 부착하다. 공의 시 '傍架齊書帙 看題檢藥囊(「西郊」)'에서 보듯 초당에는 서책과 약봉지가 있다.

㊅ 〔野店〕: 들의 주점, 주막. 〔山橋〕: 산기슭의 다리. 〔送馬蹄〕: 말 발굽을 보내다. 말을 타고 공을 찾아 왔으나 주인이 없다는 것을 알고는 하릴없이 말발굽을 돌려보내야 한다. 돌려보낸다는 것은 店橋의 風景美가 馬蹄를 傳送함을 말한 것이다. 공의 시 '豈有文章驚海內 漫勞車馬駐江干(「有客」)'에서 보듯 공의 文名을 듣고 평소 객들이 초당에 자주 찾아온 모양이다.

㊆ 〔肯藉〕: 깔기를 許與한다면, 풀을 깔고 앉아 술 한잔하기를 마다하지 않는다면, 肯은 기꺼이, 許與하다. '自識將軍禮數寬'(「嚴公仲夏枉駕草堂兼攜酒饌得寒字」)에서 보듯 엄무는 예절에 관대하니 아마 허락할 것이리라 생각한 것이다. 〔荒庭〕: 황폐해진 뜨락, 초당의 정원을 비유함.

㊇ 〔先判〕: 先決, 先行, 먼저 할 일은, 황폐해진 주변 정리를 且

置하고라도, 判은 平聲(寒韻)으로 拌, 拚 혹은 抃과 같으며 '버
릴 반'의 뜻, 곧 萬事를 放擲하고 먼저 할 일은, 當時의 俗語로
공의 詩에 가끔 나타나는데 '縱飮久判人共棄(「曲江對酒」)'과 '久
拚野鶴如雙鬢(「書堂飮旣夜復邀李尙書下馬月下賦絶句」)'에서 볼
수 있다. 〔醉如泥〕: 泥는 벌레이름, 南海에 산다는 뼈 없는 벌
레로 물속에 있을 때에는 활발히 움직이나 물이 없으면 진흙
처럼 흐물흐물해진다 함(南海有蟲 無骨 名曰 泥 在水則活 失水
則醉 如一堆泥, 『異物志』), 사람이 몹시 취한 것을 泥醉라 함.
혹은 泥가 진창이므로 엉망진창의 '爛泥'로 봄.

通釋

1. 초당이 있는 완화계 주변에는 대나무가 무성하여 그늘이 서늘
   하고 하얀 모래조차 푸른 대나무에 비쳐 푸르스름하게 보이고,
   아울러 귤나무 가시와 등나무 덩굴은 지척지간도 분간 못할
   만큼 마구 얽혀져 길을 뒤덮고 있을 것이다.

2. 그러니 지나가는 나그네는 모름지기 어디로 들어가서 어디로
   나와야 할지를 걱정해야 하며, 초당에 살던 나조차도 스스로
   어디가 동쪽인지 서쪽인지 알 수 없을 정도로 황폐해져 있을
   것이다.

3. 초당 안에 있는 여러 서책과 지난날 먹던 약 봉지는 거미줄이
   뒤얽혀 있을 것이고, 나의 문명을 듣고 찾아온 객들은 주인이
   없으니 들 주막과 산기슭의 다리에서 타고 온 말의 발굽을 돌
   려야 할 것이다.

4. 관후하신 당신께서 거친 뜨락의 파릇파릇한 봄 풀을 깔고 앉아

술 한잔하기를 마다하지 않는다면, 만사를 제치고 제일 먼저
공과 함께 흠뻑 취하도록 술 한 잔 마시고 싶다. 내방을 간절
히 바라는 뜻이다.

067. 將赴成都草堂途中有作先寄嚴鄭公五首(四)

八	七	六	五	四	三	二	一	◎
信	三	衰	生	惡	新	也	常	將赴成都草堂途中有作先寄嚴鄭公五首(四)
有	年	顔	理	竹	松	從	苦	
人	奔	欲	祇	應	恨	江	沙	
間	走	付	憑	須	不	檻	崩	
行	空	紫	黃	斬	高	落	損	
路	皮	金	閣	萬	千	風	藥	
難	骨	丹	老	竿	尺	湍	欄	

\- 장차 성도의 초당으로 돌아다가 도중에 지은 것이 있어 엄정
공에게 먼저 부치다. 다섯 수(4) -

一 모래 무너져 작약 울타리 부서짐을 항상 고심하며
二 또한 강가의 헌함을 따라 거센 물살을 떨어 뜨렸네
三 새로 심은 소나무는 천 자로 높지 않음을 섭섭해 하고
四 나쁜 대나무는 마땅히 모름지기 만 그루라도 베리라
五 살아가는 일은 오로지 황각로에게 의지하고
六 늙은 얼굴일랑 자금단에 부치고자 하네
七 삼년을 뛰어다님에 한갓 가죽과 뼈다귀 뿐이니
八 진실로 인간의 행로에 어려움이 있네

諺解 ㈠ 長常 몰애 믈어뎌 藥欄 ᄒ야ᄇ료몰 苦로이 너겨 ㈡ 쏘
ᄀᄅ맷 軒檻올 조차 ᄇᄅᆷ 부는 ᄆᄅᆯ 디여 흘료라 ㈢ 새 소남
글 즈믄 자히에 놉디 몯호ᄆᆯ 츠기 너기노니 ㈣ 모딘 대는 당
당이 모로매 一萬 나츨 버힐디로다 ㈤ 사롤 일란 오직 黃閣老
ᄅᆯ 븓고 ㈥ 늘근 ᄂᄎ란 紫金丹애 브티고져 ᄒ노라 ㈦ 세 ᄒᆡ
ᄅᆯ 奔走ᄒ야 ᄃᆞ뇨매 ᄒᆞᆫ갓 갓과 ᄲᅧ왜로소니 ㈧ 진실로 人閒애
ᄃᆞ니ᄂᆞᆫ 길히 어려우미 잇도다 (初刊卷21, 05)

【注】 〔몰애〕 : 모래. 〔믈어뎌(믈어디다)〕 : 무너져. 〔ᄒ야ᄇ료
몰(ᄒ야ᄇ리다)〕 : 헐어버림을. 〔ᄀᄅ맷(ᄀᄅᆷ)〕 : 강의. 〔디여(디
다)〕 : 떨어져. 〔흘료라(흘리다)〕 : 흐르게 하노라. 〔소남글〕 :
소나무를. 〔즈믄〕 : 천. 〔자히에(자ㅎ)〕 : 자에. 〔츠기〕 : 측은
히, 섭섭히. 〔당당이〕 : 마땅히. 〔나츨(낯)〕 : 낱(箇), 개. 〔버힐
디로다(버히다)〕 : 벨지니라. 〔사롤(일란)〕 : 살아갈 일은, 生計
는. 〔븓고(븓다)〕 : 붙고, 의지하고. 〔ᄂᄎ란(낯)〕 : 낮은. 〔브티
고져(브티다)〕 : 부치고자. 〔ᄃᆞ뇨매(ᄃᆞ니다)〕 : 다님에. 〔갓과
(갓)〕 : 가죽과. 〔ᄲᅧ왜로소니〕 : 뼈이로소니.

解題 초당을 다시 수리하고 엄공에게 의지해 휴식의 즐거움을 생
각하고 읊고 있다.

註釋

㈠ 〔**常苦**〕 : 항상 고심함. 지난번 제방이 무너져 작약 울타리가
망가진 일을 항상 고심함. 〔**沙崩**〕 : 제방이 터져 沙岸이 무너

짐. 〔**損藥欄**〕: 작약 울타리가 損壞됨, '乘興還來看藥欄'(「有客」)
에도 나온다. 여기서 藥欄은 작약꽃으로 둘러진 울타리. 藥은
芍藥(함박꽃), 欄은 울타리, 柵의 뜻. 혹자는 약을 藥草로 번역
하는 이도 있으나 작약도 그 뿌리는 약초로 오줌을 잘 나오게
한다. 공에게 소갈병이 있으므로 일부러 이를 심은 것일 수도
있다. 또 藥을 欄과 같은 뜻으로 보고 圍援(담을 둘러쌓고 출
입을 제한한 곳, 禁苑)과 같이 풀이하는 이도 있으나 지나치다
(『資暇錄』). 공의 시 가운데 '本亦有隄防 終然撓撥損'(「四松」)이
있다.

㊁ 〔**也**〕: 亦, 또한. 〔**從**〕: 다른 사람(住民)을 따라서, 居住民의
법에 따라서, 혹은 난간 밖을 따라서. 〔**江檻**〕: 금강 가의 軒檻,
水檻, 여기서는 난간 밖에 堤防을 설치함을 말함. 공의 '新添水
檻供垂釣'(「江上值水如海勢聊短述」)와 「水檻」, 「水檻遣心二首」
란 시가 있다. 〔**落風湍**〕: 落은 減殺의 뜻, 減落. 風湍은 바람이
몰아치는 여울, 거센 물살. 防波堤를 설치하여 거센 물결을 약
하게 떨어뜨려 막아냄, 이렇게 하면 沙岸이 무너지지 않음.

㊂ 〔**新松**〕: 새로 심은 소나무. 〔**恨不高千尺**〕: 빨리 천 자 높이로
자랐으면 좋은데 그렇지 않아 섭섭해 함. 높이 자라기를 바란
다는 뜻이다. '四松初移時 大抵三尺強'(「四松」), '入門四松在 步
屧萬竹疎'(「草堂」), '霜骨不堪長'(「寄題江外草堂」).

㊃ 〔**惡竹**〕: 병들어 보기 싫은 대나무. 〔**斬萬竿**〕: 만 그루를 베어
없애다, 많이 벰을 표현한 것임. 竿은 本.

㊄ 〔**生理**〕: 살아가는 일, 治生之理, 生計, 生理는 '生理焉能說'(「北
征」)을 비롯해 杜詩 가운데 자주 나온다. 〔**祇**〕: 祇, 秖, 祗 모

두 '다만 지'로 같이 통용됨. 〔黃閣老〕 : 黃閣의 元老, 黃閣은 唐代의 給事中을 이름, 閣老는 元老의 의미, 엄무가 至德 年間 (756~757년)에 門下省(一名 黃門省)의 黃門侍郎(給事中)으로 촉에 왔기 때문에 지칭하는 말.

因 〔付〕 : 붙이다. 〔紫金丹〕 : 不老長生의 仙藥, 丹藥.

㞢 〔三年〕 : 寶應 元年부터 지금까지가 三年이 된다. 〔奔走〕 : 쫓아다님, 綿州, 梓州, 閬州를 돌아다닌 것을 말함. 〔空皮骨〕 : 살은 없고 다만 뼈와 가죽만 남음.

风 〔信〕 : 진실로, 참으로. 〔行路難〕 : 인간 행로의 어려움, 세상살이의 어려움을 길의 험난함에 비유한 말, 杜詩 가운데 '行路難'이란 말이 자주 나타난다. '直道無憂行路難'(「人日兩篇」), '關塞蕭條行路難'(「宿府」). 원래 「行路難」은 古樂府의 제목으로 鮑照의 「行路難十九首」와 李白의 「行路難」이 가장 유명하다.

|通釋|

1. 옛날 초당에 살 때는 물이 범람하여 모래 언덕이 무너지고 작약 울타리까지 헐어서 항상 이를 고심하였고, 또한 마을 사람들을 따라 강가 헌함 밖에다 방파제를 설치하여 세찬 바람으로 물살이 세어지는 것을 줄여 모래 언덕이 무너지지 않도록 하였었다. 지금은 오랫동안 비웠으니 어떤지 모르겠다.

2. 내가 심은 네그루의 소나무는 천자 높이로 크게 자라지 않음을 서운한 듯이 바라보았고, 병들어 보기 싫은 대나무는 당연히 수만 그루라도 다 베어버리려 하였다.

3. 그러나 이젠 늙어서 내가 살아가며 하는 이런 일조차도 몸소

할 수 없으니 오로지 황각로에게 의지하고자 하니 대신 좀 해
줬으면 바라고, 늙고 노쇠한 이 몸은 자금단의 선약이나 구해
서 이에 의지하고자 할 뿐이다.

4. 나는 지난 삼년 동안 재주로 낭주로 이리저리 피란하며 분주히
살다보니 살이 다 빠져 한갓 가죽과 뼈만 남았다. 진실로 인생
행로가 이렇듯 험난하다는 옛말을 이제야 실감하겠으니 그래
도 살아서 초당에 다시 돌아가는 것만도 다행이 아닌가?

八	七	六	五	四	三	二	一	◎
不	共	回	側	今	昔	烏	錦	作將
妨	說	首	身	來	去	皮	官	先赴
遊	摠	風	天	已	爲	几	城	寄成
子	戎	塵	地	恐	憂	在	西	嚴都
芰	雲	甘	更	鄰	亂	還	生	鄭草
荷	鳥	息	懷	人	兵	思	事	公堂
衣	陣	機	古	非	入	歸	微	五途 首中 (五)有

- 장차 성도 초당으로 오르다가 도중에 지은 것이 있어 엄정공
  에게 먼저 부치다. 다섯 수(5) -

㊀ 금관성의 서쪽에 사는 일이 별것 아니지만
㊁ 오피궤가 있어 다시 돌아갈 것을 생각하네
㊂ 옛날 나감은 난병이 들어옴을 근심하였는데
㊃ 지금 옴에 이웃이 아님을 벌써 걱정한다네
㊄ 천지에 몸을 기울여 다시 옛일을 생각하고
㊅ 풍진에 머리 돌아보고 기심 그침을 달가와하네
㊆ 모두 총융의 운조진을 말하니
㊇ 나그네는 연잎 옷을 입음에 방해되지 않으리

諺解 ㊀ 錦官城ㅅ 西ㅅ 녀긔 사롤 이리 젹건마론 ㊁ 거믄 가츠로 밍ᄀᆞ론 几 이실시 도로 가고져 ᄉᆞ랑ᄒᆞ노라 ㊂ 녜 나가ᄆᆞᆫ 亂兵이 드러오ᄆᆞᆯ 爲ᄒᆞ야 시름ᄒᆞ니 ㊃ 이제 오매 ᄒᆞ마 이웃 사ᄅᆞ미 아닌가 젼노라 ㊄ 하ᄂᆞᆯ콰 ᄰᅡ쾃 ᄉᆞᅀᅵ예 모ᄆᆞᆯ 기우려 ᄯᅩ 녯 이ᄅᆞᆯ ᄉᆞ랑ᄒᆞ고 ㊅ ᄇᆞ롬과 드트레 머리 돌아보고 機心 그튜믈 둘히 너기노라 ㊆ 다믓 닐오디 摠戎의 雲鳥ㅅ 兵陣에 ㊇ 노니ᄂᆞᆫ 子이 니분 菱荷 오시 妨害티 아니 ᄒᆞ니라 ᄒᆞᄂᆞ다 (初刊卷21, 05)

【注】〔가츠로(갖)〕: 가죽으로. 〔녜〕: 옛날. 〔젼노라(저타)〕: 두려워 하노라. 〔하ᄂᆞᆯ콰〕: 하늘과. 〔둘히〕: 달게. 〔다믓〕: 더불어, 함께. 〔니분(닙다)〕: 입은. 〔오시〕: 옷이.

解題 이 시는 초당 전후의 사정을 말하고 장래의 계획에 대해 읊은 것이다.

註釋

㊀ 〔**錦官城西**〕: 草堂이 城의 서쪽에 있음, 錦官城은 成都城을 말함. 〔**生事**〕: 앞 시(四)에 나온 '生理祇憑黃閣老'의 生理와 같은 말로 살아가는 일, 生計. 〔**微**〕: 일이 적음, 특별할 것이 없음, 그저 그렇다는 뜻.

㊁ 〔**烏皮几**〕: 검은 皮革으로 둘러싼 의자. 〔**還**〕: 다시, 또.

㊂ 〔**昔去**〕: 옛날 성도를 떠난 것. 〔**亂兵入**〕: 난을 일으킨 병사가 쳐들어옴, 여기서 난은 徐知道의 亂을 말함.

四 〔今來〕 : 지금 성도 초당으로 옴. 〔已恐〕 : 벌써부터 걱정이
됨. 〔鄰人非〕 : 옛날 같이 살던 이웃 사람이 아님, 피란 갔거나
죽어서 돌아오지 않았음을 말함.

五 〔側身天地〕 : 천지간에 몸을 기울여, 천지간에 몸을 기울여 붙
이고자 해도 용납될 곳이 없음. 洙曰側身言無所容(『諺解』). 〔懷
古〕 : 옛날 평화롭던 시절을 생각함, 懷古弔今, 혹은 옛 사람을
생각함.

六 〔回首〕 : 머리를 돌려서 먼 곳을 쳐다보거나 옛일을 회상함.
〔風塵〕 : 바람과 먼지, 곧 전쟁을 말함. 〔甘〕 : 달게 여김, 감수
하며 받아들임. 〔息機〕 : 息은 그만두다, 斷絶하다, 機는 機心
혹은 機械之心으로 巧詐한 마음, 名利에 대한 慾心, 세속적인 이
익을 위해 교묘한 꾀나 술책을 부리는 일, 전쟁통에 살아가기
위해 교묘하게 임기응변하던 행동 등을 말한다. 甘息機는 온갖
상념이 모두 사라짐, 百念俱灰(『纂註』), 言厭奔走也(『諺解』). 『莊
子』에 機心에 대한 자세한 이야기가 나온다. 子貢이 漢水의 남
쪽을 지나다가 한 노인이 힘들게 일하는 것을 보고 기계를 쓸
것을 말하자 그 노인이 말하기를 "내 우리 선생님께 들으니 기
계란 것이 있으면 반드시 꾀를 부리는 일이 있게 되고 꾀를
부리는 일이 있으면 반드시 꾀를 내는 마음이 생기며, 꾀를 내
는 마음이 가슴속에 있으면 순백한 마음이 갖추어지지 않고,
순백한 마음이 갖추어지지 않으면 신묘한 천성이 안정되지 않
으며, 신묘한 천성이 안정되지 않으면 도가 깃들지 않는다 하
셨네. 내 그것을 알지 못하는 것이 아니라 부끄러워 그것을 사
용하지 않는 것이네" 하였다(子貢南遊於楚　反於晉　過漢陰見一

丈人方將爲圃畦　鑿隧而入井　抱甕而出灌　滑滑淵用力甚多而見功
寡　子貢曰　有械於此　一日浸百畦　用力甚寡而見功多　夫子不欲乎
爲圃者　仰而視之曰奈何　曰鑿木爲機　後重前輕　挈水若抽　數如泆
湯　其名爲槹　爲圃者　忿然作色而笑曰　吾聞之吾師　有機械者心有
機事　有機事者必有機心　機心存於胸中　則純白不備　純白不備　則
神生不定　神生不定者　道之所不載也　吾非不知　羞而不爲也　子貢
瞞然慙　俯而不對,『莊子』「天地篇」).

七 〔共說〕: 모두 다 말함. 〔總戎〕: 元帥로 節度使 엄무를 말함.
〔雲鳥陣〕: 姜太公의 병법 중 하나로 구름과 새처럼 騎馬를 분
산 배치하여 만드는 陣法, 구름이 흩어지고 새가 나는 것처럼
변화무궁한 진법(太公六韜　以車騎分爲鳥雲之陣　取雲散而鳥飛變
化無窮也,『六韜』)이다. 여기서는 엄공이 그러한 진법으로 군사
를 잘 지휘하여 난을 평정하고 촉을 안정시킴을 말한다.

八 〔不妨〕: 방해되지 않음, 은자로서 살아가는데 큰 어려움이 없
을 것이라는 뜻. 〔遊子〕: 나그네, 시인 자신. 〔芰荷衣〕: 마름
이나 연잎으로 만든 옷, 隱者의 옷이다. '마름과 연잎을 마름질
해 저고리 만들고, 연꽃을 모아 치마를 만드네'(製芰荷以爲衣兮
集芙蓉以爲裳, 屈原「離騷經」).

通釋

1. 금관성 서쪽에 있는 초당에 돌아가서 살아도 특별할 것이야 없
다. 그래도 굳이 돌아가는 것은 평소 아끼던 검은 가죽으로 싼
의자가 있어 이를 버려두기가 아까워 다시 돌아갈 것을 생각
하고 있다.

2. 옛날 초당을 떠날 때는 난리를 일으킨 병사들이 쳐들어올까 걱정을 하여 피란하였는데, 지금 돌아옴에 이르러서는 이웃에 살던 사람들이 난리로 죽었거나 피란 가서 돌아오지 않았을까 벌써부터 그것이 염려된다.

3. 광활한 천지간에 몸을 기울여 의지고자 하나 이 한 몸 붙일 곳이 없으니 다시 옛날 평화로웠던 시절을 생각하며 감개에 젖는다. 그러나 이제 돌아가는 마당에 그동안 겪어온 풍진을 돌이켜 생각해보면 온갖 상념이 다 사라지고 없으니 어찌 달갑지 않겠는가?

4. 백성들 모두 총융의 무궁무진한 운조진을 칭송하며 한마디씩 하니, 당신이 운조의 진법으로 촉을 굳게 지켜준다면 나그네가 연잎으로 만든 은자의 옷을 입고 초당에 안거함에 방해되지 않으리라.

069. 奉寄高常侍

◎ 奉寄高常侍

一 汝上相逢年頗多
二 飛騰無那故人何
三 總戎楚蜀應全未
四 方駕曹劉不菅過
五 今日朝廷須汲黯
六 中原將帥憶廉頗
七 天涯春色催遲暮
八 別淚遙添錦水波

- 고상시에게 받들어 붙임 -

一 문수 위에서 서로 만나던 해 자못 많으니
二 날아 뛰어올라 옛친구를 어찌할 수 없네
三 초와 촉의 융사를 총섭함도 마땅히 완전히 못하고
四 曹植과 劉楨에게 비교해도 다만 지나치지 않으리
五 오늘날 조정에서 급암을 필요로 하니
六 중원에서는 장수로 염파를 생각하네
七 하늘 가 봄빛이 늙음을 재촉하니
八 이별의 눈물이 금강 물결에 아득히 더하네

諺解 ㉠ 汝水ㅅ 우희 서르 맛본 히 ㅈ모 하니 ㉢ 느라 돈뇨믄 아니 故人에 엇더 ᄒᆞ니오 ㉣ 楚와 蜀애 戎事 總領호믈 당당이 오오로 몯흔가 ㉤ 曹植 劉楨의게 ᄀᆞᆯ와 메이면 너믈 ᄯᆞ롬 아니니라 ㉥ 오ᄂᆞᆯ날 朝庭이 汲黯을 須求ᄒᆞ시ᄂᆞ니 ㉦ 中原에셔 將帥를 廉頗룰 ᄉᆞ랑ᄒᆞᆺ다 ㉧ 하ᄂᆞᆳ ᄀᆞᆺ애 봄 비치 늘구믈 뵈아ᄂᆞ니 ㉨ 여희는 ᄂᆞᆺ므를 錦水ㅅ ᄆᆞᆯ 겨레 아ᄉᆞ라히 더으노라 (初刊 卷21, 11)

【注】〔서르〕: 서로. 〔맛본(맛보다)〕: 만나본. 〔ㅈ모〕: 자못. 〔하니(하다)〕: 많으니. 〔오오로〕: 온전히. 〔ᄀᆞᆯ와(ᄀᆞᆯ오다)〕: 맞서 견주어. 〔메이면(메우다)〕: 메우면(駕), 매게 하면. 〔너믈(넘다)〕: 넘을. 〔뵈아ᄂᆞ니(뵈아다)〕: 재촉하나니. 〔아ᄉᆞ라히〕: 아득히. 〔더으노라(더으다)〕: 더하노라.

解題 이 시는 代宗 廣德 2년(764년) 공의 나이 53세인 늦봄에 成都의 초당에서 지은 것으로 고적이 西川節度使로 나갔다가 刑部侍郞左散騎常侍로 召還되어 돌아옴에 붙인 것이다.

註釋

◼ 〔**高常侍**〕: 左散騎常侍 高適(702?~765)을 말함. 嚴武가 入朝하고 난 뒤, 고적이 대신 서천절도사가 되었다. 광덕원년 토번이 농우지방을 침략하자 병사를 이끌고 남비로 나가 그 세력을 견제하려 하였지만 공을 이루지도 못하고 松·維州 및 雲山城을 잃고 소환되어 刑部侍郞 左散騎常侍가 되었다(以適代爲西川

節度使 廣德元年 吐蕃取隴右 適率兵出南鄙 欲牽制其力 旣無功 遂亡松維二州及雲山城 召還 爲刑部侍郎 左散騎常侍, 『新唐書』, 「高適列傳」). 이때 엄무와 다시 교체되었다.

㊀ 〔汶上〕: 汶水의 위. 汶水는 山東省 兗州府의 西北쪽에 있다. 萊蕪縣 東北의 原山에서 나와 泰安縣 東쪽을 경유, 東平縣에 이르러 東平湖로 흘러 들어간다. 〔相逢〕: 고적과 서로 만남. 〔年頗多〕: 天寶 三年頃에 알아 지금까지 20년이나 됨.

㊁ 〔飛騰〕: 높은 곳에 날아오름. 여기서는 계속되는 榮轉을 비유한 것임. 高適이 처음에 공과 함께 拾遺를 제수받았으나 그 뒤 節度使로 外職으로 나갔다가 內職으로 들어와 侍從이 되었으므로 이른 말. 飛騰은 공의 시에 자주 나온다. 飛騰暮景斜(「杜位宅守歲」), 前輩飛騰入(「偶題」). 비슷한 뜻인 飛動도 마찬가지이다. 平生飛動意(「贈高式顏」). 〔故人〕: 親舊. 여기서는 高適을 말함. 〔那何〕: 奈何와 같음.

㊂ 〔總戎楚蜀〕: 總戎은 軍務를 總攝함, 節度使를 지칭. 楚는 江淮地方을 말하는데 고적이 일찍이 揚州大都督府長史, 淮南節度使를 역임하였다. 蜀은 四川省을 가리키는데, 전에 그가 西川節度使를 하였다. 그래서 楚蜀의 총융이라 한 것임.

㊃ 〔方駕〕: 수레를 나란히 감, 필적함, 方은 견줄 방. 〔曹劉〕: 曹植과 劉楨. 曹植(192~232)은 字가 子建으로 魏武帝의 第三子요, 文帝의 아우다. 시에 재주가 뛰어나 六朝詩人이 모두 그의 영향을 받았는데, 謝靈運이 일찍이 말하기를 '천하 재주가 모두 한 섬이라면 자건 홀로 여덟 말은 된다'(天下才共一石 子建獨得八斗)라고 하였다. 劉楨(西元 ? ~217)은 字가 公幹, 魏나라

東平사람으로 建安七子 가운데 한 사람이다. 문장이 뛰어나 曹操에게 重任을 받았고, 특히 五言詩에 능하였다.

㊄〔須〕: 求, 바랄 수. 〔汲黯〕: 西漢 濮陽 사람으로 字가 長孺으로 性格이 剛直하고 守節死義하여 直言과 極諫을 잘하여 武帝의 존경을 받았다. 世稱 汲直이라고 함.

㊅〔中原〕: 여기서는 洛陽 地方. 〔憶〕: 作者의 생각. 〔廉頗〕: 戰國時代 趙나라의 名將으로 진나라조차 두려워하였다. 漢文帝가 일찍이 '아! 내 오직 염파와 이목을 얻어 나의 장수를 삼는다면 어찌 흉노족을 근심하겠는가'(嗟乎 吾獨得廉頗李牧時爲吾將 吾豈憂匈奴哉,『史記』「馮唐列傳」)라고 탄식하였음.

㊆〔天涯〕: 하늘의 끝. 여기서는 蜀地를 말함. 〔遲暮〕: 인생의 晚年, 老衰함. '초목이 시들어 떨어지니, 미인이 늙어갈까 두렵네'(惟草木之零落兮 恐美人之遲暮,「離騷」), 공의 시에도 '지금은 흡족하게 술을 퍼들고, 늙은이 마음 잠시나마 풀어보세'(如今足斟酌 且用慰遲暮,「羌村」)가 있다.

㊇〔別淚〕: 離別의 눈물. 〔錦水〕: 錦江.

通釋

1. 그대와 옛날 문수 가에서 서로 만난지가 엊그제 같은데 그동안 많은 세월이 흘렀다. 그 후 그대는 날아오르듯이 내외직을 옮겨 다녀 나 같은 재주로야 자네를 어찌 하지 못하겠다.

2. 그대는 淮南節度使, 西川節度使로 초촉의 병권을 쥔 장군이지만 마땅히 이것으로 그대의 재능을 완전히 다한 것은 아니다. 또한 글재주는 建安體를 이끈 조식이나 유정과 비교하여도 조

금도 지나치지 않을 것이다.

3. 지금 조정에서는 급암 같이 직간하는 신하가 필요하고, 또한 나는 중원의 장수로는 진나라조차 떨게 하였던 염파같은 장수를 생각하고 있는데, 바로 그대가 그런 인재임을 알고 있다.

4. 나는 홀로 하늘 한쪽 끝에서 봄빛이 늙음을 재촉하여 점점 늙어가고 있는 느낌이다. 이럴 때 그대를 직접 만나 이별하지 못한 것이 안타까워 이별의 눈물을 금강 물결에 덧보태어 아득히 그대에게로 흘러 보낸다.

070. 題桃樹

◎題桃樹

八	七	六	五	四	三	二	一
天	寡	兒	簾	來	高	五	小
下	妻	童	戶	歲	秋	株	徑
車	群	莫	每	還	總	桃	升
書	盜	信	宜	舒	饋	樹	堂
正	非	打	通	滿	貧	亦	舊
一	今	慈	乳	眼	人	從	不
家	日	鴉	燕	花	實	遮	斜

— 복숭아 나무를 제목으로 —

一 당에 오르는 작은 길이 예전에는 굽지 않았는데

二 다섯 그루의 복사나무가 또한 제멋대로 막았네

三 높은 가을에 다 가난한 사람에게 열매를 보내주고

四 이듬해도 또한 눈에 가득한 꽃이 피었지

五 발 내린 문은 매양 새끼 제비가 통하기 알맞고

六 아이들에게 어미 까마귀 침을 멋대로 못하게 하였네

七 과부와 여러 도적은 오늘 같지 아니 하더니

八 천하의 수레와 문자는 바로 한 집안이라네

諺解 ㊀ 져고맛 길로 지븨 올오미 녜는 기우디 아니 ᄒ더니 ㊂ 다ᄉᆞᆺ 낫 복셩 남기 쏘 ᄀ리오몰 므더니 너기노라 ㊁ 노폰 ᄀ 슬희 다 가난ᄒᆞᆫ 사ᄅᆞ몰 여르믈 머기리니 ㊃ 오ᄂᆞᆫ 히옌 도로 누네 ᄀ득기 뵈ᄂᆞᆫ 고지 프리라 ㊄ 발와 이페ᄂᆞᆫ 미샹 삿기치ᄂᆞᆫ 져비 스ᄆᆞ차 ᄃᆞ뇨미 됴ᄒᆞ니 ㊅ 아히둘히 慈孝ᄒᆞᄂᆞᆫ 가마괴 튜믈 듣디 아니ᄒᆞ노라 ㊆ ᄒᆞ올어미와 모ᇙ 盜賊괘 오ᄂᆞᆳ날 ᄀᆮ디 아니터니 ㊇ 天下애 술위와 글월왜 正히 ᄒᆞᆫ 지비러니라 (初刊卷 15, 22)

【注】 〔져고맛〕: 조그마한. 〔올오미(오ᄅ다)〕: 오름이. 〔녜ᄂᆞᆫ〕: 옛날에는. 〔기우디(기울다)〕: 기울지. 〔낫〕: 낱(箇). 〔남기〕: 나무에. 〔ᄀ리오몰(ᄀ리오다)〕: 가림을. 〔므더니〕: 괜찮게. 〔너기노라(너기다)〕: 여기노라. 〔여르믈(여름)〕: 열매를. 〔ᄀ 득기(ᄀ득ᄒᆞ다)〕: 가득히. 〔이페ᄂᆞᆫ(잎)〕: 어귀, 문호에는. 〔미 샹〕: 항상. 〔삿기〕: 새끼. 〔스ᄆᆞ차(스ᄆᆞᄎᆞ다)〕: 사무쳐, 통하 여. 〔튜믈(티다)〕: 침을. 〔ᄒᆞ올어미〕: 홀어미, 과부. 〔모ᇙ〕: 무 리의. 〔ᄀᆮ디(ᄀᆮ다)〕: 같지. 〔술위〕: 수레.

解題 이 시는 공의 나이 53세인 代宗 廣德 2년(764년) 봄에 다시 成都의 초당으로 돌아와 복숭아를 보고 느낀 점이 있어 읊은 것이다.

註釋

◼ 〔**桃樹**〕: 복숭아 나무. 공의 시에 '복숭아 심을 종자 일백그루

를 구걸하오니, 봄 전에 완화촌으로 보내주시길. 하양현 내에야 비록 수없이 있지만, 금강 주변엔 동산이 차지 못하네'('奉乞桃栽一百根 春前爲送浣花村 河陽縣裏雖無數 濯錦江邊未滿園, 「蕭八明府實處覓桃栽」)에서 복숭아나무를 심은 這間의 사정을 알 수 있다.

㊀ 〔小徑升堂〕: 초당으로 올라가는 작은 길. 〔舊〕: 옛날, 처음 심었을 때를 말함. 〔不斜〕: 斜는 굽다, 꾸불꾸불하다. 길이 원래는 굽지 않았다는 뜻. 빙 돌아가지 않고 바로 가는 샛길이 있었다는 뜻임.

㊂ 〔從遮〕: 제멋대로 막음. 從은 一作 重.

㊃ 〔高秋〕: 가을이 한창인 때, 仲秋, 대개 음력 8월달을 가리킴. 〔餉〕: 먹이다. 음식물이나 물품을 보내어 주다. 一作 餧.

㊄ 〔還舒〕: 다시 피다. 〔滿眼花〕: 눈에 가득할 정도의 꽃.

㊄ 〔通〕: 往來하는 것. 〔乳燕〕: 젖먹이 제비, 새끼 제비.

㊅ 〔信〕: 맡기다. 제멋대로 내버려 두다. 任의 뜻. 〔慈鴉〕: 慈孝로운 까마귀, 새끼를 가진 까마귀, 어미 까마귀.

㊆ 〔寡妻群盜非今日〕: 이 구는 두 가지로 해석된다. ① 옛날에는 과부나 도적의 무리들이 있는 오늘날과 같지 않다. 즉 현재 난리 중임을 말하였고, ② 오늘날은 과부나 도적의 무리들이 있는 시절이 아니다. 즉 난리가 평정되었다는 뜻이다.

㊇ 〔車書正一家〕: 수레의 바퀴와 글의 문자가 한 사람에서 나온 것처럼 법식이 통일되었다는 말, 곧 천하의 통일을 의미함. 『中庸』에 '지금 천하의 수레는 궤가 같고, 글은 문자가 같으며, 행동은 道가 같다'(今天下 車同軌 書同文 行同倫)라고 하였는데,

이것은 천하가 통일된 것을 의미함. 軌는 수레의 왼쪽 바퀴와
오른쪽 바퀴와의 사이로 그 나비(幅)는 八尺이 표준이었다. 正
은 一作 已.

通釋

1. 옛날에는 초당에 오르는 작은 길이 비탈지지 않고 바로 가는
   샛길이 있었는데, 지금은 다섯 그루의 복숭아나무가 번성하여
   제멋대로 길을 막고 있어 오가는 사람들이 비탈진 길을 따라
   서 가야 한다.
2. 예전에는 가을이 한창인 때 복숭아가 익으면 가난한 사람들에
   게 나눠줘서 굶주린 배를 채우게 하였고, 그 이듬해 봄에는 눈
   에 가득할 정도로 꽃이 활짝 피어 보기가 참 좋았다.
3. 또 이 나무가 있어 발을 늘어뜨린 문 위의 새집으로 새끼 제비
   가 항상 드나들기 알맞고, 아이들이 장난삼아 어미 까마귀에게
   돌을 던지고 막대로 치는 것을 하지 못하게 하는 구실도 하였
   다.
4. 옛날 태평한 시절에는 집집마다 과부가 늘려 있고 도적이 판을
   치는 오늘날과 같지 않았으며, 천하가 통일되어 모두가 한 집
   안 같고 법도도 같았는데, 어찌 난리가 이 지경에까지 이르렀
   단 말인가. 한탄스러운 것이 복숭아나무에만 한정된 것이 아니
   라는 말이다.
   ※ 이제 난리가 평정되어 과부가 많고 도적이 판을 치던 일은
   옛이야기가 되었다. 오늘날은 이미 천하가 통일되어 바로 한
   집안처럼 평화롭게 지내는 태평한 시대가 되었다(鈴木, 簡).

071. 登樓

◎登樓

花近高樓傷客心
萬方多難此登臨
錦江春色來天地
玉壘浮雲變古今
北極朝廷終不改
西山寇盜莫相侵
可憐後主還祠廟
日暮聊爲梁甫吟

— 다락에 올라 —

㈠ 꽃이 높은 다락에 가까와 나그네 마음을 슬프게 하니

㈡ 온 나라가 어려움 많은데 여기에 올라 보노라

㈢ 금강의 봄빛은 온 누리에 찾아왔으나

㈣ 옥루봉의 뜬 구름은 예나 지금이나 변하도다

㈤ 북극의 조정은 끝까지 고치지 아니하리니

㈥ 서산의 도적들은 서로 침범하지 말라

㈦ 가련하도다 후주를 도리어 사당에 뫼셨으니

㈧ 해 저물녘 애오라지 양보음을 읊조리네

諺解 三 萬方애 難이 하거늘 예 와 登臨ᄒ얏노라 三 錦江앳 봆비츤 天地ㅅ 처엄브터 왯ᄂ니 四 玉壘앳 뜬 구루믄 古今에 改變ᄒ놋다 五 北極에 朝廷이 ᄆᄎ매 고티디 아니 ᄒ리니 六 西山앳 盜賊돌ᄒ 서르 侵犯ᄒ디 말라 七 可히 슬프도다 後主를 도로혀 祭祀ᄒᄂ니 八 힛 나조희 梁甫吟을 ᄒ노라 (初刊卷14, 18)

【注】 〔ᄆᄉ몰(ᄆ숨)〕: 마음을. 〔예〕: 여기. 〔슬케(슬다)〕: 슬프게. 〔처엄브터〕: 처음부터. 〔왯ᄂ니(왯다)〕: 와 있으니, 왔으니. 〔ᄆᄎ매〕: 마침내. 〔나조희〕: 저녁에.

解題 이 시는 공의 나이 53세인 代宗 廣德 二년(764년) 봄 成都에 있을 때 지은 것으로, 吐蕃들이 長安을 함락하고 蜀地까지 침범하였기 때문에 成都에 있는 樓閣에 올라서 唐室의 不幸을 통탄하여 쓴 것이다.

註釋

一 〔**花近高樓**〕: 높은 누각 근처에 피어 있는 꽃을 말함, 누상에 올라가 보니 누각 주변에 꽃이 만발함.

二 〔**萬方**〕: 온 천하, 온 나라. 〔**多難**〕: 天下의 兵亂으로 어려움이 많음. 〔**登臨**〕: 높은 곳에 올라 아래를 굽어봄. 高樓에 올라가 굽어봄.

三 〔**錦江**〕: 成都 부근의 강 이름. 岷江의 支流.

四 〔**玉壘**〕: 山 이름, 成都 西北쪽에 있음. 〔**古今**〕: 옛날과 지금,

朝夕, 예나 지금이나 그 모양이 변화하여 평온치 못한 것처럼 천하 정세도 그렇다는 말임.

㊄ 〔北極〕: 北辰, 帝王 계신 곳을 가리키므로 長安을 말함. 北極星은 하늘에서 그 위치를 변하지 않고 모든 별들이 떠받들고 있으므로 공고한 조정을 비유함. 〔終〕: 끝, 끝내, 不變의 뜻.

㊅ 〔西山寇盜〕: 蜀의 西山을 侵犯한 盜賊 곧 티벳인(吐蕃)을 말함. 代宗 廣德 元年 十月 吐蕃이 長安을 陷落하여 廣武王 李承宏을 傀儡皇帝로 내세웠으나 15일 만에 도망쳐갔음, 代宗이 陝州로 피신하였다가 郭子儀(697~781)가 長安을 수복하자 十二月에 돌아왔고, 李承宏은 草野에 숨어버렸는데 그 죄를 赦免하여 죽이지는 않았음. 당시 吐藩은 松·維·保 3개 州와 云山·新筑 2개 城을 陷落하였는데 劍南·西山 여러 州邑들이 그들의 수중에 들어갔다(吐蕃陷松維保三州 及云山新筑二城 西川節度使高適不能救 于是劍南西山諸州 亦入于吐蕃矣(『資治通鑑』).

㊆ 〔後主〕: 蜀의 劉備 아들 劉禪. 〔還祠廟〕: 또한 사당에 모셔지다. 還은 亦, 後主는 나라를 亡하게 한 暗君임에도 불구하고 또한 사당에 모셔져 祭祀를 지낸다는 뜻, 일설에는 代宗의 어리석음을 은근히 암시한 것이라고 함. 대종의 환관 程元振, 魚朝恩 등이 조정을 혼란시켰는데 시인은 이것을 촉한 후주 劉禪이 환관을 써서 나라를 망친 것에 비유하여 풍자한 것으로 봄. 成都 錦官門 밖에 祠堂이 있는데 中央室은 先主, 西室은 諸葛武侯, 東室은 後主祠가 있다.

㊇ 〔聊〕: 애오라지, 달리 어쩌지 못하고 다만. 〔梁甫吟〕: 諸葛孔明이 南陽에 은거할 적에 愛誦한 詩名, 梁甫는 梁父, 梁父는

泰山의 아래에 있는 小山의 이름인데 小山이라 하더라도 害를 끼치는 경우가 많아 君主를 충분히 보좌하려고 해도 小人輩들이 妨害하는 것에 비유해서 쓴 것임. 樂府 相和歌辭로 楚曲調의 하나, 一說에는 琴曲의 一로 曾子가 지었다고도 한다. 齊의 晏平仲이 謀略으로써 公孫接, 田開疆, 古冶子의 三士를 죽인 故事, 소위 '二桃로 三士를 죽이다'라는 이야기를 읊어 그 三士의 義烈을 애도한 것이다.

步出齊城門　걸음을 옮겨 제의 성문을 나서면
遙望蕩陰里　멀리 탕음리가 보인다
里中有三墳　마을 가운데 묘 셋이 있으니
累累正相似　겹친 듯 연이어 있는 모양 비슷도 하여라
問是誰家墓　이 누구 집 무덤이냐 물으니
田疆古冶子　전강 고야자 등의 무덤이라고
力能排南山　힘은 능히 남산을 밀어 던질 만하고
文能絶地紀　문장은 능히 지기를 끊을 만하였건만
一朝被讒言　일조에 음해를 입어
二桃殺三士　이도가 삼사를 죽였네
誰能爲此謀　누가 이같은 모략을 하였는가
國相齊晏子　제나라 재상인 안자더라

〔二桃殺三士〕: 齊의 景公 때 자신의 공만 믿고 宰相인 晏子가 지나가는데도 일어나 예를 다하지 않은 公孫接, 田開疆, 古冶子의 三士를 제거하도록 간청하고 세 사람을 불러 복숭아 두 개

를 내놓고 功이 있는 자만 이를 먹게 하였다. 먼저 공손접은 "큰 멧돼지나 호랑이 같은 것도 단박에 잡을 수 있는 힘이 있기 때문이다"라 하고, 전개강은 "복병을 설하여 재차 적을 도망케 한 공이 있다"라 하며 복숭아를 들고 일어났다. 이에 고야자는 "나는 그대를 따라 황하를 건널 적에 큰 거북이 말을 물고 물 속으로 들어갈 제 거북을 죽인 후 말꼬리를 쥐고 물 속에서 건져내었다. 그 거북은 하백이라고 하는 황하의 귀신이었다"라고 하며 칼을 빼서 복숭아를 다시 놓으라고 하였다. 이에 두 사람은 공이 고야자에 미치지 못한데도 복숭아를 먹는 것은 탐욕이라고 하고 탐욕의 불명예를 받고 죽지 못하는 것은 용기 없는 일이라고 여기고 자살하였다. 고야자는 두 사람이 죽었는데 혼자 살아 있는 것은 不仁함이요, 남을 부끄럽게 하여 명예를 차지한 것은 不義하다고 여기고 이에 죽지 못하는 것은 용기 없는 일이라고 하고 역시 자살하였다(『晏子春秋』 內篇諫).

通釋

1. 높은 누각 가까이에 꽃이 화사하게 피었으나 이를 바라보는 나그네의 마음은 오히려 슬픔이 느껴진다. 그것은 온 나라가 난리로 어려움이 많아서인데 나 홀로 여기에 올라와 나라를 걱정하고 있다.

2. 서글픈 맘으로 저 멀리 강산을 바라보니 금강의 따사로운 봄빛은 여전히 온 누리에 찾아왔으나, 옥루봉에 떠도는 저 구름은 예나 지금이나 변화무쌍하여 예측할 수 없으니 마치 오랑캐가

발호하는 지금의 정세와도 같다. 그래서 서북쪽을 바라보며 일
침을 가한다.

3. 수많은 별들이 떠받들고 있는 북극성같이 우리 조정은 끝끝내
변함없이 공고할 것이니, 서산의 저 도적들아! 다시는 함부로
침범할 생각을 말아라.

4. 이번에는 성도 금관문 쪽으로 눈을 돌리니 망국의 군주 후주조
차 선주의 사당에 나란히 모셔져 있어 측은한 생각까지 든다.
어느덧 해는 저물어 내려가야 하는데 머뭇거리며 애오라지「양
보음」을 읊조리는 것은 제갈량과 같은 위인이 다시 출현해주기
를 간절히 바라는 뜻에서이다.

■ **진갑곤** 陳甲坤

- 1958년 경남 합천에서 출생하여, 경북대학교 인문대 국어국문학과를 거쳐, 연세대학교 대학원에서 석사학위를 경북대학교 대학원에서 박사학위를 받았고, 현재 경북대에서 강의를 하고 있다.
- 주요 논저로는
- 『열하일기 소재 공후인 기록 검증』, 『두보율시의 형식연구』, 『두율평측상해』, 『홍만종의 비평적 연구』 등이 있다.

杜 律 詳 解(上)

2004년 9월 10일 1판 1쇄 인쇄
2004년 9월 20일 1판 1쇄 발행

엮은이 ● 陳 甲 坤
펴낸이 ● 韓 鳳 淑
펴낸곳 ● 푸른사상사

등록 제2-2876호
서울시 중구 을지로3가 296-10 장양B/D 202호
대표전화 02) 2268-8706(7) 팩시밀리 02) 2268-8708
메일 prun21c@yahoo.co.kr / prun21c@hanmail.net
홈페이지 //www.prun21c.com
ISBN 89-5640-266-3-93810
ⓒ 2004, 진갑곤

값 21,000원

*자저와의 협의에 의해 인지 생략함

(이 도서의 국립중앙도서관 출판시도서목록(CIP)은 e-CIP 홈페이지 (http://www.nl.go.kr/cip.php)에서 이용하실 수 있습니다.(CIP제어번호: CIP2004001678))